倘若平行宇宙哪日将猹年带回去了，希望诸位神佛不要为人，只将我一并送去。

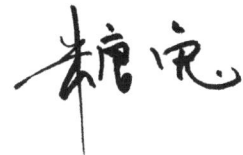

鹤年

拉棉花糖的兔子 著

四川文艺出版社

第一章	初来乍到	...001
第二章	工作机会	...014
第三章	华夏之风	...029
第四章	一见倾倒	...045
第五章	出任导演	...059
第六章	引发争议	...074
第七章	针锋相对	...089
第八章	编排新戏	...106
第九章	书坛扬名	...121
第十章	旗开得胜	...137

目　录
CONTENTS

第十一章	一鸣惊人	...156
第十二章	进军新剧	...171
第十三章	写实布景	...188
第十四章	大放异彩	...205
第十五章	赴沪演出	...221
第十六章	京派双星	...238
第十七章	演剧盛况	...255
第十八章	电影新人	...273

　　纪霜雨本来要出声，忽然想起周斯音那荒谬的推断，便俯身下去，对着还有些迷糊的周斯音，装模作样地冷笑一声，抬起两只手："是本无常来索命啦。"
　　周斯音："……"

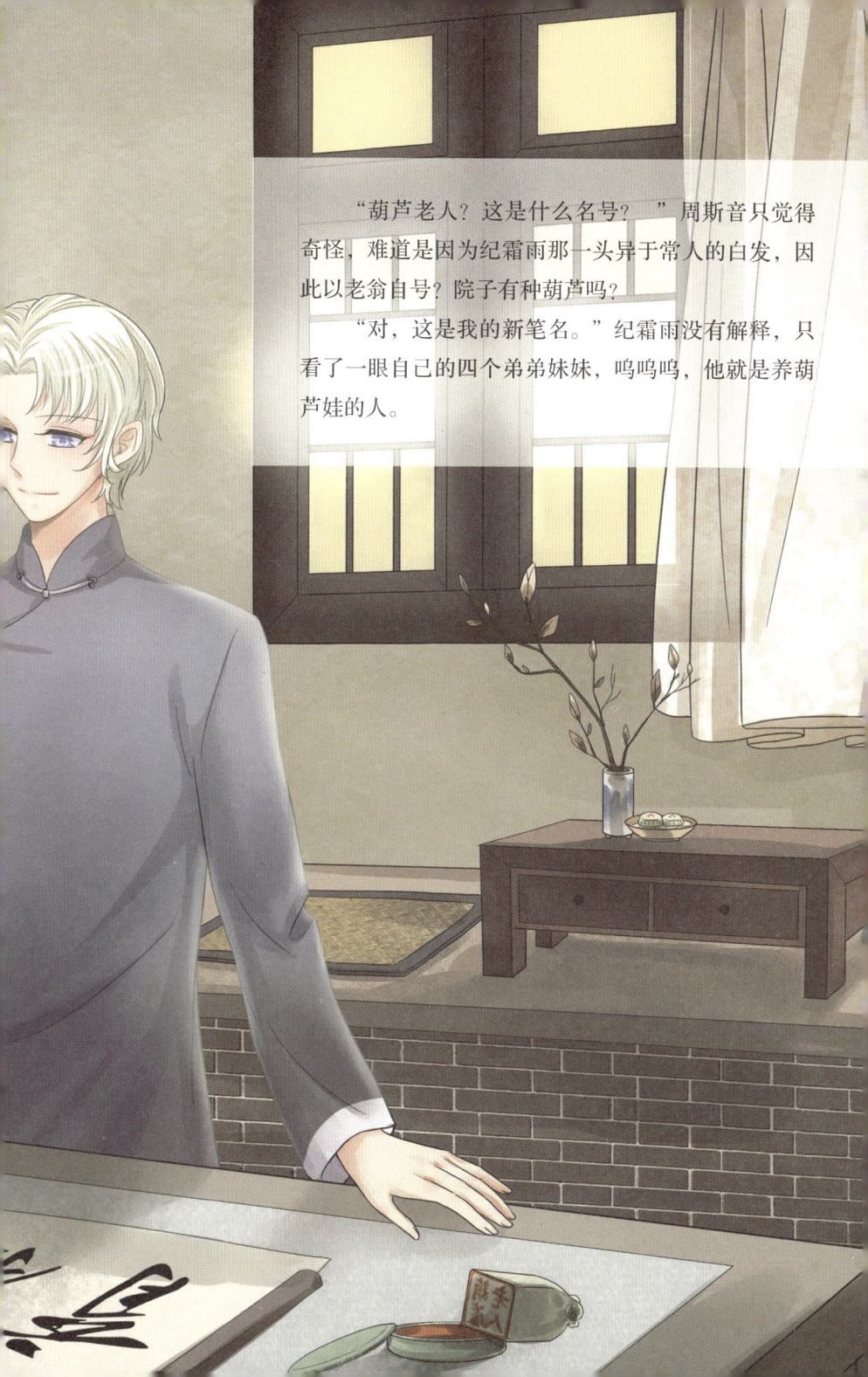

"葫芦老人？这是什么名号？"周斯音只觉得奇怪，难道是因为纪霜雨那一头异于常人的白发，因此以老翁自号？院子有种葫芦吗？

"对，这是我的新笔名。"纪霜雨没有解释，只看了一眼自己的四个弟弟妹妹，呜呜呜，他就是养葫芦娃的人。

第一章　初来乍到

呼啸的北风一过，京城的天成了阴沉的鼠灰色，小雪落下，倒是遮住了街上弥漫着的尘土。虽说京城的冬天很少下雪，但能为这雪花感到欢乐的只是少数人。

火车的哨子声，电车的吭吭声，夹着各类小贩的叫卖声，卖药的镯铃、收旧物的小鼓、卖油的梆子……长长短短，一并钻进满京城的大小胡同里。

京城没有春秋，阴惨惨的冬天通常是陡然到来的，人们会匆忙披上御寒的皮衣。或者像纪霜雨这样，裹着自己仅有的一件半空心棉袍。之所以说"半空心"，是因为这件衣服里还有着一点棉絮，能填充一半空间，不算特别凄惨……

纪霜雨的所有头发一丝不露地藏进毡帽里，仅露出一张白皙清丽如檐下初雪的漂亮脸庞，乌黑浓密的睫毛半掩住双瞳，对比之下瞳色更显浅淡，但清澈有神，如琉璃照月。

他低头袖手，与其余七八个人一样，跟在邻居江三津身后，进了长乐戏园大门。

江三津扫了两眼低着头的纪霜雨，有些纳闷地道："这无冬历夏地在街面上干活，你怎么还白胖了这么多？"

纪霜雨的脸绝对是不胖的，甚至因为这些天吃得不好变得消瘦了。但江三津不知如何形容，称之为细嫩可能比较准确。

前些天纪霜雨一直裹着围巾，看不大出来，这会儿没了遮挡才看得清楚。和饥一顿饱一顿的穷人的面黄肌瘦不同，纪霜雨更像是顿顿大米饭、鸡蛋细养的娇儿，身形挺拔、眉眼疏阔之处，比富养的人儿似乎还更强些。

虽说纪霜雨的五官和从前差不多，但江三津一看，就觉得纪霜雨模样惊艳了许多，因词汇有限，不知如何说，只憋出"白胖"两个字，下意识地把自己心中的最高审美往上套了。

纪霜雨面不改色地道："江叔，这是冻的。围巾留给家里的弟弟妹妹了。"

江三津知道纪霜雨的父母已经病逝，一个人抚养好几个弟弟妹妹，便也感慨地点了点头。也正是同情纪霜雨，江三津才想着帮扶一把街坊，带他来戏园挣钱。

江三津吃梨园行这碗饭，是个"流行"——也就是跑龙套的。干久了，心里有成数，成了龙套演员的头领。戏台上某些小龙套演员不一定要内行人，也可以用外行人充数，由他这头领交代清楚场上的动作就行。

他就时常拉一把穷朋友，尤其是没啥固定工作的。不止这一个戏园，好几处唱戏的舞台、剧院，都是由他带着龙套演员们各处跑。只要是他负责的，台上都没出过乱子，所以各个戏班也乐意和他合作。

但江三津哪里知道，此纪霜雨，早已不是彼"纪霜雨"了！

这个纪霜雨，生于21世纪，职业是导演。他出身文艺世家，打小各种片场、剧院泡大的，正是当打之年。不知道因为什么意外竟然来到这个宇宙空间，就在来到这里之前，他的新片票房大卖，还在办庆功宴呢。

纪霜雨在庆功宴上喝多了，醒来一看，竟然到了这仿似近百年之前。他环顾一周，家徒四壁，还有足足四个饿得嗷嗷叫的弟弟妹妹，一副全靠他养的模样。身为独生子的纪霜雨哪见过这场面。

至于他为什么白嫩了很多？因为他是整个人来到这里，而不是意识穿梭啊!

起初纪霜雨以为自己是意识穿梭,但摸着身上的法兰绒睡衣,看着镜子里自己一头漂染过的浅色头发,立刻确信了,他是整个人来到了另一个时代,只是这里也有一个叫"纪霜雨"的,甚至长得和他都差不多,但身份相差甚远。

有空间理论的学者说过,"从空间上看,在一个无限的宇宙中,不仅一切皆有可能发生,而且它还可以容纳无限数量的无限宇宙,在其中任何一个宇宙中,任何可能的事情都可以发生无限次"。

根据多重宇宙的理论,在我们的宇宙之外的另一个宇宙,很有可能有着极为相似的环境、历史甚至智慧生命,而且这种宇宙的数量可能十分惊人。

而纪霜雨正是来到了另一个相似却又并非完全一致的宇宙,这个宇宙也存在一个"纪霜雨",也许和他产生了交换,去往了他的宇宙。

这一切都在睡梦中发生,纪霜雨只能推测,那个夜晚,他身边的空间恰好发生扭曲,形成一个通往其他宇宙的跳跃点,意外把他送到了这里……

刚来时,纪霜雨靠装嗓子痛,蒙混过了几天,慢慢从家里那几个小孩口中套出了实际情况,也把邻居认了个七七八八。这些天他还一直把染过的头发包得严严实实,且等着黑头发长出来吧,他怀疑这里还没有染发剂。毕竟人生地不熟的,他不想惹来奇怪的关注。

照纪霜雨的猜测,他怀疑这里是个平行宇宙,因为历史走向好似不太一致,说不定啊,原来那个纪霜雨就是平行世界里的他。

纪霜雨每天都盼着一觉醒来回到自己公寓的床上了,然而每次都是在饥饿和失望中起床喝凉水。

太穷了,他家实在是太、穷、了!

哪怕这个家里有缸米,他的心态也能平和一些,也能欣赏欣赏这仿似百年前的世界啊。但饿着肚子,他哪有心思想那些,他还从没有经历过这种十天半个月一点肉末也吃不到的日子。就算哪天能回去,他也得让自己在那个时刻来临之前不被饿死。

原来的纪霜雨好像就在街面上干苦力打零工，攒不下什么积蓄，而且冬天以来没啥工作机会。他正琢磨自己能干什么，好心的邻居江大叔就说可以带他去跑龙套。

纪霜雨当时心里一喜，跑龙套，那也是去片场啊，是他熟悉的地方。只要有机会进去，还怕没机会靠本事多赚点钱吗？他是导演，摄影也是懂的，又在片场、剧院泡大，相关工作七七八八也都了解。

后来才发现自己误会了——跑龙套这个词，原本就是从戏曲行业借鉴过来的词。江三津说的跑龙套，是指去戏园，不是电影片场。那好歹也能赚点钱了吧，只是少得可怜，拿回去还得一家人吃饭。他感觉自己好穷，好饿……到底怎样才能吃上肉？

"好想吃肉哦。"纪霜雨小声嘀咕着。

"犯啥嘀咕呢？"旁边一起跑龙套的路人问，看纪霜雨抬眼，又是一惊，"怎么眼圈都红了。"

纪霜雨："没什么，感慨我好穷。"

路人："……"唉，是挺穷的。大家都是穷人，但纪霜雨家因为孩子多，又没大人，穷得比较突出，这都穷哭了……

路人琢磨道："你若是学过戏，能唱，不说能不能成好角，至少比现在挣得多吧。"毕竟单看这脸，扮相是差不了。

路人说完这话却被听到的江三津瞪了一眼："就你话多。"

江三津知道纪霜雨的父母也是书香门第出来的，家道中落才贫病而死。纪霜雨作为还享过几天福的长子，沦落到下九流的行当来讨饭吃，估计心里已经够难受了。

纪霜雨却只笑了笑："怪只怪我五音不全。"

时空不同，之前那个纪霜雨怎么想不知道，这位在现代长大的纪霜雨可是一点都没觉得难受。人人平等，不带职业歧视的。再说了，他自己是电影导演，但家里也有长辈是从事传统戏曲行业的，纪霜雨也深受影响。话说这两个行业在华夏本也大有渊源，电影进入华夏时，华夏人创作多受传统艺术影响。本国人拍摄的第一部电影，可不就是戏曲类型的。只能说，他是真不会唱戏嘛，没那天赋。

其实类似的话纪霜雨也没少听，不少人劝过他走到银幕前，觉得他长了张上镜的演员脸。彼时他志不在此。刚自己拍片那会儿，甚至有个傻帽儿富二代在公司溜达时看到他和一群演员站一块儿，指着说要捧他做男主角……再说长乐戏园里，后台正吵着呢。

他们进去前江三津就吩咐了，今天都低调点，免得惹里头那几位生气了，尤其是最近在长乐戏园搭班唱戏的名角"应笑侬"，他的脾气可差着呢。

这个戏园纪霜雨先前也来跑过几场龙套，又从同事们口中听了点八卦，知道他们为什么吵架。

戏园老板姓徐，叫徐新月，年纪不大。这是他家的祖产，地皮也是他的，园子也是他的，自东自掌，与既唱京戏又唱昆曲"两下锅"的戏班含熹班签订了长期合约，含熹班驻扎在这园子唱戏。

长乐戏园地方不大，撑死也就能坐三四百人，但地段够好，位于繁华地带，生意一直不错。

上任老板，也就是徐新月他爹，是业内著名的铁公鸡。买卖交到徐新月这里，他把这特点发挥得有过之而无不及，背地里大家管他叫小鸡、鸡崽子。但做任何事的原则是，人家进步你不进步，等同是你倒退了。

别的戏园都推陈出新，想方设法招揽客人，徐老板小气，不舍得整修戏园，也不舍得延请名角儿。一不留神，生意冷得和外头的北风一样。甚至有中人找上门来，想替闻风而来之人说合，把他这块地皮买走。偏徐新月的老母亲还病了，花钱如流水。铁公鸡也是孝子，这时代除了孝敬长辈，还讲究祖产不能随意动，否则更不孝，不只是对父母不孝，对自家地底的十八代祖宗都不孝。

徐老板眼看老母亲这病一时好不了，趁着手里还有点余钱，决心来个破釜沉舟，挽救戏园的生意。他好说歹说，与含熹班合起来出资，请了一位久不出山的京戏名角应笑侬来排彩头新戏,即鬼神题材的《灵官庙》。说是名角,但这会儿梨园行大约五年就更新换代一次,应笑侬的卖座能力肯定不如当年了,谁让徐新月请不起也舍不得请当红演员。

除此之外,徐新月还亲自跑了趟沪上,学习那边最先进、最时兴的舞美技术,购买各式道具,运回来些西洋风格的布景片。

排好了戏,水牌子往外一挂,戏票的确卖得不错。可惜,还没有火热几场就冷清了下去,眼看这波就血亏了。

徐新月本来信心满满,毕竟最流行的是西洋戏剧那样的布景,现在各地都学沪派布景,而沪派布景正是学的西洋戏剧,绘制油画般写实的布景片,再加上机关火彩,热闹非常。没想到,这也能亏。

见这情形,自然是……互相推诿啦!戏班、徐新月、过气名角三方吵得不可开交。

戏班这边责怪徐新月布景片没选好,机关设得不够精巧,被沪上的布景师骗了;应笑侬嗓子不如当年,唱得留不住听众。

应笑侬说是戏班的伴奏乐师为难他,给他定调门定得太高,唱得不痛快怎么留人。

徐新月趁机指责他们危机当头还内讧,浪费了自己特意布置的舞台和延请应笑侬的钱……

应笑侬和戏班班主一起凶他:"你哪儿摆呀!你懂什么唱戏!"

——应笑侬不愧是科班出身的名角,而且花脸一般要求演员身材高大,他俯视着徐新月开口。这喷口,这嘴功,字字有力,字正腔圆地砸徐新月一脸。

徐新月:"……"气死他了!眼里还有没有他这个东家,真是看他要倒台了吗!

众人陷入互相甩锅的氛围中无法自拔,徐新月甚至扯住了江三津这个外人,叫他评理:"你们说是谁的错?"

江三津哪里敢回答,只顾着打哈哈,心想要这样下去,近百年的长乐戏园,完喽。

"我觉得三方都没有错。"一个细细的声音响了起来。

众人看去,都微微蹙起眉,江三津更是脸色一变。

没错,插话的人正是没吃饱饭中气不足的纪霜雨。

徐新月翻了个白眼:但凡和稀泥的人,张嘴就是你也没错,他也没错,大家都没错。可谁都没错,这买卖怎么黄的?观众的错吗?

看眼下又来个和稀泥的,徐新月看了两眼:"你……你是新来班里的?"若非今天吵架,徐新月也不会和龙套演员们照面。他一看纪霜雨容貌出色,便下意识地以为他是个演员,但看年纪不像刚学戏的,怀疑是刚应聘来含熏班的愣头青,难怪有胆量开口。

江三津汗颜道:"东家,这是我带来的……"

江三津带来的……那就是龙套演员啊!

徐新月都失笑了,他没好气地道:"你哪儿摆呀!"这是方才应笑侬和班主凶他的话,京城土语,可以简单粗暴地理解为"你懂什么"。先前班主和应笑侬凶他,可他好歹在戏园长大,又掌管几年,总比临时的龙套演员清楚,这句话啊,他就学给纪霜雨了。

应笑侬也冷笑一声,他是当红过的角儿,最叫座的时候,同场唱戏,他拿的钱比老生、旦角都要多,算是花脸行的独一份。但脾气也养得有些大,平素横骨叉胸的,与螃蟹差不多,在长乐戏园唱戏这些天,跟不少人吵过架,连徐新月也没得过他几个好脸。

应笑侬此时正要跟着嘲讽两句,端详纪霜雨两眼后,捋着髯口郑重地道:"噫,他长得挺好,让他说说看。"

众人:"……"

徐新月摸了下脸,他怎么感觉被拐着弯骂了?

纪霜雨一脸习以为常的表情:"多谢应老板。"

众人:"……"

徐新月:更生气了!

应笑侬端茶喝了几口，他方才吵得累了，这时说是颜控发作，但不无趁机休息一会儿的想法，更能羞辱一下小铁公鸡。

纪霜雨做了半个工具人，但他不在乎。他在长乐戏园看了好几回热闹了，早已搞明白，才忍不住开腔，不为正义，不为出风头，只为憋着借机会弄点肉吃……换作其他生意好的戏园，真不一定有他说话的份儿。

只见因为众人无语，现场安静下来，纪霜雨赶紧道："据说前朝时不让唱夜戏，后来让唱了，却只能摆蜡烛，也不一定照得亮人脸。所以说，咱们叫'听戏'而不是'看戏'，观众主要就听。直到再后来，园子里挂上水月电灯，亮如白昼，渐渐有了灯彩机关，还效仿西洋戏剧的布景，绘制布景片。"

这是以前纪霜雨听长辈讲古说到的，对在场的内行来说，也是了然于心的舞台历史，只是不知纪霜雨提这个做什么。

江三津也紧张地看着纪霜雨，毕竟是他带来的人，他得负责的。但他也不知道纪霜雨到底要说什么，该不该阻拦了。不过，江三津看纪霜雨双目亮如雪光，那模样，很像是自己在指点龙套演员们台上位次的样子。自己虽然只是个龙套行头，台上从不张嘴，但是排戏的程式烂熟于心，调动起人来胸有成竹，连班主也指不出什么。这样说来，难不成纪霜雨竟有成算？

纪霜雨侃侃而谈："想想夜戏无光，也就是一二十年前的事，那时就算台上弄了机关彩头，观众也看不清，什么用都没有。但这能说机关无用，吸引不来观众吗？只是不合适罢了！"

现在正值传统戏曲舞美技术受到时代新风的影响，刚开始竞相改革的时候，全国最流行的就是彩头戏，也就是往各类戏曲里加上机关布景。和现代人想象中的寡淡可不一样，这会儿有点群魔乱舞的意思，策划们疯狂地往里加噱头。人们利用上光学、电学等知识，在戏里加上机关、灯光、魔术，什么飞人滑轨、活动翻板、真蟒蛇上台，甚至脱衣舞……怎么刺激怎么来。又学习西方戏剧布景风格，找来画师绘制写实的景物作为背景，大受欢迎。娱乐生活还没有后世那么精彩的市民们，看得那是如痴如醉。

这股风潮从沪上开始，各大城市、戏种也争相搬演，一时必不可少。可再精美的布景，放到再往前几十年，科技更落后的年代，就不一定有这样好的效果了，压根看不清啊。

"所以'合适'两个字很重要，东家排的戏有许多机关，虽然不是特别刺激，却并非失败的关键。乐师与主角配合不算顶默契，但功底深厚，台上圆了过去，症结也不能说在他们。依我看，问题其实出在，您光想着要热闹戏，要新鲜多，还请了武功一流的应老板来，却没想着把舞台也扩宽一下。打个比方，关羽九尺的身高，要是在杂房里耍刀，能出彩吗？"

不是说就难看了，只是，完全无法发挥应有的效果，甚至效果是大打折扣的，就像彩头戏在过去的夜晚演一般。这是个很浅显的道理，此前在长乐戏园竟无人能道明。

在现代，随便拉一个人过来，看多了也能根据经验给你总结几点：大片最好去有IMAX巨幕的影厅，有激烈打斗的动作片看3D的最爽，4D影厅小心头晕……

这会儿，也许有经验的人能感觉到，比如演员会逐渐摸索出在大场地和小场地分别用多大的力气，但也缺乏总结、推广。毕竟此时，戏曲舞美还未形成理论，没有一个实用性规则。

戏曲这个行业目前还普遍缺乏技术人才，戏班、戏园基本都是分开的，有流动性。戏园、东家都要赚钱的，寻常戏园的老板也不会琢磨我是不是应该把戏园的舞台大小改改，改到多大，观众看起来才舒适。

要在沪上，这方面的人才还多些，尝试不同的镜框式舞台、中央式舞台、实景舞台，或者扇形舞台、圆形舞台、马蹄形舞台……

长乐戏园里，真没人有这方面的知识。

纪霜雨对场面调度之类的工作更是再熟稔不过，一眼就看出来不合适,以及到底哪些地方不合适,需要改到什么程度。待纪霜雨说出来,像应笑侬那样舞台经验丰富的演员,结合自身经历,还真有点豁然开朗的感觉。

徐新月初时还不信:"戏园台子不都这个大小,差不离,我们戏园的戏台算大的,这么多年都是这样演的。"更教他无法相信的是,你说新戏失败,仅仅因为这戏台的大小?

纪霜雨轻松地道:"可您的场面太热闹啊,就比如您从沪上学来的灯光设计,不也是布置在更大的舞台上嘛,照搬过来也不太合适。"纪霜雨刚才讲那些前提,就是想强调这个道理。合适,对效果真的很重要。

长乐戏园能坐几百人,舞台也不算小了,但是和徐新月设计的场面比起来,还是有些不协调。徐新月到底还是外行了,要换了沪上那些有经验的布景师,兴许能看出来。

徐新月惊讶之至,他一个人去的沪上学习,学技术的地方舞台的确是仿的西式,大大的镜框式舞台。徐新月又不懂打光,回来布置灯光完全是生搬硬套,甚至因为与后台化妆时光线不同,演员第一次上台妆容都惨白得过分……但是他不懂,别人也不懂啊。这么些天,从同行到观众,没一个人指出过不对。倒是这个跑龙套的,只看了这里,就知道他必是从一个大舞台搬来的,真神了!

先前徐新月对于舞台大小一说,还有点将信将疑,现在已经是笃信了。

此时,含熹班里却有人愣头愣脑地插了句话:"可见还是徐东家的错。"

徐新月:"……"

徐新月立刻骂了回去,三方再次乱成一团,吵得更厉害了,这次的重点是纪霜雨说得对不对,由此再引申到到底是谁的错。

江三津目瞪口呆,既惊讶纪霜雨还真有这个本事,落落大方地指出弊病,又为他们吵得快要打起来的样子头疼:"这,霜雨,你劝劝呀。"

纪霜雨肚子饿，哪有力气劝架，手拢着嘴巴，心里很想念自己在片场用的小喇叭，虚弱地道："别吵了，别吵了，求求你们别再为我吵架了。"

江三津："……"

众人："……"

……感觉哪里怪怪的？

毕竟大局为重，吵架是暂时停住了。

江三津还挠着头，表示不知道纪霜雨还懂这些，明明以前都没接触过梨园行，更没去过沪上。而今戏曲最流行的机关，都是自沪上而始，一流布景人才多集中在那边。

纪霜雨说出来前就没想过如何圆得天衣无缝，谎话说那么细才容易被拆穿呢，只含糊地说道："也不用在后台工作过，懂科学知识就能看明白。"

江三津恍然大悟，纪霜雨是跟他父母读过书的，他的家里好像还有不少书籍，还有带洋文的。纪霜雨父母去世后虽然疲于生活，但现在看来也没放下学习，有文化就是了不起啊。连嘴皮子好像也利索了，方才那一番话，条理清晰，毫不怯场，江三津手底下好些人，见着东家说话可都打磕巴。

"对对，科学，你再说说那个灯光的科学，还有我的机关怎么不刺激了？"徐新月急忙问道。

纪霜雨腼腆地一笑，淡淡的红晕让他的脸上又多了几分神采。

徐新月："快说啊！"

纪霜雨羞涩地道："东家，这是另外的价格了。"

徐新月："……"徐新月陷入了沉思，垂着脑袋，五官也耷拉着，久久不语。

纪霜雨："……"不是吧？老板，这都搞不到你的钱？

戏班的班主忍不住骂了句："这小鸡崽子，能小气死你！"也就他和徐家多年合作，算是看着徐新月长起来的，才能直接骂出口。这都什么时候了,还抠!还抠!你便先答应又何妨?且看看这年轻人的本事啊!

这个节骨眼,也容不得再抠了,徐新月垂头丧气地道:"你要给出了好主意,解决我的燃眉之急,我给你另开工钱。比照……比照沪上布景师要价的……两……三成给你。"

在他们心里,纪霜雨说出了一些科学知识,但和沪上的布景师怎么能比,所以给个两三成,在徐新月心里是个极为合适的价格了。

徐新月要不是遇到的情况特殊,压根儿都不可能花钱换什么舞台。

纪霜雨虽然不知道那是多少,但他察言观色,瞧着其他人的脸色,猜测不算太亏,便同意道:"好,那我给东家面授机宜!"

……

纪霜雨和徐新月找了个地方私下谈,商定帮徐新月重新设计场面。

"你说要扩大舞台,那我买的布景片岂不是不能用了?"徐新月花钱在沪上定制了布景。

这会儿哪来的对口人才,一般都是找画师,还得是西洋风格的写实画的画师。布景片的尺寸都是比照原来的舞台定制的,要是扩大舞台,那布景片也不够用了。而且,在这边,绘制布景片的要价可能还贵些,毕竟沪上那边纱布价格相对便宜,此类工厂多嘛。

纪霜雨随口说道:"那就不用了呗。"这种西洋画风,时下流行,一场戏多则换四五十张,少的也有十几张,但他看着是有些别扭的,压根儿也不想继续用。

徐新月如遭雷击:"不用?那都是钱呢!"

纪霜雨也见过小气的老板,不是有钱人就一定大方的:"那您卖了吧,回点本重新布景,咱们搞点华夏风格的。"

徐新月鄙视地看着纪霜雨:"华夏风格,你是说后头挂一张单调的守旧?以前咱们舞台就这么布置的,哪有人看?现在的人,都是冲着西洋布景来看!"

"守旧"就是门帘，遮挡舞台后方墙壁的幕布，也叫台帐，原来都是很朴素的，后来渐渐多了绣花，才显得华丽一些。

纪霜雨："……我不是这个意思。"他觉得好笑，又感到荒谬，这是个什么群魔乱舞的世界啊！

最初的戏曲舞台，的确是很朴素，所以现在受到冲击，才开始迅速发展嘛，虽然有点用力过猛的意思……堂堂华夏传统戏曲，还要靠西洋风格的布景来吸引人？

如果说合适的机关他还能认可，这油画风格的布景，混搭在京剧舞台，他就完全无法忍受了。只是这时工作没稳当，他忍着暂时没说出口。

"再说了，重新布景怎么来得及画？这是急事。"生意一天不如一天的，可不能再耽误久了，徐新月忧虑地道，"还有这机关啊，我总觉得少了……但是在沪上的时候，有的机关，有钱也学不到啊！你可还会其他机关？"

纪霜雨一口应下来，虽然不知道这会儿还流行些什么机关，但以时下的科学技术看，也不会太难。再说了，在投资人面前，最重要的是摆出一副我一定能为你赚钱的自信的样子！

于是纪霜雨大声道："我会！"

徐新月："你会什么？"

纪霜雨："你要什么？"

徐新月："你会什么我看着要哪个。"

纪霜雨："你要哪个我看我会不会。"

徐新月："……"

……这都什么跟什么啊！

第二章　工作机会

徐新月总觉得纪霜雨讲话怪怪的,到底有底儿没底儿啊?

徐新月刚刚跟纪霜雨单独聊之前,先找江三津摸了一下这个人的底细,倒是没大问题,从小在江三津他们住的那条胡同长大,所以也暂时按下了狐疑,试探着问道:"我想知道骷髅戏和砍头术。"

沪上的布景师都有派系,想混进去谈何容易,这会儿正是新旧观念交错之际,手艺人根本不可能随便传习技术。人家把机关详情的保密工作做得可好了,毕竟是各个戏班、剧场敛财的手段,除非你高薪把布景师挖角过来。徐新月没钱挖角,经人介绍,才设法学了些皮毛手法。至于这样的精要机关,他哪能得知。

骷髅戏?砍头术?纪霜雨听完沉默了一会儿:"您形容一下这机关都是什么样子,呈现出怎样的情景。"

徐新月:"……你到底知不知道啊?"

纪霜雨:"您先说说嘛,我说过了,只要了解其中科学知识,我就能知道。"

纪霜雨哪里知道这个时代有些什么,琢磨着让徐新月形容出来,再看自己能否看破。毕竟从这几日各个戏园的舞美看,技术都算不上高明。

徐新月又没上过西式学堂,对科学不科学的概念很模糊,但话都说到这里了,也只好形容了一下:"我看有出戏,是孙悟空打白骨精,那演白骨精的角儿，演到现形，真就显出了骷髅身。"

纪霜雨听完，"哦"了一声，果然是群魔乱舞："X光片吧。"

徐新月："艾克斯光？啥？"

按说这时候也有X光设备了，但估计只在少数私人医院有，普通人也不是特别了解。搬到舞台上，却成了骷髅戏。

"就是一种西洋的医疗手段，能看到人的骨头，您上各大医院打听打听，准能找到。"沪上有，这里应该也有，纪霜雨指点道。

至于砍头术，徐新月还没形容，纪霜雨已经猜到了几分，估计就是魔术，让观众看上去觉得人的身子和头分离了。

"哦哦！"徐新月模糊地想起来，好像是在报纸上看过文字广告，什么某某医院引进照骨之术，但他还真没和戏台上的骷髅联系起来。一时感觉热血沸腾起来，单这个机关，也能吸引不少人的眼球吧！

纪霜雨语重心长地道："但东家最好不要贪多，你不觉得因为台上机关太多，导致应老板有些手脚畏缩，一心想着配合机关，不大放得开吗？"

"你这么一说……是有点。"先前大家有点身在此山中的不明，现在回头看，好像处处如纪霜雨所说。

徐新月忽然想起什么，道："哎，你先前还说大家都没错，说应笑侬配合得好！"

纪霜雨："因为我不敢说他坏话，他看起来很能打的样子，还好凶。"

徐新月："……"明明只凶了我没凶你吧……

纪霜雨看徐新月好像有点听进去了，压低声音道："机关虽然吸引人的眼球，但还需以戏为本，与舞台大小一样，以'合适'为佳。若是一味地堆砌机关，那就不是锦上添花，而是本末倒置了，这样的艺术不得长久。"

君不见艺术发展到了21世纪，灯彩戏的潮流早成历史，或者说融入了舞台。戏曲仍以本色为主，剔除了仅为吸引眼球的机关。至于那什么西洋风格的布景，更是早不知道哪儿去了！也有好看的舞美，但绝不能喧宾夺主，一味图热闹，什么魔术都往里面堆砌。便是现在，也有只重机关不重戏的剧场因此倒闭，观众也是有审美底线的。

徐新月打了一个激灵，细细品味，觉得这个年轻人说得很有道理，光有热闹，是不长久的！然后，他真挚地道："跟我有什么关系？我要赚钱。"

纪霜雨："……"

……怎么说呢，果然无论哪个年代的投资人都差不多。有种熟悉的感觉啊，想起他在之前的世界里，就对影片的美术把控得很到位，还得满足投资人对要有"大场面"的要求，最后完美地平衡艺术，颇得时誉。

对徐新月来说，咱就是商人，让生意起死回生更重要。他当初选那出《灵官庙》添加机关，翻成彩头戏，就是因为乱力怪神的戏更方便添加噱头，更热闹。

徐新月补充道："还要便宜。我没钱。"

纪霜雨："……"

……你这就有点无耻了！那就算告诉你是 X 光做出来的效果，你也不舍得去借机器吧！又想省钱又想热闹，你怎么想得那么美？但是，面对投资人的第一件事，别说实话。

于是纪霜雨张口就道："放心，东家，绝对用最实惠的价格，让你做京城最热闹的戏园！"

徐新月好奇地看着他，自己家里开戏园，从小到大见识的人也多，却觉从未见过这样的。这个跑龙套的，讲话的措辞时常让他觉得荒诞，可又极有说服力，不像是街面上信口开河的骗子，让他不由自主地就被蛊惑了，很想在其身上寄托希望……

纪霜雨：这都是多年忽悠投资人积累的经验啊！

又聊了几句，渐渐从起初的兴奋中冷静下来后，徐新月心里再次打鼓了，他这人就是比较反复："听这意思，你真觉得……能行？"

这戏原本都冷清下来了，这么扩大下舞台，改改灯光砌末，真就能……火起来？徐新月感觉挺不安的，想从纪霜雨口中得到些肯定来安慰。感觉听纪霜雨方才说话挺唬人的，兴许纪霜雨一说，自己的心情就平静下来了。

纪霜雨："我说能行您可以给我红包吗？"

徐新月想了一下："算了，我觉得凡事天注定。"

纪霜雨："……"

……

徐老板是真小气，还不肯立刻结账，说要看最后的效果，现在钱得留着扩大舞台，买新布景。

要说徐新月小气归小气，但纪霜雨打听过，他们徐家父子向来挺有底线的，不乱扣戏班的钱，要么也不能有戏班与他们合作这么久。好歹呢，徐新月也先支了两包铜子给纪霜雨，也免得戏重制成功前纪霜雨先饿死了。

即便是这两包铜子呢，徐新月也是和纪霜雨立了文书的，请应笑侬作为见证，写明是预支的酬劳，如若搞砸了他的事，铜子都得还回去云云。

纪霜雨赶紧揣好了钱，连连感谢。看徐新月的桌上搁着些点心，又顺手从中拿了两个看起来最便宜的馒头。

徐新月阻拦不及，痛叫一声："我的饽饽！"这戏园里也没谁能像纪霜雨一样不识趣，拿他徐小鸡的饽饽吃。这真是在小铁公鸡屁股上拔毛，徐新月虽然不舍、愤怒、焦急，但碍着舞台还要纪霜雨来设计，便忍了下去，只把剩下的点心都收了起来。

纪霜雨厚着脸皮说："谢谢东家。"

出门时纪霜雨又遇到应笑侬。应笑侬问他，东家给了他多少钱重新设计。纪霜雨比了个巴掌，五十块。

应笑侬震惊了："这么少？"这怎么会够啊，光是绘制布景片，就远超这个价格了。更别提,还要购买绣花绸缎等物。这些买来也不是一次性用品,日后会反复使用的。但是,你总得先买了吧?

难道说,情况已经十分紧急,应笑侬问道:"东家,难道咱们先前几场赚的,已经赔得只剩这几个钱了?"

徐新月:"不是,但我只舍得出这么多。"

应笑侬:"……"

徐新月找补了一句:"而且他也同意了啊!"

纪霜雨一脸人畜无害的表情。不管徐新月提出什么要求,他都先答应下来,反正回头没钱了再找投资人继续要,这才是导演的基本素养!再说了,他压根不想用西洋布景片,所以这笔大开销压根不必计入。

应笑侬叹口气,没想到纪霜雨敢承担下这个活儿,又夸了纪霜雨几句:"年纪小小,长得倒好。"过了两秒大概觉得不对,赶紧补了一句,"还有本事!"

其他人:"……"

"谢谢应老板。"怎么说,人家这也是夸呢,纪霜雨老实地躬身道谢。

不想应笑侬恰好往前踏了一步,纪霜雨戴的毡帽勾住他的髯口,还没反应过来,应笑侬一甩头,纪霜雨的帽子就掉了,包住头的一圈布也散了下来,留到肩上半长不短的头发都落了下来。

应笑侬的表情立刻就变了,连带着,整个后台也慢慢变得安静下来,大家都呆呆地看着纪霜雨的头发。

纪霜雨:……唉!

其实,化学染发剂这里已经出现了。问题是,纪霜雨来之前,因为庆功,在剧组成员的怂恿下,要看导演的美颜能不能 Hold 住造型,一时兴起满足大家的愿望,把头发给漂染了。而且,还不是褐色、黄色那些常见的颜色,那好歹能辩解为营养不良,他的头发漂染成了小众的银灰色,这里的化学染发剂可做不到这个程度。

纪霜雨的五官，较为清丽秀气，小时候经常被认成女孩子。而且他的头发虽然染成了银色，却完全没有白化病人那样病态的感觉。他刚来时，原来那"纪霜雨"的弟弟妹妹都被吓了一跳，他把小孩子糊弄过去后，就一直将头发包好了，换龙套装时也很注意掩藏起来，免得引起人注意，生出事端。

纪霜雨的五官生得好，这造型确实能驾驭得住。只是毕竟人间少有，银灰色的发丝落在颊边，琉璃般的双瞳闪烁，自带了十成十的诡异氛围，好看之余竟多了几分非人般的奇诡，乍看之下，极为唬人。

应笑侬看过不少戏妆，都"嘶"了一声。

江三津首先回过神来，开口问道："从前头发还不是这样，怎、怎么会一夜白头呢？霜雨啊，你遇着什么事了？"

传奇里有美人、名将一夜白头的故事，据说伍子胥过昭关，就一夜之间白了头发，但现实里谁看过满头青丝转瞬成白。还白得挺均匀，挺好看……

这里多是在戏园工作的人，接触多了戏曲，一时脑子里都是风花雪月的故事了。

纪霜雨长得又好，难道说，他有个生死相隔、不得相守的恋人，为此才悲痛至白头？

哦，还听说他父母去世了，又或是孝心所致？

纪霜雨看得出大家眼神飘忽，指不定在想些什么了，他可不想显得太奇怪，赶紧把帽子又戴了回去，郑重地道："我就是太穷，馋肉馋白了头！"

馋肉还能白头的？这是什么理由？

人家正脑补罗曼蒂克的传奇故事，就被纪霜雨拉回了现实中，不止扫兴，还不愿意相信。倒是江三津迟疑地表示，没听说纪霜雨有要好的姑娘——他虽然长得好看，但家里有四个拖油瓶，穷到一个胡同的姑娘都只能默默地祝福他。

纪霜雨的父母去世也有几年了。风花雪月的故事或者孝心的理由好像都不成立。难道……真的是馋的？

江三津的眼神变得不一样了，仔细看竟有一丝……尊敬？怎么说呢，馋肉这个理由听起来很不体面，很惨，但馋到这个地步，却也莫名让人……肃然起敬呢！

连徐新月都忍不住比了比大拇指，难怪纪霜雨这么勇敢地毛遂自荐，是饿得不行了吧。

纪霜雨一看那大拇指，眼神继而就往徐新月的房间里瞟了，他想到那盒点心。既然东家也怜爱我，那不如……

徐新月仿佛知道他在想什么，忙不迭地把暖壶里剩的茶水往地上一泼，摆出疯狂送客的架势："可怜的孩子，刚发了钱，快去买肉吃吧！"

纪霜雨："……"

到底是怎么好意思摆出这么大方的姿态的，老板，你是发了两包铜子不是两包金子啊！不过徐新月说得对，纪霜雨是得赶紧去买吃的了。

外头北风萧萧，街边卖烤白薯的小贩不时夹着架子上的白薯翻身，要有人买，即用小笤帚把白薯面上的灰土给扫净了，虽然是小买卖，但看着也舒心。之前纪霜雨做一天事也就能挣当天的饭钱，不但攒不下钱，因为一家人五张嘴，吃的也就是白薯或者白披儿之类。白披儿就是白面条，只滴点酱油和醋，炸酱和卤都没钱加！一顿两顿还好，吃久了想哭。

这下纪霜雨看都不看一眼那热气腾腾的白薯，直奔饭馆，借他们的容器买了一海碗的羊肉汤，再加两个杂粮馒头。路过饽饽铺，又花十个铜子买了包江米条。

徐新月给了两包铜子，里面都是当十的铜钱，也就是一个铜钱等于十文。两包一共三百枚，大约能换成两元钱。

肉汤、馒头和江米条一共花了三十五枚铜子。煤球还能烧几天，那剩下的钱,就全都买粮食,虽然最近米价贵,一石六元多,但只买粗粮,也能保证短时间内不会饿死了。明天再去买,今天没吃饱拎不动……

路上走得不快,京城的路号称是"好七年,坏七百年",他得仔细了别摔碗。虽说也有沥青路的地方,但也是紧着商业区和富人住的地方,纪霜雨回家的路不在其列,不是砂石路就是土路,胡同里更是尘土飞扬。

纪霜雨住在小鼓胡同的大杂院,这地方之所以叫小鼓,是因为挨着一个旧货市场。这时候收旧货的小贩总是敲着小鼓来昭告大家,地方便是因此得名。

到了小鼓胡同,纪霜雨不忙回家,而是先去江三津家,把那包江米条送出去。今日挣了一笔钱,他没忘了多亏江三津帮忙,才有机会。平时是余不下钱,这会儿钱不多,却一定要挤出哪怕十个铜子,买的只是铺子里最易得的江米条,也是心意。

江三津为人热心,平时带大家跑龙套挣钱,也没拿过提成,但是知恩图报的人谁不喜欢啊,而且他家还有两个嘴馋的小孩,捧着江米条开心得跟什么似的。在江三津家寒暄了几句,纪霜雨才回自己家。

……

"我回来了。"纪霜雨打开门,黑乎乎的屋里只有煤炉子里淡淡的红光,什么家具都没有,除了炉子就一个盆一个桶,几只餐具,两条被子,一些旧书。

砖炕上坐了三个小孩儿,都不到十岁。孩子看上去比实际年纪要矮小,身上穿的不是空心棉衣就是他的法兰绒睡衣,一见到纪霜雨便眼睛发亮。

"大哥!"

小孩儿们跳下炕迎接他,二弟从纪霜雨手里接过所有东西,年纪不大,但干活多,手上稳稳当当。

"嗯……"纪霜雨扫了一圈,纳闷地问道,"三妹呢,出去捡煤核还没回来吗？"

冬天这么冷，但他们家买不起太多煤球，于是小孩儿们没事就去翻翻别人家炉灰堆里还有没有未烧透的煤核，捡回来填补着用。

"大哥，我就在这儿啊。"三妹的声音委屈地从纪霜雨的身后响起。

"我的天！"纪霜雨给吓得打了个激灵，低头一看，三妹居然就蹲在他脚边，正在拿胶水糊鞋子。

穷人的鞋子破了当然不可能直接换新的嘛，都找不起鞋匠，自己用牛皮熬的广胶糊一糊，再继续穿。

就是这个三妹……纪霜雨被她惊吓过好几回了。三妹长得有点黑，才九岁，身材瘦小，天生还没什么存在感，经常让纪霜雨觉得她神出鬼没。这不，刚刚人就在身边他都没看到！毕竟屋里光线实在太暗了……

好怀念有电灯的生活！此时虽有电有灯，却不是他家用得起的。没见有的戏园拉了电灯，还可以作为宣传的卖点呢。

"咳，行了，吃东西吧，我买了羊肉汤，热热吃。"纪霜雨直接用煤炉热肉汤，他也不是个干活的料，只是因为弟弟妹妹都是小孩，硬着头皮干。

这几天都是这样子的，最恐怖的一次是四妹尿炕了他还得收拾，大冬天的他的眼泪差点儿掉下来。

纪霜雨把帽子、布条都摘了，方便干活，炉火摇曳，白色的发丝反映着炉火的淡红，眼中似乎也有火光跳跃。

其实四个小孩多少觉得朝夕相伴的大哥有点不一样了，外人不清楚，他们却察觉得到。但是，兴许这真的是平行宇宙的纪霜雨吧，他们只觉得大哥好像变了，却没想过这根本不是原来那个大哥。再说，每天吃不饱真的没力气想太多……

四妹盯着纪霜雨看了一会儿，甚至壮着胆子说："哥哥长出白头发，变得更漂亮了。"

二弟刚想纠正妹妹，怎么能用这个词来形容哥哥，就听纪霜雨迅速接道："少废话。"

二弟："……"

纪霜雨不介意自己的长相,而且他来自风气更开放的时空,被夸个漂亮而已算什么啊。

此时羊肉汤已经热得渐渐冒出了原本的香气,浓白的汤汁裹着鲜嫩的羊肉、羊杂,还有些炖烂了的白萝卜。卖肉汤的铺子可是百年老店了,羊肉炮制得毫无膻气,花椒面一撒,愈发鲜香四溢了。

几个小孩吸溜着口水,作为纪霜雨之后最大的小孩,那个二弟思考得稍微多那么一点点,盯着肉道:"大哥,今天怎么挣了这么多啊?"

纪霜雨想,毕竟还小啊,想得多一点点,却多得有限,不然就该怀疑大哥偷偷吃软饭了吧……

"多兼了份工。"纪霜雨淡定地道,看羊肉汤热了,一人分了些,又把从徐新月那里顺的白面馒头掰开,和着杂粮馒头,分给大家泡着吃。

馒头在带回来的路上冻硬了,在热乎乎的羊肉汤里一泡,又恢复酥软。而且馒头掰开了之后纪霜雨才发现,从徐新月那带回来的不是纯白面馒头,馒头里头夹着剁碎的五花肉。

按说有馅就该叫包子了,但这肉丁馒头实际上属于京城人的点心,里头夹那么点肉末,才显得精细。纪霜雨不清楚,还寻思自己没动其他的点心,单拣馒头很识相呢。

——当然,绝对没有说徐新月不小气的意思!

纪霜雨先喝了口羊肉汤暖胃,两口就把羊肉吃了,再开始吃白软的馒头和白萝卜,这白萝卜水分多,还在炖熟的过程中吸饱了羊肉汤,炖出了浓厚的香味。胃里有热乎东西,整个人也暖和过来了,真是感觉美滋滋的。

"大哥,这个也给你吧。"二弟想把他那半边馒头也给纪霜雨,"你辛苦了,这几天夜里都听到大哥在说梦话。"

"你自己吃。"纪霜雨拒绝了,独生子还不大习惯这兄友弟恭的画面。

二弟:"大哥要干活,大哥吃吧。"

纪霜雨:"不是,我比较喜欢吃肉。"

二弟:"……"

一人也就分了几块肉,再加那么丁点儿肉末,早捞起来吃完了,都有意犹未尽的感觉啊。不过,好歹是重温肉味了,纪霜雨一边回味,一边顺口问道:"我还说梦话了?"他白天太累,夜里睡得沉,哪知道自己说没说梦话。

"前天给四妹收拾完,你倒下没多久,就念了好几句,什么'不要男妈妈'。"二弟天真地看着纪霜雨,"这是什么意思啊,大哥?"

纪霜雨:"……"呜呜呜,就是大哥真的很辛苦的意思啊!大哥真的不会带小孩!

"我也听到过。"三妹冷不丁儿地道。为什么要用冷不丁儿来形容呢,因为虽然三妹一直蹲在旁边,但她实在黑得快和背景融为一体,气息微弱,差点儿又吓了纪霜雨一跳。

"说什么了?"二弟问,想看看自己听到没。

三妹回想了一下,说:"好像是'不要葫芦娃'。大哥,'葫芦娃'又是谁?是'南妈妈'的孩子吗?"

纪霜雨:"……"

……就是你啊!隐身娃!每天回来都要被三妹吓几次,很累的。

纪霜雨糊弄道:"没什么,都是戏词。你快吃吧,老六。"

咱家哪来的老六?几个小孩茫然地还想纠正,已经被纪霜雨按着头"干饭"了。

虽然存款又成了零,但接下来几天,纪霜雨至少不必满城各戏园跑龙套,担心今天是不是会饿肚子了,他专心在长乐戏园帮徐新月重整舞台,完成设计。

因为应笑侬的颜控,纪霜雨在他面前算说得上几句话。

——要说起来，纪霜雨以前的口才并没有这么好。也是做导演工作久了，为了完成自己脑海中的概念，与投资人沟通，与演员沟通，与摄影师沟通……太锻炼人了。

这样劝说着，脾气极差的应笑侬，这才买了些饽饽去给戏班的伴奏贴饼。

什么叫"贴饼"呢，这些拉琴打鼓的伴奏乐师，拿钱都比台上角儿要少的。但是演出是个合作嘛，伴奏的要想让你唱得不舒服，尽可以刁难。演员要是私下送礼打点伴奏的，就叫贴饼了。那种特别厉害，尤其能在唱腔设计上出力的乐师，演员也常私下补钱，讨好着。

先前应笑侬和他们不对付，就唱得不怎么舒服。应笑侬去送了礼，那边收下，大家也算是握手言和了。

纪霜雨都是为了最后呈现的效果着想，他还想再看看这戏曲演出的部分能不能加强，却是说不上话了，搞得他极为手痒。

纪霜雨就去撺掇徐新月："我说东家，你要不要索性聘请我做导演啊？"

"导演是什么？"徐新月茫然道。

"就是一个总督演出的人，负责一切和戏有关的事，从灯光、音乐到表演，指导大家排练。以期上台呈现出最好的效果。"纪霜雨解释道，"西洋影戏拍摄就有这样职位，我也是对剧情有些见解，感觉改了后，效果会更好。"

徐新月也看过电影，但没咋在意过导演，他的反应还挺大："梨园何时有过这规矩，还临场排戏？这听起来像是钻锅啊。何况，还是你一个外行，想给内行排戏？"

"钻锅"意思就是演员临时学习自己不会的戏。这会儿讲究的是"台上见"，临场排戏，那是非常令内行人不齿的事啊，说出去都丢人。

徐新月承认，从说合应笑侬去贴饼来看，这纪霜雨对梨园行可能有点了解，也懂些布景机关。但是，导演？在想什么呢？

戏曲演员有过戏，有彩排，也有指导抠戏的，都是提高效果的方法，尤其是武戏，必须排到准确无误。但和增设导演还是两码事。戏曲行业自古也没有导演，大家都是各自钻研，乐师归乐师，演员自己练功，师父教导，口授心传，自己琢磨唱腔改良。

导演这个制度压根就是在西方诞生的。即便在现代，戏曲舞台到底需不需要导演，也是存在争议的，尚有很多成名的戏曲演员不乐意让导演来导戏。

纪霜雨也清楚这个情况，就是想试试，毕竟长乐戏园现在的处境不同，万一徐新月病急乱投医呢？没想到徐新月还是坚持住了，纪霜雨喃喃地道："还挺不好撺掇……"

徐新月："……"

纪霜雨溜了，并不是说他认同徐新月的话。他个人认为，戏曲舞台是可以有导演的。

说起来，在未来，华夏最早的戏曲导演，都是学的话剧那一套。但是，家里的长辈也曾给他说过旧闻——数十年前，戏曲界就有经导演改编创作传统戏曲成功推广的例子，在当时被称作"一部戏救活一个剧种"。所以归根结底，戏曲不怕有导演干涉，只怕没有一个懂行的好导演，毕竟这行功夫太深了。

纪霜雨估摸着自己现在说话分量也不够，就没有立刻争辩。

……

因为灯光设计涉及一些必要的改良，纪霜雨在这方面的知识，对当下的科技水平也不是特别理解，大概有个概念，需要去查找一些专业书籍。

纪霜雨本来打算去大学或者研究机构里碰运气的，戏班的检场人知道后，非常殷勤地给纪霜雨指路："学校没认识的人不让随便进呢，您不如去图书馆，恰巧前阵子昆仑书局开放了一个图书馆，据说是面向社会各界，人人可以进去看书。"

检场人虽然只是负责更换道具、各项杂务的人，往往却很傲气。

演员有些用上道具、魔术的桥段要检场人配合，表演才出得了彩。

有的名角还自己带检场人，那检场人就更得意了，有些检场人竟比名角本人更张扬。

而含熹班的检场人对纪霜雨这么热情，当然是因为他是新上任的布景师，因为布景师和检场人是一个阵营的，纪霜雨一个人不够用时，肯定需要检场人帮忙一起放道具。这样，检场人不就又学到几招嘛……

所以，检场人的态度能不好嘛！

纪霜雨感到有点惊喜，这会儿读书也难，没想到有公共图书馆了："我可能要看一些西洋引进的书籍，这图书馆有吗？"

"那是昆仑书局，还能没有？"检场人笑道，"昆仑书局除了报刊最出名，就是编译西洋书籍了。说起来，周家的热闹也多着呢。"

昆仑书局，是京华望族周家的产业。周家的老太爷久居沪上，操持洋务商情，六房子女也各有经营，足迹遍布大江南北。周家首开新风，号称家中要男女同等，故此家里女公子们也独作一房。

昆仑书局原是家里垫资，三房的周三小姐一手经营起来的，现在已经成为华夏出版界的中流砥柱，是三大出版机构之一。可惜周三小姐芳华早逝，书局一度移到二房，前几年才由周三小姐的独子周斯音索要回来。

昆仑书局长于西学引进、社会科学、新兴文艺等类型出版，旗下的刊物很有名，但这是周三小姐打的基础，二房多年并无寸进。倒是年纪不大的周斯音接掌后，想了许多书籍促销的手段，还大方地将周家馆藏书籍面向社会开放，受到社会各界人士的赞誉。更借此在教育部那里挂了号，从而自竞争对手华山书局手里，夺走了历来是对方天下的教科书编印机会，大大地扩张了一番业务。

"他们总经理脾性乖张，刚抢回书局时，与二房的长辈吵架了，直接登报在头版骂了那位长辈三天……"

这么叛逆？尊卑有序不是大家族最基本的素养吗？纪霜雨问："那他被罚了吗？"

检场人干笑:"没有。因为骂得很犀利,报纸大卖,创下销售纪录,周老太爷还从沪上发回夸奖了。"

纪霜雨:"……"

纪霜雨:"等等,这你都知道?"就跟趴人家床底下听见了似的,听起来不太靠谱呢,要是这样,这家人也太强了吧。

检场人:"这个也被周斯音作为'喜讯'贴在报纸上了啊……"

纪霜雨:"……"

行吧,不愧是群魔乱舞的世界。

第三章 华夏之风

昆仑图书馆就在昆仑书局总部旁边，建筑风格西洋化，单看这栋建筑，不看来往的人，纪霜雨都能以为自己还在原先的时空里。不愧是背靠大树的图书馆，馆藏很丰富，各种引进书籍齐备，还有海外学术期刊。

不过这些期刊因为比较少，不能随便外借，没有特殊情况，只能自己抄写。去工作人员那里花十几个铜子买纸借笔就是了。

纪霜雨就买了纸张，借了毛笔和墨。

钢笔、圆珠笔、铅笔，这会儿都有了，因为方便快捷，与毛笔已成分庭抗礼之势。新式学堂里做作业还是要求用毛笔，但许多学生都已经爱上了钢笔、铅笔。因此，不是纪霜雨小气啊，而是图书馆的铅笔已经被借光了……

好在纪霜雨从小也跟着长辈学过书法，软笔入门，硬笔有成，还常给自己的影片、海报题字，所以不以为惧。

对他来说，麻烦的是找到自己想要的期刊。比如纪霜雨想找关于变阻器的文章，却发现被询问的图书管理员一脸茫然的表情。

这个图书管理员是学生来兼职的，他看看纪霜雨，态度很好地问："你是不是记错了名词？要不回去再问问？"态度虽然好，掩盖不了对方的怀疑。

有句老话说，在京城从一个人的帽子，就能看出来他家境如何，甚至是做什么工作的。纪霜雨戴的毡帽是一般拉车的苦力才会戴的那种。纪霜雨这个穿着来借期刊,让人怀疑他连寒门学子都够不上……上得起学吗?怕不是帮人跑腿来借书的?

"什么问谁,我就要找电阻器。"纪霜雨满脑子在想怎么找期刊,也没仔细琢磨图书管理员的话,他灵光一现,"是不是翻译不一样!"

这下纪霜雨可有灵感了,查了一下外语词典,这才发现果然是翻译问题。他想找的那种电阻器,在这里叫作"光与影节光器"。

纪霜雨如获至宝,赶紧借了书去找个地方去抄写了。

图书管理员则有些心情复杂地看着他背影,觉得这人的口语,像是留过洋的,看模样也不像干苦力的……怎么会沦落到这个打扮。

……

纪霜雨落座专心抄写,身旁不知何时,有两个穿着西装的中年男子经过,在他身边看了几眼,赞许地互相交流:"部……先生,您看,这昆仑图书馆面向社会开放,果然是学界之喜,贫寒学子佳音。"

另一名男子蓄着长须,也颔首道:"正是,这里管理也分明,各处有条不紊,周宝铎有其母遗风,好啊,也不枉我的信任了。"

两人也是走累了,索性在旁边落座。他们心血来潮,便装来昆仑图书馆巡视,只见这里秩序井然,既有学子借书,也有百姓看报,心中感到十分欢喜。

而纪霜雨呢,抄着抄着觉得手腕疼了。这才发现旁边还坐了两个不看书只看风景的人,他的脸皮早就练出来了,当即搭话:"大叔,您好啊!吃了没?"

长须男子愣了一下:"吃了。"

纪霜雨:"不急着走?"

长须男子:"……不急,你有事吗?"他一开始有点怀疑纪霜雨认识自己,但看对方接下来的态度又不像。

纪霜雨开心了:"那钢笔能借我用用吗?我这赶着回去,用毛笔抄书速度太慢了,铅笔又都被借完了。"他瞥见对方兜里插着钢笔了。

同行人想说些什么,长须男子却抬手制止,大方地取下自己的钢笔,借给纪霜雨。

纪霜雨拧开笔盖一看,原来金尖的,知道在这会儿金尖钢笔价值很高,拱手道:"感激不尽,您万安,我小心着用。"他赶紧继续抄写起来,还是硬笔书写速度更快。

那两名男子则就此又低声交谈了起来。

"这硬笔书写便捷之处,更胜毛笔,难怪天下学子都更爱了,不喜爱用毛笔做作业。"其中一人道。

长须男子也点头,不错,无论课堂还是日常,钢笔大大提高了书写速度,连他自己也有钢笔,虽然握笔还是那抓毛笔的姿势。

但他点完头,又忍不住叹气道:"这钢笔、铅笔,书写起来快捷是快捷,却只是工具而已。毛笔字,却是可以称之为艺术的,我的弟子访学西洋,拿出华夏书法家墨宝,西方美术界也大为欣赏,还要借鉴创作,这是华夏独特的美术!我只怕未来人人都用钢笔,疏于练习,过上几代,华夏书法难出大家。"

这位长须男子显然喜好书法,同行者看他情绪低落起来,赶紧岔开话题道:"但正因为这些实用工具出现,而今书法家不也都在探索,如何更具欣赏价值,倒也是种进步,都说有一笔好字,前途也更顺遂。我还想求您一幅字呢,早知道您是当代大家,书风豪放,气象万千。"

长须男子哈哈一笑:"远谷啊,别这么夸张了。当今书法大家,还是首推谭佑安、莫怀林,尤其是谭佑安,竟有兼容碑帖之势,我只能说是个爱好者,平日里功夫都用在俗务上啦!"

两人正说着,旁边那个贫苦学生好像抄写完了,把钢笔还给了他,连连道谢,收拾起东西就急匆匆地走了。

"哪个学校的?这样粗心。"长须男子很自然地以长者的口吻念叨,原来是看到对方落下一张纸,飘到地上了。他弯腰捡了起来,扫过纸面，眼神即刻凝滞了一瞬。

"怎么了？"同行人看他的表情不对，问道，"这个学生抄了什么不得了的东西吗？"

"抄写的不是什么了不得的东西，但这字……"长须男子惊喜地道，"有意思啊！有意思！"

这个贫寒的学子多数字迹比较潦草，也有几处写得稍微端正一点。奇妙的是，竟像是把传统笔法融了进去，风骨天然，甚至兼具碑帖风格！

华夏人用钢笔，都是图便捷，而且钢笔创造出来，本来也不是为了书写华夏文字，书写洋文才更顺手。就如他之前所言，一个工具罢了。可这笔字却有法有度，不只是字，能称得上书法！

尤其楷字，兼有碑帖之风，又不失硬笔独有的凛然——书界碑学（崇尚碑刻的流派）帖学（推崇卷帛字帖的流派）的高低争论由来已久，这个年代，正是刚开始探索把碑帖融合，只有极其少数书法家，比如谭佑安有所成。

长须男子忍不住道："这个学生的字，也许比不上当代大家，但它已得碑帖互补的意味，还是将其用钢笔写出来的，别具风骨，简直独树一帜。"

长须男子这才发觉，原来钢笔还可以不只是工具？他是越看越觉得新鲜独到，产生了好奇心，忍不住抬头道："那个学生呢？快把他找来，这字写得太潦草了，叫他认真地写一幅字，我要看看他如何运笔！"

可纪霜雨的身影早就不见了，他哪里意识到这么多，硬笔书法的迅速发展是很多年以后的事了，但他从练字起，就习惯了用钢笔临摹古人碑帖，还得保留硬笔独有的特点。

那两个人四处找了一圈，没找到纪霜雨，同行者还好，长须男子是书法爱好者，没达成目的，简直难过得抓心挠肺，满腹问题不得解决，不禁唉声叹气起来。

同行人赶紧道:"图书馆的借书册兴许有记录。"

两人赶紧去翻找案册,却发现此人别说学校,连名字都只留了个"纪"。此人,怎么跟故意不让他们找到一样?

——纪霜雨在现代吃过太多信息泄露的亏,接了太多的推销电话,这是习惯了不留真实信息。

长须男子长叹一声,遗憾地道:"我不日要前往沪上,劳烦远谷替我上上心,看能否找到这个学生。"

纪霜雨毫无察觉,他的心思都在长乐戏园这边,单以为自己带来的舞美设计超前。那天虽然丢了一张纸,好在没太大影响,他趁着记忆犹新,把重点复写一遍,也就没去图书馆重新抄写,而是继续工作起来。

徐新月小气,而且戏班的人都要吃饭,一天不开工,就一天没饭吃。所以徐新月是每天夜里干活,着急忙慌地完成了舞台的改动。

纪霜雨改到灯光时,就问徐新月要钱。

徐新月懵道:"不是给了你五十元吗?"

纪霜雨:"不够呢。"

徐新月:"五十元不够吗?"

纪霜雨比他还激动:"五十元够吗?"

徐新月:"……"

五十元当然不够!当徐新月提出来,纪霜雨立刻答应时,他自己都觉得神奇。但是,可是,这……怎么会这样……徐新月的心乱了。

纪霜雨抱臂规劝道:"东家,不加钱,这舞台做到一半,那五十元可就完全折进去了。"

徐新月:"……"他震惊地看着纪霜雨,"你,你……"原来你打的是这个主意……他这才回过神来,之前纪霜雨答应得爽快,是因为根本没想过遵守。但是此时已经产生一定的沉没成本了,徐新月哪里舍得放弃。而且纪霜雨要的第二笔钱,也不算狮子大张口,刚好卡在他能接受的范围。他坐在原地抱头半晌,忍痛给了纪霜雨钱……

纪霜雨离开的时候，偷听的检场人挤眉弄眼地问他："师父，这回就够了？"检场人因为学了几招，现在对纪霜雨很热情，非要叫他师父。

纪霜雨呵呵一笑："改天我再给你表演一个，掏空甲方的口袋。"

纪霜雨反复折磨徐新月，还趁着他心疼钱，怂恿他把布景片给卖了，说这样可以回点本。别以为这时候的布景片多严谨，有的戏，戏词唱的春天，背景可能是秋天。所以他们这出戏的布景片，也是可以卖给别人用的。戏园也分三六九等，就算同级别的戏园不收，还可以卖给低一档的戏园。

徐新月被折磨得脆弱不堪，原本还叫嚣着观众喜欢西洋布景。现在觉得自己已经被骗成这样了，成败在此一举，又想回本，真被忽悠得转手把布景片卖了。

……

此时有消息灵通的戏迷，已经知道长乐戏园要改个新版的《灵官庙》了，私下议论纷纷，却是不看好的居多。

——徐新月要是再去一趟沪上取经还好，但这些天，他既没去沪上，反倒把原来买回来的布景片都卖了出去。在城内更没勤加跑动内行处，改版能改出个什么？

徐新月哪里知道那些议论，一心扑在了新戏上，还要亲笔写戏报子。

戏报子就是宣传海报了，海报这两个字也是早就有了的。现在有分别贴在戏园内的堂报，贴在戏园门口的门报子，还有城门口、街道上的海报子，等等。要是宣传手笔特别大，还可以花钱在报刊上打广告。

徐新月照着戏班给的要点，亲自撰写剧情简介，还带广告词：十二月初三长乐戏园新排鬼神戏《灵官庙》，新彩新切，场面惊奇，都天大灵官雷火伏妖……

纪霜雨看了两眼："东家，太保守了吧？"

徐新月虚心地问道:"怎么讲?"

纪霜雨抓起笔,徐新月用的是毛笔,他直接将"场面惊奇"给划了,写上"地动天惊""百年难得一遇"之类。

徐新月惊诧地看着纪霜雨,哎,你说人家这个胆子……怎么那么能吹,那么会吹?

"难怪能骗到我钱……"徐新月失落地道。

纪霜雨假装没听到。

不过,对这个戏报子东家还是很满意的,现时就拿着报条,嘱咐人去张贴了。戏园门口那张,他还要看着人张贴,站在门口袖手盯着,可上心了。

纪霜雨也跟着看,他打算等下去售票处蹲点看看卖票的情况。这关系到他还能不能吃到肉,任谁也不能说自己有百分百的把握,他就是在投资人面前不显露出来罢了。

正在这时,同在一条街上的绸缎庄的东家来了,与徐新月寒暄了两句,打量起他那报条,看到"地动天惊",微微叹息,觉得徐新月在吹牛皮。还雷火伏妖,怕不是弄点红磷烧焰火,老土啦。

"玉钩兄,令堂身子要紧,你若难以维系,还是来找我,日后东山再起,大可重建。"绸缎庄的东家语重心长地道。玉钩正是徐新月的表字,而绸缎庄东家说这话,不是要借给他钱的意思。先前就说了,有人想买徐新月戏园的这块地皮,正是请绸缎庄东家来说合。

那个想买地皮的,也是梨园同行,好几个人想合股把长乐戏园买下来装修一下,更名重新开张,效仿沪上时兴的舞台模式,做成西式的舞台。当然,唱的还是国剧,做的仍是梨园买卖,只是现在戏曲舞台吹起西风嘛,有些演戏曲的戏园,还直接改名叫XX舞台,或者XX剧院呢。而且他们不像徐新月那般小气,可是打算从沪上聘请手艺高超的布景师呢。

长乐戏园这地段好啊,要不是这个机会,很难能拿下这里的地。正因为有同行,他们自觉看得准,消息也灵通,才觉得长乐戏园倒闭定了。

徐新月觉得晦气,又不好说难听话,只黑着脸,梗着脖子道:"我们的这新戏要上了,兴许不日就能扭亏为盈。"

绸缎庄东家呵呵笑了两声,充满对着秋后蚂蚱的同情。

纪霜雨在徐新月背后躲冷风,探出半张脸,乐观地道:"我们的新戏这回要一鸣惊人的,欢迎您买票支持。"

绸缎庄东家看他长得好,也不觉得烦,笑眯眯地道:"哦?那鄙人就等着听这声儿了。"

徐新月气得两只眼睛都要瞪出来了,待绸缎庄东家走后,狂躁地在原地转了几圈,举起手来长啸:"我要钱!"

售票处内无聊得打盹的售票员都被惊醒了,什么事?什么事?谁穷疯了?

出来一看,哦哦,是我们东家啊,那没事了。

十二月初三。重制版《灵官庙》登场第一天。

戏迷陆续走进长乐戏园,门票是两角左右,有散座、池座、官座三等座位,散座最便宜,要去官座自然多加钱,另外有茶水、零食等买卖,都是戏园的收入。

四百个座位的场子,票并没卖光,但因为地方不大,宣传词夸张,招揽了些客人,看上去倒也坐得有七八成了,没有显得太寒酸。

没去戏园的戏迷,也有些在讨论的,毕竟是老戏园、老角儿,除了探讨戏本身,他们也讨论这二者未来命运如何。

有的人,提前就唏嘘上了。章鼎湖来得比较早,他是应笑侬的老戏迷,也是《金声剧刊》的编辑,经常撰写戏评的剧评家,这种也叫捧角家,写剧评的多是为了捧角。

当年应笑侬叫座能力最大的时候,一天演好几出,他在这边园子看完,又跟到那边戏园看下一场。但后来,自应笑侬与一处戏园签订合约固定唱戏后,他看着看着,总觉不太得劲儿了。而应笑侬本人这两年，也渐渐不如从前出来得多了。

可好歹是应笑侬的老戏迷，此番应笑侬来给长乐戏园救场，章鼎湖先前就买票带全家人来支持过。现下他们推出新版，章鼎湖无事在身，也叫上友人，买票进来了。

同行的某君有点怨言，他今日更想去金声剧场看新翻的《游十殿》，听说布景片足足有五十幕，包括了运用西洋油画技巧绘制的地狱场景，十分写实，能把小孩都吓哭。

"要我说，改过也演不了几场吧，他们东家去沪上取经，又舍不得花钱，学来的都是皮毛，所以这戏才不成！"友人的逻辑是这样的，如果当时他在争吵到底是谁的错的现场，应该是站在戏班和应笑侬那头。

还有一点，就是他知道章鼎湖是应笑侬的老戏迷，虽然觉得应笑侬发挥也一般，却绝不可在章鼎湖面前说的，只能甩锅给徐新月。实际上，很多像他一样的戏迷内心都想，场子不热，还不是角儿的卖票能力不行……

章鼎湖不语，其实他心底也不看好，只当支持应笑侬了。

二人入了场，"噫"了一声，只见舞台被扩大许多，台口面阔起码有四五丈，台唇极大，向观众延伸，为此还拆了些座位。

台口、台前、檐幕等各处，新安了几排灯，数量颇多。

"嚯，徐新月老本都押进去了吧。"

二人落座，安心等待开戏。

其间便有来卖茶水、小吃的，章鼎湖不喜戏园茶水，向来自备。

章鼎湖随意一张望，就看到了贴在厅内的堂报，与外头的海报如出一辙，他没注意内容，却被字吸引住了，赞道："好字。钧仁兄快看。"

友人看了一眼，也点头道："有点意思，雅韵天然，细看还有点画家情趣！"

章鼎湖频频颔首："是极！我正想如何形容，想必这书者还能画。"

——这都纪霜雨写的，要被他听到肯定哈哈大笑，他做导演可不是要画分镜的。

今日应笑侬要上演的《灵官庙》原是大鼓曲目,有剧作家改成了梆子,应笑侬又将其翻成了京戏来唱,并由徐新月添加各式机关布景,成了一出彩头戏。

《灵官庙》的主角,便是由应笑侬这个净角扮演的王灵官,这位神仙乃是道教的护法尊神,五百灵官之首,掌察人间善恶,能够号令雷火,驱邪治病。

故事说的正是王灵官降妖的故事,人间有个修行者胆大欺天,宿在灵官庙,故意露出种种迹象,让王灵官以为他是自己的师父萨真人投生历劫,火眼金睛竟成了摆设。王灵官现身与这修行者往来,利用法术帮他,但因为王灵官比较憨厚,有时还弄巧成拙,成为笑料。不过,也因为帮骗子,间接使无辜之人受累,幸好最后王灵官总算识破骗局,与其大战一场,又亲自去地府,救被害者还魂,惩恶扬善,迎来善有善报、恶有恶报的大团圆结局。正是这么一出轻松、热闹的戏,与那些仙女跳舞的戏比起来,称得上是积极向上的剧目。

戏园里原是很喧闹的,随着幕布拉开,此即,那原本雪亮的条灯忽而渐渐暗了下来,众人为之一振。向来灯开灯灭都是瞬间发生的事,长乐戏园的灯光倒好,居然来了个渐渐变暗,不突兀,氛围很不错呐,让人忍不住把目光聚集到了台上。

章鼎湖在心中道,向来看鬼神戏总是闹哄哄的,热闹是热闹,对比多了,总觉得是不是少了点优雅的艺术性。这么个小小的改动,倒令他觉得有那么点意思了,也不知道是如何操控灯光的。

待大幕完全拉开,见到台上情形,大家都是一愣!

没有大家熟悉的、满满当当的西洋风格布景片。一道素净的"白墙",落着几枝竹影,中间一道月亮门,门内可窥见檐角,几道别出心裁垂下来的纱幕上绘制的是窗格,也与光影一起将空间分割得更为立体。舞台空间错落有致,以纱幕为主,寥寥数样布景,构成一个中式庙宇的一角,一看便知。

这是……这是……

章鼎湖只听旁边的友人低呼："这是华夏的风格！"

他打了一个激灵，有如醍醐灌顶般，是啊，这布景充满了浓浓的华夏色彩。布景少，但点缀得恰好，虚中带实，极得情趣，让人想到华夏的传统书画。

这样的清净场面，会让章鼎湖想起优雅的西洋神话剧，但你看舞台上，全是华夏的写意之美啊，比方才的灯光，更让章鼎湖感到激动。他也欣赏华丽的布景，可直到今日见了这出《灵官庙》，陡然生出一种"从前所见之布景，全是不伦不类造物"的感觉。

全场的观众虽然是头一次见到这样的布景，但无一人有异议，只有赞赏的目光。

再来是文武场面，伴奏的乐师收了应笑侬的合好礼，很卖力气，鼓佬急击堂鼓，腕力极强，落点滚雷一般，为王灵官上场做铺垫。

待应笑侬穿着金甲红袍的戏服一上场，气势巍然立在台上，灯光一变，周遭竟俱是淡淡的金色暗光，唯独灵官身上光辉明亮，显得天上地下只他一尊。王灵官双目精光四射，好似真的火眼金睛，侧幕更是响起一道真切的雷声，并有闪电数道，几度雪亮，紧接着灵官开口念了句韵白："醉把雷府烟霞啸，千古烈气挂红袍！"

这是人物登场后常念的引子，俗话说唱戏难打引，就是形容念引很看演员的功力。应笑侬行腔曲折跌宕，韵味浓厚，神采饱满，只两句引子，表现出活生生一个威风凛凛、乘风雷而来的都天大灵官！

这样一个开场，台下炸窝了，叫好声连连。

妙啊！

——不知长乐戏园如何弄来金色的光，还别出心裁，旁的地方都暗了，就应笑侬身上一道光，非常吸引人眼球，雷声更是点睛之笔，应了他雷部神灵的身份。

章鼎湖自然也是大声叫好，要叫他说，开场之成功，除了应笑侬今天嗓子的状态不错，与场面配合也好之外，这灯光绝对也起了极大的作用，氛围完全被烘托出来。应笑侬前时若有这样的风采，又怎么会过气？章鼎湖这老粉看着他今日亮相，极有当红时的气势，不禁感动起来。

上一版的《灵官庙》开场比这可热闹多了，还上来了好多龙套摆阵，背后还有全彩绘画天宫情景的布景片。可全然没有今天应笑侬孤身一人，身后也素素净净的来得成功，大有返璞归真之意，景简味浓！

其他看戏的观众没有章鼎湖想得那么多，只是非常简单直接的想法：不知怎么的，这灵官一上台就特别威风，让他们打心底想喝彩，激动之情久不能平复。

舞台也好看，是那种让人感觉惊艳，又不会专注在它们上头，被引导着聚焦在演员身上、衬托他们气质的好看。

……

此时，侧幕，有一只吊死鬼正蹲着调控灯光。这吊死鬼的脸涂白了，长舌头被攥在手里，还未贴在脸上。正是身兼数职的纪霜雨……

因为技术原因，舞台的每一排灯光都要单独调控，除了他，还有戏班的检场人按照他嘱咐好的程序一同帮忙。

舞台灯光，绝对是塑造人物、烘托环境氛围的利器。像那打在王灵官身上的追光，便很成功，虽说此时在舞台上从未出现过，但演出效果很好。为了打造灯光的效果，他还请人对灯光器材做了改良。还有些现有器材或资金无法满足的，比如金光闪闪的效果，是在聚光灯前放了彩纸，以及利用布料反光。之后要用其他颜色的灯，就换成蓝色的纸、绿色的纸，非常符合徐新月节约的精神。

雷声嘛，也是有人在旁边，抖动三合板形成的声音。至于闪电，只要用瓦数高的灯往反光物上照，就能模拟出来了。

这都是挺基础的舞台设计，在这时候算新奇，却也不是太骇人听闻。只是运用得当，就能发挥百十倍的效果！

而且纪霜雨本人，因为想多劳多得，等到了最后王灵官入地府的戏，他还要上台扮演吊死鬼，多挣份跑龙套的钱……

纪霜雨：想当年，那么多人劝我去台前露脸我都不愿意，现在为了一口吃的就要上台演吊死鬼，我好穷啊！呜呜呜！呜呜呜……

后台坐在箱子上等上场的演员听到不知道哪儿传来的呜咽声，直感觉头皮发麻，今日演的鬼神戏，莫不是招了脏东西！晦气啊晦气，赶紧起来又给祖师爷上了炷香。

……

再说台下，章鼎湖与一干观众看得愈发如痴如醉。

布景也随着场景有所更换，巧妙利用了那几道幕布，无声无息地就换好了。依然没有用任何西洋布景片，宽阔的舞台点缀着简洁的布景。

要看热闹也是有的，譬如那灯光氛围和风雷之声，譬如在王灵官施法时，更有应声之雷火，配合上应笑侬的武功，简直就是灵官降世。光影多种多样，随着场景、气氛变化而不同。就连他那位极想去看写实画风地狱布景的友人，也身体前倾，恨不得凑上去看了。

——这机关当然是装着吊死鬼舌头的纪霜雨在一旁按时控制开关，熔断连接台下和台上的保险丝。又或者是雄黄、赤磷、氨酸钾等成分配制的炮、烟，动静大得很能唬人。

一看到热闹处，观众就疯狂叫好，王灵官形神具备，再一打雷，大家多入戏，戏园顶都要被喧闹声给掀了。

章鼎湖的那位友人目不转睛地看着舞台，哪里还能想起自己原本要看什么《游十殿》。更叫章鼎湖偷笑的是，此君肾不大好，每次看戏总要找机会去解手，少则一次，多则三四次。今日连台《灵官庙》，章鼎湖瞥见此君数度捂着下腹，也寸步不离，不肯错过半点精彩。

就是应笑侬本人，也是越唱越有劲，他很久没唱得这样舒服了！台下很久没有这样多投入的观众、疯狂的叫好声了！

应笑侬只觉得自己郁结于心的一口气，连着这些日子的郁闷，全都吐了出来，真是痛快！他也曾纳闷，难道他的唱功真的不如从前，或者只是梨园轮转快，过气了？今日，就是最好的证明，他宝刀未老。

再看整个戏园，开场时落座原只有七八成，唱戏过程中还不断有人被里面特别真实的打雷动静，以及震天响的叫好声吸引进来，到了后半场，不但全坐满了，还另加了座位。

在侧幕观看的徐新月喜不自胜，满场叫好声，气氛之热烈，可不输任何名角。他搓着手道："这下是不是能多演几日呢？"

纪霜雨甩了下手里的假舌头，一般吊死鬼都在脸上画舌头，他跟检场人琢磨着做了新的道具出来，看起来比较真实。

他问道："东家，最好的情况能演几日啊？"

徐新月犹豫了一下，幻想道："你说，这出戏能不能连演七日？而今京城里，最最叫座的戏也就是连演了半个月。"

沪上的新戏一出来能连演多日，京城却非如此，通常也就三四日。名角儿的戏不过一次性连演个七天，这演到半个月的，已是向沪上学习了。

徐新月指望着这一炮成功，戏园的名声挽起，再多排些戏，良性循环，也没敢做大梦，指望一出戏就连演太久。

纪霜雨可惜地"啧"了一声，好不容易排的戏，一次却只演个几天，岂不可惜了。

"东家，票又卖完了。"售票处的人来禀告。

这戏园里可已是满满当当，角落里都站满了人，再卖不出票了，一文钱也压榨不出来了。

徐新月只恨自己祖上买地怎么没买大些，建个这么小的戏园子，瞪着售票处的伙计："去给我把大门打开，站门口看的票还能再卖几张！没买票的不许围上来！"

纪霜雨："……"

……这小铁公鸡真是个人才啊！

……

直到看完了整场《灵官庙》，章鼎湖终于捋清楚了自己的思路，明白那"一见《灵官》前尘误"的感觉是从何而来，这场戏又为何从头到尾，都是叫好声。

　　想如今的华夏国剧，借鉴西洋戏剧，绘制写实景物为布景片，机关大肆流行。这出戏的布景，只用一道纱，一束光，一片瓦，便能造就一处胜景，一个人物，一间殿堂，意境十足。

　　这布景之人，好似一位园林大师，深谙华夏园林藏深露浅的精髓。在这样简洁优美的衬托之下，全剧高潮处的机关，更显得震撼人心，真实地塑造了神话人物，却又不落痕迹，让剧情显得更紧张、动人了。

　　从前的机关布景，是会让应笑侬紧张的，他要小心地配合。现在的机关布景，是将应笑侬打造成一个活生生的王灵官，恢复了其巅峰时的神气，叫这出戏圆满完美。

　　在其他人还在摸索怎样的机关更热闹，更能媲美西洋戏剧布景时，这出《灵官庙》已带给章鼎湖另一种截然不同的享受：独属华夏的古典审美意趣。

　　章鼎湖想，西洋神话剧的清高优雅虽然令人惊叹，相较下，却不如这般适合了呀。

　　——西洋布景片虽然生动写实，精彩动人，但此般虚实结合，更契合华夏戏曲的风格，就如舞台之上，角色做出"趟马"的动作，观众便知是在骑行了；手一推一合，就是门开门关。

　　所谓"三五步行遍天下，七八人百万雄兵"，方寸之间，便是天地，转身以后，时序轮转。自小受到熏陶的华夏观众，无须解释也能明白。也因此，今天的观众对舞台设计接受良好，看戏时十分入戏。

　　只要是华夏人，自然而然地能领略这种写意式的布景。

　　从来，他们听的就是弦外之音，看的是画外之景，领略的是诗外之意，是绝似，而绝不似的美！

　　章鼎湖可十分好奇，长乐戏园、含熹班、应笑侬，是如何悄无声息，便创作了这样一个技艺成熟的艺术品。毫无疑问，应笑侬会重新成为最叫座、票房最高的净角。

他返回家中,当即铺开纸墨,书写《金声剧刊》新一期的文章,拟出极尽赞美之能事的剧评,标题即为:评长乐戏园《灵官庙》——为灵官添相,开旧剧写意布景之先河;若华夏风流,列天宫园林方寸间舞台。

第四章　一见倾倒

《灵官庙》横空出世，口碑高涨。在这时候，热门戏曲就跟后世的热播电视剧一样。

不过一夜工夫，街头巷尾就开始热议应笑侬的扮相了，称其为活灵官，津津乐道灵官雷火降世的一幕。应笑侬的名字伴上"活灵官"的名头，再次响彻京城。

虽说因为徐新月的小气，布景片、机关没那么繁复，走的也不是写实风，但京城群众无疑接受良好。再说了，这里头的机关运用得详略得当，有铺有垫，在他们看来，比全场闹哄哄那一套好像还刺激些！

简洁是简洁，一下子把人带进戏里了。

不会说话的，就来回感慨真乃活灵官，真是好有趣、好刺激。会说话的，就要数文人们了。

徐新月乐颠颠地把夸奖他们的报刊都买了回来，挨个码开。

像章鼎湖之类的评剧家，他们从前写剧评，多是为了捧角，主要谈论的是演员本身，嗓音、唱腔、身段、脸蛋，也有提到剧情的。提及舞美，乃至戏曲整个编排的，却少之又少。

可这一回，破天荒的，几乎所有剧评在夸奖应笑侬之余，都要花上几大段来描写《灵官庙》的舞美。

评剧家都是文人，接受华夏传统审美的文人，这个舞美像诗书，像写意画，谁还不爱个风雅了？

《乱弹春秋》："此般布景，真正汲古涵今，西洋布景泛滥，世人可还记得，我华夏戏曲，形似者是下品，神似者才是上品！机关亦是新奇，更难得贴合剧情，不为设机关而设机关，妙哉。"

《伶歌》："我是不了解机关布景的，但这出《灵官庙》和闹哄哄的第一版不同，看出了气韵连贯，虚中有实，以小见大。含熹班既是京昆两下锅，日后会否翻成昆曲演，那想必更雅了。"

《戏世界》："听说长乐戏园东家十分小气，我都禁不住想，是否因此，布景才这样简约？不过，倒也逼出了以简御繁的艺术。"

《京剧万象》："同行某君疑虑会否有悖时下风格，与新剧大异，我却觉得正该如此，推崇我华夏古典之美！我观其戏台如画布，歌、舞、诗、画交融，灵气淋漓。"

也有一些质疑的声音，毕竟传统戏曲现在本身也有人在批判，觉得不够进步，却不足为惧。

更多的人，还是觉得这布景的成功，让人觉得痛快，谁说古典审美不如西洋画风吸引人了，此番真是让人大大出了口气。

没看过戏的大众，亦好奇心顿生。如今机关以沪派为大，各地都效仿沪派，用西洋风画景，这出戏真如一些剧刊所说，崇古又创新，与西洋风大异，呈现开宗立派般的效果？

戏曲演员就是这时候的明星，各种剧刊是有很多戏迷读者的。

章鼎湖对《灵官庙》的吹捧，尤其关于舞台美术的描述，就引起不少原本对花脸戏不感兴趣的年轻女性的好奇，纷纷前往观看。

此时的剧院方、演员已经有了概念，一部戏要叫座，一定得能叫女座，才能大红大火。女孩子看戏，喜欢约上三五好友，或带家人一起。

长乐戏园的售票处，一下子就从冷清变得火爆，三天内的戏票都被抢订一空了。

徐新月连夜弄了不少板凳来，原本只有三种座位，他疯狂地加座，加成了五六种，连柱子后面的座位也要卖出去……

那位绸缎庄的东家还上门来道过喜。

虽然才有了苗头,但谁都不是傻子,看得出来没意外的话长乐戏园一时是倒不了了,他的态度一百八十度大转弯,与徐新月亲亲热热地说起话来。

"大家街里街坊,叔父是看着你长大的。看你父亲留下的产业又兴旺起来,叔父也高兴啊!先前也是关心你母亲的病情,这下倒好了。"

徐新月也(假装)亲亲热热地道:"多谢叔叔关心了,还要麻烦您替我回绝梁老板的好意,这地我应该是不会卖了。"

"那是,那是,我正想着呢,过两日就和梁老板他们说,叫他们另寻地方。"绸缎庄东家好奇地道,"不知方不方便问,你是从哪里请了新布景师?"但凡脑子能转弯的,都该想到了,长乐戏园翻身,关键必然在替他们改版的布景师身上!

应笑侬的功底虽好,没有此人的设计力捧,绝无这般效果。上一版一样的《灵官庙》失败了,就是最好的佐证。

只是……京城是什么时候有了这样一个人?也不见徐新月四处奔走,难不成是偷偷从沪上聘请来的?

可以如今的消息传播之快,商人们的嗅觉敏锐,这种新奇成熟的风格要是在沪上出现,没理由京城一点风声也没有听到吧。奇怪了,真好似地里突然冒出来的。

徐新月又不是傻子,他还没赚几天钱呢!怎么可能说!

……

"一块,两块,三块……"徐新月在数钱,暂定演三天的票都订光了,被催着延期,纪霜雨的任务算是提前完成了,这就该发钱了。

沪上最牛的布景师,一个月能有几百元的收入。

徐新月答应过按三成给纪霜雨,他仔细打了半天算盘,综合戏园的收入、纪霜雨的工作量、布景师的平均收入等因素,最后决定发二十二块三角零二十个铜子给纪霜雨。

纪霜雨就盯着徐新月那副无论如何，让钱在手里多停留一会儿也好的慢吞吞的模样，也不着急了。见票房火爆，他心底其实也松了口气，有了底气也就不急了，还慢悠悠地蛊惑徐新月："东家，其实我觉得，咱们这个戏，还有几处地方可以改进，改好了，说不定还能多演几天。"

"哦哦？"徐新月果然意动，"还要改什么布景？"

纪霜雨笑吟吟地道："不是布景，我是说表演、情节上面。"

表演，情节？徐新月脑子一转，睨着纪霜雨："你还惦记着那什么……导演呢？"

纪霜雨全本戏又看了几天，早已技痒，试探着问道："您看如何？"

徐新月犹豫着，一方面是钱，是票房；另一方面是梨园行的潜规则……

"我想想。"连铁公鸡都犹豫了，可见他也怕被指摘。但这明显就是动心了嘛。

纪霜雨心情很好地按住了徐新月的手："东家，您慢慢数，回头下戏了再给我，我去上妆了。"

徐新月惊讶地问道："你还去做吊吊？"他还以为，纪霜雨拿了这些工钱，就不会跑龙套了，毕竟跑龙套才几个铜子，尤其这扮吊死鬼，十分晦气呢，没想到他还不忘初心！

纪霜雨："多赚你一份钱有什么不好？你给钱的样子蛮好笑的。"

徐新月："……"

开玩笑，其实主要还是因为他也不知道徐新月今天就能开工资，早前就和江三津约好了，演完所有场次的吊死鬼。要是这会儿甩手不干，江三津又要临时找新的龙套演员，纪霜雨不想给人添麻烦，尤其人家帮过他。

这会儿演戏的禁忌是很多的，尤其是鬼神戏。规矩是演员一旦扮上了，就等同于鬼神，所以像扮了吊死鬼，整的就是阴间活儿了，不能见阳光，不能露天演戏。吊死鬼的长舌头一画上，就不得随便开口说话。一直到演完戏，扮演"鬼王""吊死鬼"这些比较凶的角色的演员，也不能随便走动。还得去坟场或河里卸妆，这才象征着回到了阳间。否则一身晦气，自己倒霉不说，人家碰到你也嫌恶，因为撞上"吊死鬼"代表着灾难。

这也是为什么，纪霜雨当时选择扮吊死鬼，拿的戏份钱能比其他龙套演员多一点点……但凡这种不吉利的角色，戏班是要多开一份"彩钱"的。要不是像他这么穷的，人家都不乐意扮吊死鬼。

由于整场就纪霜雨这么一个吊死鬼，待演完戏，在大家的闪避之中，徐新月把该他得的戏份放在地上，叫纪霜雨自己去捡起来。

别说，这纪霜雨重做的舌头道具，比画上去的真多了，还是粘在嘴唇下，看着就格外晦气……

纪霜雨："……"

应笑侬也远远地看着他："等这出戏演完了，咱们再下馆子啊！"

好多演员下完戏，就去吃大餐，纪霜雨来这里早听说过京城几家著名的饭店了，都没钱品尝。这会儿好不容易有点钱吧，他们又不欢迎吊死鬼。

"那我去卸妆啦。"纪霜雨遗憾地挥手。

按说，去河里卸妆是比较近的，可这会儿大冬天的，河水都上冻了，众目睽睽之下，纪霜雨只好往坟场的方向走……一离开大家的视线，纪霜雨就拐了个弯。他才不去坟场呢！

开什么玩笑啊，坟场在郊外，这天寒地冻的，他刚拿了钱不去买棉衣，去什么坟场卸妆哦！

纪霜雨是个无神论者，就算来到这里，想的也是什么平行宇宙的可能。表面上会尊重行业规矩，但背着人，就没必要委屈自己啦。前面那场戏，纪霜雨也是偷摸找个地方卸妆的。

他非常熟练地把帽子戴好了，顺着小路悄摸走道，免得被人撞见。
……

小鼓胡同。

长空弦月，并无路灯，街道上远远悬着几点鬼火一般的灯笼，看不清人影，片刻后，这星点也远去消失了。

一辆四门轿车停在胡同口，司机赶紧下车，打开了后座的车门："东家……啊，总经理。"看了对方一眼，神色很紧张，看起来非常惧怕对方。

轿车的后座上是名短发青年男子，只随意地道："你习惯叫东家也无妨。"

男子五官俊美，内里穿着一件石青色的暗花华夏式长袍，外面穿的却是深色西式大氅，剪裁合身，显得他更挺拔出众了。他没像时下许多男士一样梳发油、抹发胶，发丝随性地落在额前，也透露出几分其人的性格。

对方样貌斯文俊美，口气随意和善，司机却缩了缩脖子。

男子对副驾驶坐着的人道："我去抓人。你先叫胡司机带你去书局，通知编辑所，准备好随时下印。"他冷笑一声，活动了一下手腕，"今日我就亲自守着他，不睡觉也给我憋出二千字来。"

坐在副驾驶的男子忙点头，翻了翻没带活动电筒，说道："是，您拿盏纸灯笼吧，里头好像没亮。"

"可不敢！"第一天上任的司机紧张地道，"我老姨住在附近，小鼓胡同阴森森的，夜里都不兴打灯笼的，这里住了许多收旧物的。旧物容易沾着亡故旧主的魂灵，传出来过好多显灵的故事。而且您看胡同里有棵大槐树，鬼依槐，上百年的老槐树了，阴森森的，会吹灭人提着的灯笼！"

副驾驶的男子笑了下："胡司机，你这么大个汉子，原来还怕这些？"

司机羞赧起来，想起自己的新东家是书局的话事人，编译了不少科技方面的书，尤其东家上过西式学堂，想法和他们怕是不一样的。

副驾驶的男子问了句："总经理，我们先陪您一道去吗？"

果然，东家嗤笑一声，拎起纸灯笼，潇洒地下车，长腿一迈，就独自走入了胡同,只留下一句:"当我是谁?"

胡司机有些懊恼,以后自己可得注意了,不能说这不讨喜的话,这位新东家的脾气,那是出了名的不大好啊。

这位年纪轻轻、样貌潇洒的先生,便是如今华夏三大出版机构之一昆仑书局的总经理周斯音。别看外头传闻里,周斯音就是天不怕、地不怕的模样,行事乖张,好像胆大妄为,其实雷厉风行间不失周密,这几日胡司机看得分明,他在书局里人人都服气的,是说一不二的那种。

昆仑书局经周斯音整编,如今分为编辑、印刷和营业三所,今天这样晚了,他驱车来小鼓胡同,正是因为编辑所有项难题,他要亲自出马。

现在华夏最畅销的作家之一"书妄言",是个拖稿大王,为了躲避催稿,甚至刊登过三次自己的讣告,玩儿死遁……

这次妄言先生又自称重病垂危,躲了起来。编辑所的人找不到他,急得要哭了,找周斯音通过他家里的关系,在警察局查到了书妄言的下落,这就是来逮……不,请人了。

由周斯音亲自来,也是十分有诚意的表现了。

周斯音提着纸灯笼走入了长长的、黑暗的胡同,这鬼地方,好像能吞噬一切光明与声响,只有脚下皮鞋哒、哒的声音,在狭长的空间内回响。也难怪胡司机要提醒一句了。但周斯音见这光景,也不过蔑笑一声。

胡司机想太多了。他怎么会惧怕这个鬼地方呢?

……他身上可是有妙感山娘娘庙开过光的平安符!

如果让胡司机这会儿来看周斯音的正脸,就会发现,他们东家的表情虽然很淡定,但手指紧紧扣着口袋内的平安符,整个人好像绷起来的重弓。

窸窸窣窣。前头好像有什么声音?

周斯音像一只被人踩了尾巴的猫,差点儿跳起来,这个鬼地方!

早知道应该让司机跟着的！待他强按住自己，定睛一看，拐角处背对着他站着个人，一头白发，大半身体都藏在黑暗中，月光只能朦朦胧胧地映出他的半边身子。

虚惊一场，是位老人吗？怎么一点儿声音也没有，站在那儿干什么呢？

但好歹有活人了，周斯音又摸了摸自己的平安符，从发紧的喉咙里挤出一句话："老先生，你需要帮忙吗？"

"唔？"只见角落处那人弹了起来，转过身，露出一张惨白的脸，眼瞳浅淡，如烟波茫茫，一头白发，肌肤却是饱满年轻的，使得那惊艳的五官带上了森森诡气，不似人间之色。随着移动，月色里露出其口里还拖着一条长长的红舌头，似乎还在滴着血……

恰此时，周斯音手里的纸灯笼摇曳几下，熄灭了，仿佛被谁吹灭的一般。那张一半清丽一半诡异的脸在火光中跟着晃动，已经陷入黑夜，却还刻映在人的瞳孔里，难以磨灭。

鬼，噬人的鬼。

周斯音坚持了三秒钟……没挺过去。僵直地摔地上，晕过去了。

纪霜雨以前都是找个角落把妆卸了的，今天的运气不大好，路上老零星遇着人，他这里就不方便动作了，不然被人看到他扮完吊死鬼在街上晃，肯定大骂晦气。

到了小鼓胡同，都快到家了，纪霜雨才赶紧动手，把帽子和缠头的布条也摘了，方便待会儿把抹到发际线的妆也卸干净了。

这里倒是安静，没啥人，就是黑了点。唉，穷地方，市政府装路灯也没装到这片儿来，而且小鼓胡同的结构可能有点问题，老有穿巷阴风，走在胡同里，脚下还有回声。纪霜雨倒还好，家里的小孩晚上都不敢出门。

这会儿，纪霜雨正专心卸妆，才动手，就听到身后冷不丁儿传来一个声音。这黑灯瞎火的，突然一嗓子，把纪霜雨吓一跳。

纪霜雨反应极大地抖了一下，对方的话都未能立刻在脑子中被理解，他迅速转过身去看了一眼。

灯笼扑灭，借着一弯冷月，纪霜雨这个角度只模糊地看到一道高大的身影，以及一双直勾勾地盯着自己的眼睛。才对视了两秒钟，纪霜雨刚想说话，就见对方已经僵直地往后倒了下去，砸在地上，发出"咚"的一声。

纪霜雨晚半步吐出自己喉咙里那句话："……你吓死我了。"说完这句话他自己也觉得有点无语，"……"

简直是匪夷所思啊，纪霜雨摸了下脸，这也不是什么特别恐怖的特效妆容，一般人看到，也就是骂几句晦气死了。还是我刚才突然转身，他猝不及防？

纪霜雨心虚起来了：哎呀，就说这戏班的规矩不好了！让他在后台卸了妆，怎么会吓到人呢？改革，有机会一定要改革。

"兄弟，你没事吧？你可千万不能有事啊！你要是有什么好歹，我也只能跟着你去了！"纪霜雨悲切地、特别真情实感地喊道，"我没钱啊！呜呜呜……"

他唠叨着，上前摸了一下那人的脖子和手腕的脉搏，还好还好，没死！这大冬天的不能把人丢在外头，但对方比纪霜雨高大一些，他是半拖半拽的给带了回去。

"大哥，这是谁啊？"弟弟妹妹们围了上来，这个戳一下他的大氅，那个摸一下他的头发。

"路人，刚刚不小心把他吓晕了，只好带回来。"纪霜雨摸了一下，这人的手脚还冻得冰凉。

"要不要叫大夫？"二弟吸溜了下鼻涕。

纪霜雨："……"你这不是要哥哥的命吗？纪霜雨刚挣的钱，还没捂热，琢磨着给大家都添件冬衣，再买些肉回来，要是请医生，怕是得花光了。

"……我先看看他醒来怎么样，不行咱们就请大夫！"纪霜雨也怕把人摔坏了，他还没那么狠心，不然刚刚就直接丢下人不管了。被他吓晕的，还是得负点责吧。

"大哥，你这样好吓人啊！"身边突然冒出幽幽的声音。

"谁！谁！"纪霜雨吓了一跳，才发现是三妹站在旁边，惊魂未定地道，"你比较吓人吧？"

三妹："……"

不过被提醒了一下，纪霜雨还是赶紧把妆给卸了。白天实在太累了，卸完妆纪霜雨把捡回来的受害者往炕上一推，挤挤就睡了。

……

周斯音徐徐转醒过来，发觉自己躺在快凉了的炕上，身处一间幽深破旧的屋子，炕边还有三个小孩和一个青年，这个青年生得倒不错，就是在屋内也戴着帽子。青年看起来有些眼熟，窗外的微光在他光洁的脸上游离，像是蒙上了一层轻纱，又像是自梦境中走出来的。

"你还好吗？不好意思，昨晚吓到你了。"青年腼腆地道。

昨晚受到惊吓这才徐徐苏醒，原来是误会吗？周斯音还有些恍惚，只下意识地反驳："我哪里被吓到了？"

没吓到怎么晕倒的？青年瞄了他一眼："啊！哈哈，没吓到那就更好，我好怕要付医疗费。"他慢慢地把帽子摘了，露出来的竟是一头白发。在幽暗的空间，配合上那张脸，不真实的妖气再次生出来，周斯音感到呼吸一窒，心底又发紧了。

"误会了哈，我在戏班工作，昨天是化妆，白头发纯属馋……呃，营养不良，早发性白发病。你回去要是感觉不舒服，可以去长乐戏园找我，我叫纪霜雨。唔，这是我的四个弟弟妹妹……"纪霜雨自我介绍了一下。

周斯音那刚醒过来的脑子转动了一下，早发性白发病就是俗称的少白头，虽然寻常不会白得这样彻底，也有例外。他虽然不是戏园那帮满脑子剧情的人，此前也不认识纪霜雨，不知道纪霜雨是一夜之间白的。

——但是，他仔细观察了一下纪霜雨的发色，仍然觉得有些不对劲，感觉颜色并不像自己看过的任何一种白发，对纪霜雨糊弄的话尚存怀疑。

他又盯着纪霜雨和与这个破旧的地方完全不符的容貌，只觉得很奇怪，这么穷，却一副娇生惯养的模样，太违和了！还有，他说自己在戏班，难道是唱戏的名角儿，才养出这般容貌，那为何又住在这个地方呢？而且，什么戏能以吊死鬼做主角？

……等等，周斯音忽然想到什么，悚然一惊。四个小孩？这里分明只有三个小孩！冷汗立刻流下来了，难道自己果然在噩梦之中。

正是此时，身边有一个颤巍巍的童声响起："哥哥，你要喝水吗？"

周斯音："……"这里什么时候还有个人！周斯音只觉得汗毛倒竖！心胆俱裂！魂飞魄散！鬼是鬼，鬼的妹妹也是鬼！

周斯音头一歪，再次晕了过去。

三妹："……"

纪霜雨："……"

……

……看来该花的钱还是不能省。

我妹妹那么黑，那么会隐身，我能怎么办呢？

最终纪霜雨还是忍痛去请大夫了，他自己不熟悉，但徐新月的母亲病着，一直在看大夫。纪霜雨得了徐新月的介绍，去了一家华夏医馆。

待客的学徒礼貌地道："先时有人家来请，这会儿走不得，我给您写个堂号，您回去稍等吧。"因为这会儿胡同里没门牌号的，上门看病之类的工作，又不方便问路，上去说：哎，是你家有病人吗？这不是给人找晦气。因此，才有这样的方法，医生给个条儿，病人贴门上，回头找路就认得了。

纪霜雨十分着急，但是现在医疗手段还不太先进，没熟人介绍，他也不方便随便找个大夫，谁知道医术怎么样，只好拿了红纸条子先回去。

周斯音身体还挺不错，纪霜雨才贴好，他又醒来了。

这次纪霜雨汲取了教训，把门敞开，外头的冷风吹进来，日光也照了进来，他头一句话就是："别怕，我们都是人哦！不怕阳光的！"

周斯音："……"这回看清楚了，在阳光下的确都有影子，人看着还是挺漂亮的。

"你还好吧？"纪霜雨和周斯音对视了几秒，就看到对方在盯着自己的头发，赶紧把毡帽又戴上，"你有点怕这个吗？我遮住好了。还请了大夫，待会儿让大夫给你看看，这都吓晕过去两回了。"

周斯音疾言厉色地道："我不怕，不许请大夫！"

纪霜雨："我是怕你有后遗症，吓晕两回……"

周斯音："什么吓晕两回！不存在！"

纪霜雨："……"周斯音缓了口气，从怀里摸出一支钢笔，"但我有些头晕，你拿纸来，按方给我买药吃。"

纪霜雨："……"这个……吓到现在头还晕啊……可怜可怜。

周斯音不但头晕，手还有点无力，几重打击之下，内心里十分恼怒，憋着火却又不好发出来。这人看见他晕过去两回，别说冲着这人发火，看见他都觉得心里短一截气。

纪霜雨看他这副样子，主动请缨道："我来帮你写吧，你念。"

周斯音确实是勉力支撑，把笔递给了纪霜雨。

纪霜雨提笔就在纸上写了药方两个字，试了试这笔触。他家除了豆纸——即厕纸，能写字的纸真没有，还是从原来父母留下的书里找出来一张不大的白纸片，倒算好写。

周斯音看到了他握笔的姿势，此人握笔的姿势很正确，下笔动作流畅熟稔，真不像家里纸都没几张还要现翻找的人。

周斯音念了几味药，纪霜雨依样写下，然后给他看："写对了吗？"

周斯音接过纸片，浏览下来，不禁"咦"了一声。

纪霜雨:"怎么,写得不对吗?"

"不是。"周斯音看着他,"你还会写毛笔字?"

纪霜雨无所谓地道:"嗯,也会一点啊。"他这随意的回答,让周斯音都有点怀疑自己了,好像这是什么很小的事情。

的确,会书法的人很多,就说周斯音的母亲,善取颜真卿笔意,又有个人特点,在世时也书名甚佳。有多佳呢,她一去世作品价格就翻了一百倍……

总之,在家学渊源之下,以周斯音的眼力,也看出来纪霜雨这一手钢笔字的独到之处。他正是看出来这里面毛笔书法的笔意,才会这样问纪霜雨。竟然还是个善书者,有才有貌,怎么会沦落到大杂院里。此人还真是……通身与此间格格不入。

周斯音对着纪霜雨有点昨晚的阴影,但看着字,又有些爱才了。

纪霜雨依旧浑然不觉,他还觉得这会儿的文人各个都会毛笔又会钢笔呢,随笔写个字也不算什么,就像他在戏曲舞台上用雕塑光,就是特别顺手,又自然嘛!

"到底行不行呢?那我去买药了?"纪霜雨问。

"……好。"周斯音应了一声,又喊住纪霜雨,拿了两块钱给他,面色凝重地道,"买药剩下的给你。只是记得,出去若见人寻我,不准说。今日,你没见过我,我也没见过你!"

纪霜雨:"……"他欲言又止。算了,吓晕人家两回还白拿钱,可占大便宜了。

"二弟跟我一起去提东西——咱们顺便去买棉衣,再给你们买点糖!"纪霜雨这话一说,岂止是老二啊,几个孩子都尖叫着跟他一起蹿了出去。

……

周斯音看着纪霜雨离去的身影,脑海中闪过昨夜灯火吹灭前,那张半明半暗、似人似鬼的面容,还有纸片上天然洒脱的字迹,都说字如其人,其笔法别树一帜,笔致凛然……

"名士倾城在一身。"周斯音不觉低低地念了一句,陷入了沉思。

空旷破旧的屋子里,飘过一个细细的声音,充满童真的疑惑:"……啊!这,是夸我哥哥好看的意思吗?"

周斯音:"……"周斯音面无表情地转头,原来屋里还剩下一个小孩。

"……"

……让他晕会儿吧。

第五章　出任导演

纪霜雨先去取消了大夫的预约，又去药店抓了药，幸好，他上午没什么事，戏园开戏一般上午 10 点以后。这些日子因为都演的连台《灵官庙》，长乐戏园都是下午开场。

买完药，纪霜雨就在同街的铺子里，给每个小孩买了件成衣棉服和新鞋。因为五弟年纪太小，他都是抱在怀里。都走到卖衣服的地方，才后知后觉地意识到什么，低头找了一圈："咦，三妹没来吗？"

三妹就晚出来一步，他完全没意识到，走了。毕竟平时三妹就神出鬼没，又瘦小又黑，他没低头时还以为人在呢……还好三妹和二弟和身量差不多，让二弟帮忙试就行了，他们买的这个价位也没什么花色可挑。

要说这个时空的纪霜雨小时候，可能还过了几天好日子，他这几个弟弟妹妹，那真是压根儿没穿过新衣服。不是大人的衣服改小了，就是去旧货市场买二手衣服。

二弟都有些结巴了，这才发现哥哥还打算一人给他们买一件。他觉得哥哥是不是太铺张浪费了，离过年还有快一个月……不对，就算过年，也不该买新衣吧，家里那么困难："大哥，咱们，咱们买点棉花就行啦！"把旧衣服填充一下，不就行了，一斤新棉花三四角钱，比直接买新棉衣划算。

"钱花了还能赚，赚的还是徐新月的钱……"纪霜雨把二弟给裹好了，系上扣子。

衣食住行，衣还排在吃前面，不穿暖和不行的。他有那缝衣服的时间，有时间多赚点钱岂不更好。更重要的是，来自平行宇宙的他压根就没有缝衣服的技能，自己加工岂不是暴露了。

二弟吸溜了下鼻涕，在京城的冬天，他还没有这么暖和过，那张面颊紫红的脸对着纪霜雨露出了真诚的笑容。

……

"这是我的名片。"周斯音沉吟道。回来煎完药已经快中午了，喝了碗药，周斯音就好了不少。也不知道是他辩证够准——惊吓，还是本来就心理因素更多。

周斯音离开之前，他给纪霜雨留了张名片，虽说在这里……算摔了一跤吧！但是，纪霜雨的钢笔字，让他起了些结交之意："有事可以来找我，但你不能说出——"

"我知道，不能说你被我吓晕过！"纪霜雨道。

"谁被你吓晕了？"周斯音一把抢回名片，气愤地走向门口，途中小心地绕过三妹，说道，"我走了！"脾气还挺大！

纪霜雨看他气呼呼的身影，无语地笑笑。

周斯音刚走到门口，院子外传来几道声音："书妄言到底住哪间啊？总经理昨晚是咋说的？"

只见周斯音动作极快地一个闪避，退回来贴着门边站住。

门外几人不疾不徐地路过，往这里头看一眼，还和纪霜雨对视了一眼。咦，不是书妄言先生，但长得挺好看，放慢脚步多看几眼。

一墙之隔，周斯音屏息站立，也和纪霜雨对视了一眼。

周斯音："……"

纪霜雨："……"

两分钟后，周斯音黑着脸道："我走了！"

纪霜雨："哦，又走啦？"

周斯音："……"

周斯音离开后,纪霜雨拍拍手,给小孩们蒸了几个馒头留作晚饭。

邻居看到还挺羡慕,这是挣了点钱哇,都吃上白面馒头了,同住一个院子,各家情况基本互相瞒不了。但谁都知道他家多惨多穷,所以有羡慕的、有为他们高兴的,都是善意的。

纪霜雨正收拾着,二弟跑了过来,摸着他那件新衣服,兴高采烈地说:"哥哥,这个布可好啦,到了夏天,把我们外面的布拆下来给你做夏衫吧,拼一块儿够做一套的,我们都是一样的颜色。"

原本他们几个孩子的冬衣夏衣,都是拆来拆去的,谁的衣服要洗了,是没有替换的,只得暂时穿家人的,人均拥有 1.2 件衣服。纪霜雨那套法兰绒睡衣,立刻让他们大大提高了人均衣服拥有率。

纪霜雨听着却是心酸了一下,难怪二弟他们选衣服的时候,都要了一样的蓝色。他从小到大,真没亲眼见过这么惨的。而且在他的世界,家里压根没有亲生的兄弟姐妹。

这些天照顾小孩下来,难是真难。他白天打工,晚上回来其实恨不得看不见他们——抚养都是出于不忍,内心还是希望一醒来就能回去,如果是一场梦就好了啊。

现在看到他们因为一件衣服,就变得又兴奋又惴惴不安,高兴成这样,让纪霜雨的"梦境"又清晰了不少。之前有意无意忽视的事也浮现了起来,二弟不只是个"二弟",还有自己的大名,他叫纪雷宗,"隐身娃"三妹叫纪霏霏。四妹露露和五弟雹子因为太小,父母去世时还只给他们起了小名。

"没事,雷子弟弟,到了夏天,你们还会有新衣服的。"纪霜雨摸了下纪雷宗的头,说道。还是请物理大神继续保佑他能回去,但是在那之前,他愿意给这些小孩多攒点钱。

现在嘛,纪霜雨出门准备去上班了。

走到门口,纪霜雨就发现门闩上插着张纸片,捡起来一看,是张印刷精致、简洁的名片,正中便是一行字:昆仑书局 周斯音。咦,他听过这个名字啊,还去昆仑图书馆看过资料。原来那人就是昆仑书局的总经理周斯音?

想起传闻中这位周先生的性格和今天见到的……细节有点出入哦,纪霜雨笑了一声,随手把名片收了起来。

"上班喽,赚徐新月的钱喽。"纪霜雨高兴地进了戏园,正撞上徐新月本人。

"过来!快过来!"徐新月抓着纪霜雨,气呼呼地道,"布景,还能怎么写意,给我继续改!"

纪霜雨稀里糊涂地问道:"干吗呢?徐总?"

徐新月气呼呼地道:"我今日去梨园公益会,商量这年底搭桌戏的事,看在哪个戏园演,叫哪些人演,结果……"

梨园公益会,就是这时候的行业公会。到了年底,一般都会组织大家搞点义演,赈济那些贫苦的同行,这种就叫搭桌戏了。

一想起会上的情形,徐新月还有些生气。有几只酸鸡,见他这几日票房火爆,三日票卖完,又开了今日的票,眼见能多演几日,戏园买卖随之起死回生,还被好几个很有盛名的剧评家、票友捧了,不知道多眼红。他们酸溜溜地说了几句,话里话外,这个什么写意风,是不如西洋写实画风的,观众都是一时被报纸煽动(还指不定是花钱找人写的评论打广告)。而且写意风布景属于退步,回归旧派,腐朽,让徐新月别被不知道哪来的布景师骗了,速速回归正道。

这种说法,在《灵官庙》刚上的时候就有,现在反对声变大,还不是因为《灵官庙》票房高涨,影响越来越大,甚至已经有戏班想效仿了。引发的关注多了,各种议论也多了。有的同行当着徐新月的面,也指责起他来。

"这样啊。"纪霜雨听完,不是特别激动。其实很好理解,有的人可能真是无脑追捧西洋布景,这种人哪里都不少。但还有的人,恐怕是心里明白,但不能眼看《灵官庙》当红,否则便是放着自己那些西洋布景,让它们贬值。钱还没赚回来,自然要帮着吹西洋布景,标榜自家的风格。无论哪种，都不是新鲜事了。

要不是应笑侬是花脸，而非血雨腥风的名旦，估计捧角家那边也吵翻天了。

"我看咱们这个就很好！没见到那些报纸怎么夸咱们的吗？谁说进步就一定是要用西洋画风，洋人是他爹呢？"徐新月压根儿没想那么多，也没有很高的欣赏水平，之前甚至还有点怀疑这个布景能不能爆红。现在火气上来了，就是想着不蒸馒头争口气，倒是开始一口一个写意风很好。

"我偏要把这出戏多演几日，还要继续改，你去，把这戏改得更写意一点！"

纪霜雨："……"

纪霜雨："您消消气啊，人民群众觉得好看，他们算老儿。不过这个，改得更写意……"这要怎么改得更写意，您都不给钱，做成现在这样，已经是纪霜雨节俭了。不过，这是个机会。

纪霜雨心中一动，又摆出了诱惑投资人专用的表情："哎，其实东家的目的就是要多演几日嘛，这样，只要你给我导演的权力，咱就能往这个方向改。"日后，徐新月一看到这个表情，就会反射性地感到肉疼。

而此时的徐新月还比较天真，他一想，不错，那些人一方面是崇洋媚外，另一方面更多的还是眼红，所以说不管怎么改，只要票房爆红就成！

"可以，就给你导！"徐新月斩钉截铁地道。

纪霜雨暗喜，可算是能奉旨指手画脚了，他心里其实早就暗暗把剧情捋了一遍。好家伙，按现在的时间线，华夏戏曲界是实打实地从未有过"导演"。他这就算是戏曲界开天辟地第一位导演了！

……

徐新月把这个消息在内部一公布，整个含熹班都沉默了。

班主嘴角抽搐着道："您这是昏头了？什么都能照搬过来的吗，

导演？"他忍着气，才没说难听话。没错，纪霜雨的布景是叫他们起死回生了，可导演，排戏，那是一回事吗？

之前徐新月拒绝过纪霜雨两次，理由就是戏曲界从没导演，真要排戏，还会被指指点点，大家讲究的是台上见，"钻锅"是很丢人的。临时学戏，也就是钻锅，一般是救场的演员临时学，或者赶上自己不会的角色。发生的次数多，就说明你这人不行啊，会的戏少，功夫也不到家。再比如应笑侬，这出戏还是他翻过来的，让他回锅再去排戏，他面子上挂得住？

徐新月此时也有点后悔了，他这人反复无常的，刚才还气势汹汹的，现在被班主一说，也有些犹豫了，平时他本就管不上这种技术方面的事儿："呃，这个嘛……"

纪霜雨眼看不妙，立刻道："我看咱们班社也并无演员同文人有深交，尤其是那种能够编写剧作的，我本人其实编导都行，剧情我都想好怎么改了！"现在哪有职业编剧，倒是文人捧角，有量身定做剧本的。但含熹班之前也不是特别火爆，应笑侬更是过气了，而且时下捧角都爱捧旦角、坤伶，他们确实没啥改编创作能力，演的本子都是自古流传下来的。

纪霜雨这么一说，他们倒是对视着，犹豫起来了。然而，剧情可以改，这排戏嘛……编导非要捆绑吗？

应笑侬挺欣赏纪霜雨，甚至此番可以说凭借他的力气，才翻红。也是目前戏园的最大的角儿，其他人都先看着应笑侬，要等他先开口。

应笑侬沉着脸、皱着眉看着纪霜雨："人，不能这样，各人有自己的本分，长得好，就该做好自己分内的事。"

众人："……"

纪霜雨："谢谢……"

应笑侬委婉地表示："其实，我是支持你梳理剧情的，多少班社名伶都改戏，不然跟不上时代。不过导戏嘛，你且去导其他人的戏吧。我这里你就放心，你的要求咱台上一定做到，我的表演，你那里放心。"

——开什么玩笑，说出去让他指导，脸往哪儿搁。要是同行名师名角也就罢了，还是这么个毛头小子，大外行。谁不知道，纪霜雨此前和他们这行的关系，就是他来跑龙套，演魂子，口都不张呢。

他这么一婉转地拒绝，其他演员更不敢直接拒绝了，毕竟纪霜雨的布景师地位还很稳固，只能委屈地道："您就放过我们吧，真不用您讲戏！"倒好像是被欺负了，真叫人哭笑不得。

纪霜雨大声道："我偏要勉强！"

众人："……"怎么会有这么倔强的人呢？他们都快把强扭的瓜不甜写在脸上了。

纪霜雨对其中一位扮演配角的旦角说道："刚才我听您吊嗓子，唱了一句'金桂闻蝉，覆酿益感，不堪秋气系此身'，您可知道这句话的意思？"

这旦角一脸茫然的表情："……不知道啊。"她都不识字，又怎么会知道其中的意思。

这会儿只有在大科班，那些有前途的演员，才有机会上文化课，好理解戏词，还会练习书法。但她又不是知名科班出来的，就算上了文化课的演员，也不一定掌握了多少典故呀。唯有那些顶尖的名伶，才具备较高的文化素质，又或者说，反过来，具备文化素质，才更有机会最后成为一流演员。

纪霜雨的身形一寸寸变得高大起来，昂然道："因为这字错了，应该是覆醢，而不是覆酿。醢是肉酱的意思，覆醢就是把肉酱都丢了。这是字面的意思，实际上是表达悲痛到不吃东西。所以这整句词，是十分悲切的，在唱的时候，岂不是更该用悲声，行腔更曲折，最好哭出来几句，句末用立音。"说到最后，他已是俯视众生，看着众人的眼神额外有气场。大家仰视着他，也有种不敢直视这光辉的感觉，抬手遮住了眼。

"啊！"却是应笑侬失声叫出来了。片刻后应笑侬才发觉自己失态了，咳嗽一声，揉了揉眼睛道："没想到你竟然是懂戏的。"

"自然，否则我怎么敢说做导演？"纪霜雨从凳子上跳了下来，众人这才得以收回目光，妈呀，他上头那灯真是晃瞎人眼了……好家伙，发着言就给自己安排上光效啦。

戏本，都是不识字的艺人口口相传下来，这次讹传了"醯"字。类似的情况很多戏里都有，虽然有些难堪，但让应笑侬感到惊奇的不是这个。

区区几句话，就把一些领悟力不够、文化水平也不够的演员一辈子可能也没法钻透的事，说了个明白。要是那个旦角按照纪霜雨说的演，绝对能得满堂彩。真办到了，用行话就叫"俏头"了，通常名角才有的本事，指他们在表演上独特的处理，可能只是一个细节，却能收到极佳的效果，使整个表演升华。而且这些话，也透露出纪霜雨对唱腔也是有了解的，绝非外行！

——纪霜雨虽然不是戏曲大家，但谁让他家里有梨园行的长辈，他接触过，了解过，也受影响，而且他了解到的都是几十年后提炼精华的戏曲。很多错误的台词，都被纠正了，最适合的表演方式也被摸索出来了，有些这时候被藏私的技巧，日后也都发扬了。再加上他作为一个导演的基本素质，要是这点东西还整不明白，能厚着脸皮来导戏吗？

纪霜雨看着应笑侬："应老板，现在你看，咱们能排排戏吗？"不想做将军的士兵不是好士兵，自己武功一流，文戏却差了一截。这一截就不容易补上了，要么演员天赋异禀，要么得有高人不藏私地指导吧？这年头谁不留一手？才导致有些演员还偷戏，也就是瞒着正主私下学戏。

此时，应笑侬敏锐地察觉到了，纪霜雨，这个小年轻，虽然不是名角，也不知道哪里来的本事，还愿意倾囊相授……所以这排戏，对他百利而只有一害，是他百尺竿头更进一步的大好机会。

那唯一一害，也就是被嚼嚼舌头呗，应笑侬急忙道："嚼就嚼！"

纪霜雨："啥？"

应笑侬："咳,我说排就排……"

同日,小鼓胡同的另一端。

小院里站着近十个人,多是昆仑书局的编辑或印务,当中团团围着一个青年男子,正是逃避催稿到此的畅销书作者书妄言。

"交稿!交稿!"几个人一边举拳一边喊口号。

"妄言先生,您就快把稿子拿出来吧。"也有耐心劝诫的。

"对啊,昨夜里我们总经理就来了,都说好了今天至少有二千字。"

"他根本没来!"书妄言跳脚道,"而且他跟你们说有二千字,又不是我说的,怎么能以此来催我逼我,真是岂有此理!"

"交稿!交稿!"

为首的就是书妄言的责任编辑,他幽幽地道:"您诈死就有理了吗?现在外面的小报都戏称您是九命猫妖,打赌要看您什么时候能'死'够九次。"

书妄言:"……"

"交稿!交稿!"

书妄言:"……"

"别喊了!行不行!太烦人了!"书妄言捂住耳朵,"反正周斯音根本没上过门,这二千字我怎么拿得出来。"

然而,书妄言的话已经没人敢相信了。而且,昆仑书局的员工一致认为周斯音说到肯定会做到,书妄言是装疯,我们周总是真疯。

因此……

"交稿!交稿!"

"交稿!交稿!"

嘈杂声中,书妄言蹲在地上哭了起来。他甚至开始胡言乱语:"你们这不是强人所难嘛!是不是周斯音教你们的?想要以彼之道还施彼身,让我尝尝说瞎话的下场……"

不管书妄言怎么费尽口舌,这帮人就是不肯松口,让他交出那莫须有的二千字。

此时，院门被推开了。

高挑的青年手臂上挂着大氅，迈步进来，发丝稍有凌乱，面色发白还微带疲倦，像是没休息好，他捏着鼻梁烦躁地道："干什么，远远地就听到鬼哭狼嚎的动静了。"

"哎，东家！"胡司机是最先看到他的，有点激动，因为今早他就过来，想接东家了，但只看到义愤填膺的编辑们，还有一脸茫然的书妄言。

书妄言一看到周斯音，就叫苦："宝铎兄！你可害苦我了，快说清楚，我昨晚没写什么二千字，我一觉睡到天明呢！他们却围起来指责我！"

宝铎正是周斯音的表字，他沉默了一下，羞辱书妄言道："才二千字，你睡那么香都不写，你还算人吗？"

书妄言："……"

周斯音带了个头，众人又一起抱怨了一番，认定书妄言昨晚又在偷懒，尤其周斯音也不知道吃了什么火药，越说越扎心了。

书妄言一脸绝望的表情，他肯定了这就是周斯音的阴谋，要他尝尝报应。

书妄言捂住头道："可是我也很难啊，所以才租了这个院子，希望清静点找找灵感。"他最近写的故事是推理悬疑类，带有恐怖元素，想在小鼓胡同搜集一下素材。

其实周斯音知道他住在这么个地方时，就猜到可能这回他还算有点良心，不是纯装死。但也正因为书妄言住这个地方，把他给害惨了，一时脸色变得更差了。

书妄言看他的脸色变差，就怀疑他又要暴起骂人了："二千字是吧，我现在开始写还不成嘛！"

周斯音的脸色这才缓和一点，好歹今日还办成了一件事。但他的火气仍未发作出来，看了眼书妄言的字，因为匆匆忙忙的，书妄言是用钢笔写的,他想起纪霜雨那一笔字,站在一旁嗤笑:"狗爬一般的字。"

书妄言:"……"都在写稿了为什么还骂?

那些担心书妄言又装死的编辑们则庆幸不已。若非大老板,他们真治不住这位妄言先生啊。

好在这些日子住在小鼓胡同,同那些收旧货的小贩聊天,确实收获了一些灵感,书妄言奋笔疾书,总算赶出了三千字——还超了一千字呢!编辑现场审校,印务那边昨晚就备好纸了,就等着这边的消息。

周斯音闲来无事打量了一下这座院子,以书妄言的稿费,在京城,少有他租不起的房子了,何况是这么个小四合院。

周斯音问道:"打算在这里继续住下去?"

书妄言:"嗯。"

周斯音:"别住了。"

书妄言奇怪地看周斯音,然后问道:"为啥啊?就不。"

书妄言看着周斯音脸色,赶紧跳开一点,嚣张地道:"我交了稿,你不能骂我了!"这一刻,他就是昆仑书局最牛的人,周斯音也得对他客气点!

周斯音:"……"周斯音看他死猪不怕开水烫的样子,加上在这儿还真写出了稿子,只能缓和语气道,"那这个院子,书局拨钱给你租下来,另外我们会让编辑定时上门看你。"对这个书局的头牌作者,他们是很舍得花钱维系的,不只是稿费。否则,也不能长期合作,还追杀逼稿,互相都离不开对方嘛……

"啊呀。"书妄言的脸皱了起来,最后叹了口气,"好吧!那宝铎兄,过两日你陪我去找点乐子吧。我这里有人送了两张戏票,本来想找萧山兄去的。"萧山正是书妄言的责任编辑。

周斯音问道:"萧山不去?"

书妄言讪讪地道:"不去,还瞪我。"正在校稿的萧山抬头再次恶狠狠地看了书妄言一眼,废话!他能有空去吗!

周斯音冷笑一声："你又想去找骂了。"

——这个书妄言，根本不热衷旧剧，他是个小说家，每去看戏曲，总要大大地讽刺一下，剧情粗制滥造，逻辑不通。

戏曲固然是华夏传统文化，融合了诗画歌舞等艺术，但艺术也分优劣嘛，比如昆曲就极为雅致，京戏脚本就简陋多了。加上目前上演的许多新戏为了迎合大众、博人眼球，设计了很多"狗血"桥段，成品一言难尽。

在书妄言看来，那情节，剌取古事也罢，原创剧情也好，实在少有精品。早说许多戏曲界人士缺少文化，可能连自己唱出来的词是什么意思都不知道。虽有捧角的文人来撰写剧本，又不是人人都有大才，许多都是剧情拖沓，只顾看掉书袋。在书妄言看来，最可恨的还是某些戏曲还包含守旧、恶臭的封建观念，真是需要大大的改革。

书妄言常常就是抱着放松心情的想法，去看一场戏，回来撰文批一通，既能凑专栏字数，自己也爽。人家被骂也不乐意了，于是常有演员、粉丝和书妄言对骂。

这次也不例外，书妄言哈哈大笑道："正是，本来不想出门，我被你们编辑围着闹了一上午，非得找个地方出气不可。这戏票来的可也不易，听说是最近热门的戏，长乐戏园新翻的彩头戏《灵官庙》。"

他摩拳擦掌地道："看我去帮他们找找漏洞，送他们一篇专栏！"

三天后。

到这天，《灵官庙》已经连演七天了，在这会儿的京城来说，已经是很了不起的事了，毕竟不像沪上，新戏能连演多日。还全都是卖了满座，票房极为火爆，因为长乐戏园的座位不是特别多，戏票供不应求，大有接着开演的架势。街头巷尾都在热议，这次连演的天数能不能破了纪录。

戏园附近的茶馆里，就有人在谈论《灵官庙》，手里还拿着《金声剧刊》，援引章鼎湖的评论，感慨此剧风格与沪派大异，的确首开新风。不少人应和，十分欣赏。

只有一人昂首道："什么新风，明明此剧布景全不符合规制，缺少真实性，把从前旧剧创新的地方一下又改回去了。你们怕是不知道，长乐戏园此前都快倒闭了，他们东家找的人才采用这样的风格，勉力支撑。所以，这不是别树一帜，而是没钱用好布景！机关也只舍得布下寥寥数个！"

就如徐新月在梨园公益会听到的，外界也有类似的论调，在有心人的撺掇下，还越来越激烈，大肆批评《灵官庙》的改动，但——却是用西洋戏剧的标准。

要以西洋标准来判断，那戏曲舞台确实满是错谬了，毫无真实性。但是，这西洋戏剧标准真的适用于国剧舞台吗？

其他人奋力争辩起来："我看优美之处，根本不亚于新剧布景，各有千秋，哪里不好？"

新剧就是效仿西洋戏剧而来的话剧了，旧剧则是国剧、戏曲。有这新旧的名头，大家一时好像也有点也不知道怎么有力地反驳对方，尤其是自诩开明人士者。

亦有人昂首道："此剧意境高雅，全然是我华夏之美，何必攀附沪派洋风。以西洋标准评定，根本是驴唇不对马嘴。"

对方却大有众人皆醉我独醒之感，嗤笑道："落后就是落后！我已与友人一同撰文，批评这《灵官庙》八大谬误，细数过时之处！"

门外，路过的书妄言刚好听了最后一句，以为也是来批判腐朽文化的，嘿嘿笑道："哎，居然有人和我有差不多的想法，好，我要看看我们谁骂得更准。"

和书妄言同行的正是周斯音，但周斯音一副走神的样子，压根没在听他唠叨。周斯音是想起那日纪霜雨自报家门，让他有后遗症去找自己，此人就是在长乐戏园工作啊……

"宝铎兄，你也太不礼貌了，居然不听我说话！"书妄言失望地道。

周斯音仍是一副出神的样子，无意识地道："我让你按时交稿，你也没听我的。"

书妄言："……"

书妄言："……不要提这些扫兴的事！"

周斯音这才反应过来自己方才说了什么，不过他不在乎，拖稿大王嘛，骂便骂了。

两人到了长乐戏园门口，正要进去，就听见一人打招呼："周先生，是你吗？"

周斯音背对着那人，心道，果然遇到他了！他要说开心，绝没有，但要说不愿见，好像也不是。在对方面前出了个大丑，可此人又才貌双全，心情实在复杂啊。

书妄言一无所知，他回头看过去，就见到售票处的外面站着个外披行头，里头穿着崭新墨绿色棉袍的青年。这么棉衣套戏服，还能看出来身形清瘦挺拔，五官又精致，十分打眼儿。

嚯！书妄言缓缓地斜了周斯音一眼，他不记得周宝铎有捧角的爱好啊。

"您还硬朗？"纪霜雨含蓄地问道，周斯音身边还有个朋友，他不方便直接问。

但书妄言听了觉得莫名其妙，硬朗都出来了，周斯音多大年纪啊？

周斯音点头，镇定地道："……多谢，身体康健，今日是来看戏的。"

不是来索要医药费的就行，纪霜雨一下放松了，一双黑白分明的眼睛漾开了笑意："那多谢您捧场了，还带朋友来。"

书妄言忍不住插话："宝铎兄，你不介绍一下吗？想是我孤陋寡闻，不知哪位名角在跟前？"这好像都成什么定律了，人家一看到纪霜雨，就觉得他应该是演员。但是，实际上嘛……

"不敢不敢，我不是什么名角，"纪霜雨摆着手道，"我姓纪，纪霜雨。在台上就跑跑龙套。"

书妄言："也太谦虚了！"他压根不信长着这么一张脸能是龙套演员，真心以为这是谦辞。

纪霜雨诚恳地道:"真的,我今天就演吊吊,名角只有应笑侬老板。不信你问周先生。"

书妄言惊呆了,看看周斯音,他也在点头:"这……这……"

……这可真是没想到!

"纪导演,您怎么又乱跑了,行头都穿上了,后台坐着吧!我的爷!"戏园的检场人之一跑出来,对着纪霜雨招呼了一声。

"知道了!知道了!"纪霜雨应道,日子一天天过去,含熹班全体检场人对他十分尊敬。

周斯音敏锐地注意到了,纪霜雨自称是跑龙套的,但是,检场人对他的态度却十分尊敬。检场们往往自骄,什么时候对龙套演员有这种态度。要不是周斯音自己被吊死鬼吓过,他也要疑惑纪霜雨的身份了,一个龙套演员何以有这样高的地位。

"岛演是纪兄的字吗?不知作何解?"书妄言则问了一句。一般起字,名和字都是有关联的。霜雨和"岛演"是什么典故?这会儿已经有导演这个称呼,前些年就翻译过来通用了,虽然职位稀缺,但是电影风靡华夏,大家多少都听过嘛。只是书妄言乍听到这个词,全然没把纪霜雨往导演上想,还以为这是他的字。

书妄言先入为主,毕竟戏曲界从未设立过导演一职,这才误会了。

"不是字,是职位哈。"纪霜雨道,"作 director 解。"

周斯音、书妄言:"……"

第六章　引发争议

书妄言还反应了一会儿，才发现纪霜雨是说了句洋文……这一下可真是猝不及防，把他和周斯音都给整得有点哭笑不得，还作director解，你这个explain（解释）有点突然啊！

书妄言半晌才道："失敬失敬，居然是位……director，你也留过洋吗？"那他可真是太走眼了！

纪霜雨淡定地道："没有，自学的。"别说没有，就算有，现在也只能说没有吧，毕竟纪霜雨不但没留洋，连学校都没去过。这会儿在番菜馆打工的侍应生也可能学会洋文，没读过书，够努力就行，学会了可以多赚洋人的钱嘛，周斯音就认识一位文盲掌柜是这样做上来的。

书妄言忍不住道："可是，你的发音很准确。"

纪霜雨叹了口气："可能这就是聪明吧……"

书妄言："……"

周斯音不语，即便纪霜雨的解释说得过去，天赋是没有道理可言的，他仍觉得有奇怪之处，就像与纪霜雨相识以来，纪霜雨通身给他的感觉，头发，气质，谈吐，能力，一切都好像不是表面上那样简单，明明在戏班工作，还胆大包天地扮成吊死鬼到处跑……好奇怪的一个人！

而书妄言也觉得有点好奇了。即便国内目前活跃的那些专职电影导演，水平也有限，毕竟这个行业的发展时间还很短，至今还没有国产影片的票房能超过引进片。

纪霜雨有勇气把这个制度搬到戏曲舞台，足以叫人惊奇了。目前票房还很火爆，不知道他在其中究竟出了几分力。不论纪霜雨家境如何，是怎样学会洋文的，与他做导演的水平其实无关。书妄言留洋时看过一位海外导演的报道，大意就是导演是教不出来的。一部作品，代表了导演的审美，即便在一些以制片人为中心的国家，导演的作用仍是不可或缺的。一般人看影片，更多的是注意演员，书妄言这种文人，就会关注编导。

纪霜雨目前给书妄言留下的印象就很新奇、神秘。

书妄言本来是抱着找碴的心态来，事先都没怎么了解过这出戏，现在心态有了微妙的转变。他看着纪霜雨道："我听过一种说法，戏剧应是具有导演风格，导演也是具有影片的气质，那么，很期待纪先生是什么样风格，是不是也这样……风趣了。"

"献丑献丑。"纪霜雨嘴里谦虚着，表情却张扬自傲，看得书妄言憋着笑，心说还真是个妙人。

"我这里面，还有段地府的戏，刚才都催了，我这就要去后台等着，上去扮吊死鬼啦。"纪霜雨想告辞了。

周斯音叫住他："等等。"

纪霜雨看他神情凝重。

周斯音正色道："你要上台了，还敢说'鬼'字？"

纪霜雨："……"

戏班的禁忌多，有些字也是不让说的，尤其在上台前，比如鬼、伞、塔，等等，要用其他字替代。像之前徐新月就用魂子、吊吊等代称过吊死鬼。纪霜雨知道这个禁忌，这会儿没注意顺嘴就溜出来了，没办法，这个行业拥有几乎全社会最烦琐的禁忌规则，他很难时刻注意到。

纪霜雨干笑道："没事的吧。"

周斯音皱眉道:"你们班社供的是哪位尊神,你回去得上炷香。"他之前就是被纪霜雨给吓得……摔倒了,实在太害人了!

纪霜雨有点好笑地道:"后台供着祖师爷和关公呐,也有演员私下自己供胡黄白柳灰、五通神之类的大仙。"

华北地区很多供奉动物神灵的,胡黄白柳灰就对应了狐狸、黄鼠狼、刺猬、蛇和老鼠,在戏班这样的地方,许多职员都拜动物仙。五通神呢,也是一种民间信仰,因为"五"通"武",武行演员就会祭祀。纪霜雨想,说好的现在的社会倡导科学,打击迷信呢?神怪戏都有文人批评,好多人比他在现代娱乐圈遇到的投资人要讲科学多了,那些人开机不知多少讲究。这个周斯音,看起来也很像主张新派的样子,上过洋学堂,懂外语,昆仑书局本身又是长于引进西学,连他们家的老太爷都很开放的样子,他本人居然这么迷信?难怪之前被纪霜雨吓晕那么夸张了,原来自己就笃信鬼神之说……好奇怪的一个人!

纪霜雨看向书妄言,想找点支持:"这位先生,您不是留过洋,应该不信吧?"狐狸怎么可能成仙啊!

书妄言沉吟:"你不想给关公上香吗?那你知不知道上帝……"

纪霜雨:"……"行,小众的竟是我自己。不愧是群魔乱舞的时空,什么人都有。而且也是,西方也是挺讲信仰的。

"好的,我去上香了,等下地府戏有点刺激可怕,二位小心。"纪霜雨飞快地瞟了周斯音一眼,说完就溜了。

周斯音:"……"

"哈哈哈!好,吓死我吧!"书妄言傻笑了一下,这才看到周斯音的脸色很差,"宝铎兄,怎么了?"

周斯音没好气地道:"进去!看完赶紧回去写稿!"

……

书妄言的戏票是官座,也就是最好的座位,在二层,等于现代的包厢。

两人抱着不一样的心情坐下等待开场，戏园里除了他们，更多的是广大戏迷。眼下，场内有的戏迷就在交流。

"我是场场来的，你们不知道吧，应老板最近几乎每场表演得都不大一样！"

"我还以为只有我发现了呢，而且，场上怎么不见检场人走来走去讨人嫌了。"

"要我说，云青改的那个唱腔也是十分惊艳，'不堪秋气系此身'一句绵绵悲腔，唱得声泪俱下，赚了我大把眼泪啊。从前未见过何人这样唱，想必是新琢磨出来的，只这句，值钱！硬里子（优秀的配角）！"

演员不是机器，有些演员还会现挂，临时从场下抓包袱，但总归是大差不差的。此时有些名角，在地上撒白灰面，然后在上头上演步法，演完一遍，再演第二遍。两次留下的脚印，步数一样，连位置也差不多。而这位戏迷说的，是指应笑侬的唱功、表演程式，甚至剧情上的改变。这种改变，就是纪霜雨在临场导戏了，这些演员每天能消化多少，都会让它在台上和观众见面。应笑侬作为主角，他的改变较为明显。每场都来，还懂戏的观众，就能注意到这种差别，一旦注意到，还真是想多看几次。

正是这时，台上面幕已经拉开了，表演开始。

书妄言趴在栏杆上盯着瞧，表演刚开始，他却已经觉得有点意思了。其一是灯光的运用，对情节、人物塑造这样巧妙。其二正是之前下头戏迷也提及的细节，场上没有演员以外的人走来走去了。

这时候的台上可没那么清净，检场人走来走去搬桌子、安排道具，跟包的给演员递水喝，都是公然上台的，观众得自觉无视他们。但想想也知道，这有多破坏气氛，多出戏。但今日这出《灵官庙》，绝没有这些情况。就算有变动，也是利用各式各样的帷幕、道具移动等遮掩着，不让观众看到。这是个老习惯了，有人改革掉，观众也是大声呼好。

书妄言笑了："这位导演是怎么说服这些检场人和名角的，好啊，把这些乱糟糟的人清理了,真是清爽不少。"

——纪霜雨带着检场人控制机关,窍门都教给了对方,搞得人家连喊师父。这都是能换饭吃的手艺,有这种情谊在,纪霜雨只是让对方别在场上公然乱走,人家能不答应?

再往后,故事展开,书妄言更是无话可说了,他,挑不出错!有位电影大师说过,电影的沉闷就是杀人。其实所有艺术形式都是如此,现代人回头看老电影,都会觉得很拖沓。就是日后戏曲在改革中,也会将多余的情节删去。纪霜雨也大刀阔斧地修改了剧情,留下精华,塑造人物用一两个经典的桥段即可。时间上减少了一些,但整个故事反而显得更流畅,让人更加印象深刻了。也亏得这些演员,临场排戏都能记住新的,毕竟都是吃饭的本事。因此,书妄言非但挑不出错,只觉得这剧情流畅,是他从未见过的爽快,就连一些西洋短片的节奏也没这样好。

起承转合,大小高潮的分布,样样得当,虽然演的是鬼神戏,却毫无腐朽封建的气息!剧情的拖沓之处删了,错漏之处补了,连思想,也与时俱进了。比如之前有个桥段,是一位受害人死了后,他的妻子自白了一番后,选择跟随自尽,成为过去台上一个泪点。但新的剧情里,这位妻子没有自尽,反而发誓维权,要挑战神灵,在最后她也的确用实际行动帮助了王灵官。一时泪点变热血了。

书妄言不禁点评道:"时下有开明人士大批鬼神戏愚民,提倡禁演。可是此戏说的是鬼神,演的却是反抗,是自强,反倒更能无形之中教导不识字的观众了。"完全没有他最痛恨的陈腐气息,在一些关节处,形式更是新颖!

比如灵官庙有好几个香客,那灯光先照在台下,香客先演完,便沉默不动,灯光转到神位上,换作灵官表演,而后再切换到另一人。

"这个手法好,明快新颖,也好理解!"书妄言夸赞道,这大大地加快了舞台上的节奏。

周斯音也叹息般地赞道:"蒙太奇。"

"蒙太奇……"书妄言这才恍然大悟，"啊……原来是把影戏技巧搬到了舞台上，确实是那个感觉啊！"他忍不住一拍大腿了，原来是这样，竟然是这样！居然还能这样！他第一时间都没想到！

一场多景，虽然是现场表演，这里的确利用灯光切换，在舞台上呈现了蒙太奇手法。蒙太奇是经典的电影理论，但是也不是每个导演都能用好的吧，至少在华夏电影界，脱离一个远镜头拍到底的单调技术都还没多久。

书妄言也爱看影戏，有时还会看点国外的理论性文章，看能不能借鉴到自己的小说里来，增强画面感。周斯音说了他也立刻反应过来，还更觉得绝妙，大家都想借鉴影戏，看人家这个地方处理的。

而戏园的其他观众，都只觉得新奇，也能理解，却不知道这是借鉴自西洋电影。

至于布景，就更不必说了，原就是这出戏一炮走红的关键之一。这舞台把布景用得极妙，还巧用各式幕布帐幔，前幕、底幕、纱幕、蝴蝶幕……尤其层层垂折幕。

在这里，许多布景好像不只是呆板的物体，更是岁月流逝，是天人交错，无形之中，便把时空变换交代给了观众。

整出戏手法很创新，却不突兀，布景审美更是充满古典优雅，与戏曲配合得天衣无缝，浑融圆满，令书妄言连连叫绝！

……

快到落幕时，周斯音说了句去买些茶水。

书妄言还沉浸在剧中，随便挥了挥手，都没质疑为何不直接叫茶行送。

周斯音走到院子里，京城居民最爱种花，无论王公贵族还是市井之民，院中总是四时有花，此处便有淡淡的腊梅香，沁人心脾。透过花枝向上看，夜色太浓，半轮霜月藏进云里，看不清天空，却能听到头顶掠过清亮的鸽哨声，与整条街大小戏园中传出的悠扬曲笛声交织在一起，极为相似。

不知何时下起了小雪，周斯音仰着面，雪花便落在他深刻的五官上，顷刻融化，他呵了口气，好似带着淡淡的忧郁——那地府的场景灯光还真的是阴森森的，他憋闷了好一会儿，赶紧出来透透气。

这时候，不知道什么东西蹭了下周斯音的后背，他不经意地一回头，便看到一条舌头杵在面前。

周斯音："……"脊背发凉！汗毛倒竖！再定睛一看，原来是一条道具舌头。是纪霜雨和他的道具舌头。

这人正玩弄着舌头，一下一下地甩到他背上。

周斯音："……"

这会儿观众都在专心看结局，院子里并无其他人。

纪霜雨看到周斯音躲在这里，就过来打了个招呼，还怀疑地问道："周先生，害怕了？"

周斯音微笑自如："不怕。"他徐徐伸手，两根手指精准地捏住了纪霜雨手中还在弹动的、长长的假舌头。内心：疯了！我要疯了！

"哦，不怕啊？"纪霜雨往后一仰头，就把舌头抽出来了，语气随意，表情看起来半点儿也不相信。除去那舌头，他的形象真如烟云堆养出来一般，比霜月更为皎洁。只可惜，他此时故意把帽子给摘了，一头白发露了出来，轻雪旋落在他发间，彼此不分，形象就更具非人感……

纪霜雨笑道："周先生，那你觉得好看吗？这出戏。"他分明未靠得太近，然而一霎间，腊梅香远，他发间细雪的冷冽之气却近了。

周斯音："……"

周斯音再看到纪霜雨这个形象，瞳孔骤然一缩，心脏也猛跳了两下。他忽然想起书妄言说的那句，戏剧代表导演的风格，导演也拥有影片的气质。

无论其他，这整出《灵官庙》，倒确是和纪霜雨一样出人意料，又刺激……又好看。

周斯音回去时，书妄言不过问了一句你咋回来那么晚，就被撵着回去写稿了。

待周斯音坐在车里，只觉得手指仍有点麻，大脑尚未完全恢复转动。他没有给纪霜雨说自己的回答，只是答非所问地重复了一句："我是不怕的。"

纪霜雨微带疑惑，已经被戏班的人叫走了。

周斯音在原地站了会儿，觉得自己可能确实被吓蒙了。回去得喝药。

次日。

京城许多戏迷坐在家里，拿起最新一期的报纸，都忍不住擦起了眼睛。

众所周知，近来京中最具话题性的旧剧就是《灵官庙》，口碑很好，只是因为布景，渐渐有点争议。但哪个走红的剧目没有争议嘛，就是名旦大家，也难免被竞争对手的戏迷攻击挑刺。

今天，《灵官庙》却迎来了首次大规模的恶评。好几篇文章，从各种角度指出：往小了说，是老板小气吝啬，不舍得布景机关。往大了说，《灵官庙》是一种倒退，是一种错谬，毫不知创新！

更有知情人士匿名爆料，这出戏的布景师是长乐戏园一个龙套演员。这个跑龙套的外行，名叫纪霜雨，原来是街面上卖苦力的孤儿，父母家道中落，没上过学，没坐过科。就是这样一个人，设计布景机关也就罢了，竟还插手台上，搞得应笑侬等演员临场钻锅……

单是这样，戏迷也不至于瞠目结舌。

主要是还有另一份报纸上，昆仑书局的头号畅销作家书妄言发表了一篇杂谈，把《灵官庙》狠狠地夸了一气，称其为"近年看过最创新、最优美的戏剧，令人耳目一新""说鬼神却不崇鬼神，具有反封建精神""采用西洋影戏理论技巧，完美融入戏曲舞台"。

这是书妄言啊！谁不知道书妄言最爱讥笑戏剧错谬，这是他头一次这样夸奖一部戏，专栏甚至爆字数了……

这仿佛是倒错了一般，戏迷痛批《灵官庙》，称其倒退、错谬；书妄言却夸赞起来，说这戏有创新，剧情畅快，思想还高于寻常鬼神戏。这是怎样的世界啊，怎能让看报纸的人不去怀疑，自己今天起床的姿势有误？

书妄言的读者为数众多，他们一边骂着书妄言有空看戏没空多写点更新，一边也去了解一下这出戏。

按照以往的规律，那些冲着长乐戏园而来气势汹汹的恶评，原本是可以造成一定声势，影响口碑甚至票房的。

可谁让书妄言也去看戏了，谁让他还站在《灵官庙》那边！书妄言的文字影响力，这些剧评人比不了啊，书妄言的人品这些人更比不了——让一直骂旧剧剧情的书妄言都出来站台了，你说看客更信谁？

这边用西洋戏剧的标准来认定《灵官庙》的错谬；那边就高声赞叹，《灵官庙》采用了高超、新奇的影戏技巧。而且，书妄言说得有理有据，这个什么蒙太奇，很多人虽没听过，总有见多识广的人能找到资料。这个理论发明都没多久，国内压根没影戏能掌握。这都不是看法相左了，这是啪啪打脸。说谁腐朽？说谁不懂创新？人家的布景师没上过学，但不比你们这些一口一个西洋戏剧理论的人有文化懂创新多了？

徐新月嘴都要笑歪了："蒙太奇，蒙太奇是吧？虽然不知道是什么，但可真是个好玩意儿！"他赶紧趁着这阵东风，让人用大红纸张写了通告贴出去：鉴于观众们的热情，不断求购戏票，戏园决定再延长五天《灵官庙》的上演期，大家可以去售票处购票了！

这样算来，《灵官庙》已经在京城连演十五天了，与此前的纪录保持者，两位名角主演的《陆压绝公明》持平！

——要是算上旧版上演的日子，那早就超过了。

虽说长乐戏园的座位少，那位名角却是在大戏园演的，不可同日而语，但说出去面上已经很有光啦。

因为书妄言的支持，搅动舆论风云，售票处门外竟然连夜排起了长队，等待第二天准点开售，都成了街上一景，来往的人不觉看个稀奇。

纪霜雨看到售票处门前有人排队都感到惊讶了，这还在刮寒风呢，这么冷的天。

纪霜雨问徐新月："东家，你找托儿了？"

"胡扯，我没有！"徐新月激动地反驳，怎么能这样侮辱他，侮辱《灵官庙》呢？他朗声道，"我不知竟然还可以找托儿排队造势，学到了！"

纪霜雨："……"

怎么说呢，他竟然有点想夸徐新月，还能考虑花钱请托儿。

……

这五天的戏票很快又抢售一空了，报纸上的争端反而为其打了个最大的广告。

而且因为那些剧评爆料，把纪霜雨给搬到台面上，这个名字一时好像也出名了。什么进步倒退、艺术思想不一定每个人都懂，但戏迷们都知道"钻锅"，也知道戏曲舞台上从未有过导演。这和以往的演员中心制真是大相径庭。

其他戏班的演员听说了，都起了非议。戏曲界保守势力为数不少，布景风格之争还在其次，导演这个职位的影响却是太大了！

"……啊！这，要让我接受一个龙套演员、布景师导戏，我可受不了。这戏怎么唱，自来就是演员琢磨出来的。"

"就是，我们十数年、数十年的苦工，竟然要去听布景师的话？"

"也就是徐新月走投无路了，才会起用这什么导演吧，这出戏还真让他撞上了。"

"说起来，也不知道应笑侬到底怎么接受的指点，我师父说他去看了，从前应老板在台上没像这么自如，他一开口，台下就炸窝。这不是剧情就能做到的吧？"

"还有书妄言先生说的那个什么西洋理论,也是导演设计的吧。"

"这样嘛……"

难道说应笑侬的进步,真是受了导演指点?

梨园行内众说纷纭,纵有守旧派在摇动大旗,一时竟也无法统一意见:导演到底算个什么,是好是坏?

纪霜雨虽然身处舆论中心。但是,没有手机没有电脑,他还不舍得花钱买报纸,更没有多少戏曲界朋友,所以对他来说,那都白聊。就算知道,他估计也就翻个白眼:不跟你们这些老古董争,票房说了算。

作为现代人,纪霜雨知道,现在这些言论是流传不下去的,后世大家提起来,顶多说一句在那个时代,某部戏获得了最高票房。

这会儿呢,纪霜雨本人正在小鼓胡同当男妈妈……

"多喝点,肉蛋奶,不能缺!"纪霜雨买了很多鸡蛋、牛奶回来,学着烹饪好,给四个小孩吃。他自己也剥了个鸡蛋吃,补充一下蛋白质。纪霏霏,多吃点,变不白也长高点。

院门是打开的,他们这个大杂院结构简单,没有影壁,所以路过的人一下子就能和里头的人四目相对。

纪霜雨正吃着鸡蛋,顺便出门倒垃圾,就看到书妄言和周斯音经过,书妄言垂头丧气的,周斯音也低着头,一副心事重重的样子,两人都不是很有精神。

"嗨!周先生!"纪霜雨抬起手,含糊地打了个招呼。

先前在长乐戏园,他和周斯音开了几句玩笑,这人好像就吓傻了。不过这次没晕,倒也是进步。

周斯音听到他的声音,愣了一下,脚步也变得沉重了起来。他是来押书妄言去看医生的,这厮好了没几天,又开始嚷嚷着病得要死了,快准备给他发讣告和停更通知……周斯音这次非要把他的嘴给堵上不可。

"咦,纪先生,你居然也住在这里?"书妄言惊喜地道,"咱们居然还是没见过的邻居啊，我就住在那头！"

"哦哦，是吗？"纪霜雨瞟了周斯音一眼，那难怪周斯音先前会来小鼓胡同。

"既然你也住这里，那之前你和……"书妄言仿佛想到了什么，刚想说话，被周斯音打断了："你不是病得要死了吗？"怎么又激动起来了？

书妄言赶紧换了个虚弱的口吻，抚着胸口轻声道："你们到底是怎样认识的呀，我老觉得宝铎兄对你的态度格外好呢，他对我们都好凶的……"

周斯音："……"

纪霜雨：嘿嘿，那当然是因为他有把柄在我手里啦！

"不可说，你就当我去图书馆借书认识的吧。"纪霜雨笑眯眯地道，"二位留下来喝杯饮料吧，我还没有谢过，原来您是位大作家，还在报纸上为我们说话，仗义执言，不然我们就扑街啦。"

他也是后来听看过书妄言登在报纸上的小相的同事提起，才知道周斯音的那位朋友是畅销书作家。这也合理，周斯音自己就是出版人。

"我说实话罢了。"书妄言昂首道，他可从来不屑看人情或是拿钱写字。

"还是要多谢，改日我一定要拜读一下您的书。"纪霜雨热情地把他们让了进来，倒了两杯热牛奶，雷子弟弟也乖巧地加了火，然后跑出去玩，留地方给哥哥和客人聊天。

周斯音打量一下，这里和他上次来相比，变了一些。半透明的新窗纸映进来一点阳光，照在新贴的淡绿色墙纸上，虽然只是小小的改变，但整间屋子看上去都温馨、亮堂了不少。

纪霜雨道："听说妄言先生写的还有点恐怖元素——周先生，一般人看了能睡着吗？"他话头一转，看向了周斯音。

周斯音："……"

怎么不问作者本人，问书局老板啊。书妄言一无所知地道："有点恐怖哦！尤其是最新的那章，还是我从小鼓胡同得到的灵感，哈哈，是吧！宝铎兄，你说说观后感？"

周斯音冷冷地道："不知道。没看。"

书妄言："？"

书妄言不可思议地道："不可能，你怎么会没看？"纪霜雨没看也就罢了，他的书畅销是畅销，可兴许人家不爱看小说。但是周斯音不一样，他是昆仑书局的老板，还几次来催过自己的稿啊！书妄言一直预设周斯音是看的，甚至周斯音也向他传达过编辑关于剧情的意见。

周斯音确实是没看，原因还不是不大敢……感兴趣。但这原因不足为外人道。

周斯音想了想说道："……我只看完结的小说。"

书妄言倒退两步，吐出一口血。天啊，好伤人的一句话！书妄言退到角落去养伤了。

周斯音看纪霜雨也捧着杯热牛奶喝，唇边沾了一圈奶渍，忍不住问道："你祖上是哪里人？"

这时期的奶制品公司，起初都是满足洋人需求而建立的，引进了消毒、冷链等设备，销售炼奶、鲜奶、奶粉。后来华夏人受到广告影响，也开始购买奶制品，但广告的主要对象是儿童和女性。而且仍有些人认为，牛奶不适合孩童饮用。纪霜雨看上去，倒是喝得毫无负担。

周斯音忽然想起刚才纪霜雨用了"扑街"两个字，疑惑地道："是粤地人吗？"那边受洋人影响也挺多的。

纪霜雨："怎么会，我全家都是老鹅京鹅城鹅人鹅啦！"

周斯音："……"

"开玩笑的，哈哈哈。"纪霜雨皮了一下，乐道，"我就是京城人，这不是……看你们书局的报纸上说，牛奶对身体好嘛，我家有小孩呢。"

说到报纸，周斯音心中一动，盯着纪霜雨看起来。他的脚步沉重，正是有道难题，但现在看到纪霜雨，他突然有了个念头……

至于被盯着的纪霜雨，没反应，他习惯了。

"你可接受约稿？"周斯音问道。

"约稿？我不会写小说哦。"纪霜雨认可编导不应分离，自己也会编写剧本，这回还改了改灵官庙。但是写小说，还是有些差别的。因为书妄言站在旁边，他就觉得周斯音是想约他写故事。

"我不是说小说，我指的是，字。"周斯音慢吞吞地道，"我想邀请你为我们书局一份新期刊题写刊头，润笔费五十块。我见过你的字，很独特。"

纪霜雨喝牛奶的动作停住了。他忙活一出戏，徐新月也就给了他二十几块！

这会儿，书妄言忽然一脸惊恐地走回来道："我就说小鼓胡同的传说是真的，你们听到没有，一个幽幽的声音在喊哥哥……"

周斯音："……"

纪霜雨："……"

纪霏霏："……"

纪霜雨把纪霏霏抱了起来，缓缓地说道："妄言先生，这个是我妹妹，是她在喊我。"

"啊！哪来的？"书妄言吓了一跳，随即发现人家是黑、瘦、小了点，但确实是个活的小孩，他尴尬地抹了抹脸。不行，要把这个尴尬转嫁出去。

"我现在很怀疑你们到底怎么认识的，原以为宝铎兄故意整我，可那么巧纪先生也住在这里。说，是不是宝铎兄来找我那天晚上，发生了什么事？宝铎兄不会遇到什么小鼓胡同的传说，不敢对我说吧？"

不愧是小说家，书妄言随口几句话，竟然猜得八九不离十了。除了他，他人估计即便说出口，也想不到周斯音的胆子真能表里不一这点。

周斯音心中一紧。

此时，纪霜雨一抹嘴大声道："我不许你这样说周先生，他是这个世界上最勇敢的人！"

周斯音:"……"

书妄言挠头:"哦?"

五十块啊五十块,吃穿现在有保障,住还很简陋,有五十块就可以再买些家具,从此不算家徒四壁了。我再也不调戏周老板了,这种老板和菩萨有什么区别。不但不能调戏,纪霜雨还一力承担:"是我!我怕黑怕鬼,还摔倒了,周先生无私地帮助了我!"

周斯音:"……"

书妄言点头:"哦哦!"

第七章　针锋相对

不能怪书妄言傻,他就算是小说家,就算知道周斯音经常去庙里烧香……也猜不到周斯音的本性,他就是觉得纪霜雨和周斯音说话怪怪的。怎么,莫不是这俩人一见如故?

周斯音离开小鼓胡同之前,给了纪霜雨一笔废墨费和预支的润笔费,书法家写作品,也不是提笔就来,总要揣摩一下的,而且,纪霜雨都没有自己的钢笔,得去购置。这类废墨费用,向来是额外支出的,还不算在那五十块里。

"哪里有好钢笔卖呀,能给我介绍一下吗?"纪霜雨收了钱那叫一个努力,"老板,要么你带我去买吧,你亲自去肯定能打折对不对?"

周斯音:"……"

纪霜雨想的当然没错,周斯音搞文化出版的,做这方面买卖的商家看到他,认不认识,肯定会意思一下打个折。这也是为了书法作品。

于是,在戏曲界都疯狂讨论纪导演其人,纠结这个人到底有没有文化,够不够格时,他已经准备到商业区买钢笔去了——

第二天。

纪霜雨和周斯音并排坐在周家的轿车后排,他穿着自己最好的新衣服,戴着新帽子,虽然还是最便宜的棉衣和毡帽。

纪霜雨问周斯音:"你怎么会想到请我来写刊头呢?"他事后想

着，总觉得有些奇怪。当时只觉得五十块高，后来自己翻了翻报纸，查看此时书法家的润例，才对市场价有具体了解。

那种能够挂在店铺寄售的当代书法家作品，写一个匾额能卖三四十块，写楹联按尺寸，六尺十几块吧。这就很不错了。

五十块约个无名小卒的刊头，绝对是很高的价格了。而且他后来才知道，周斯音新创办的期刊叫《书学教育》，因此他肯定知道行情。

这位周先生被他吓晕了好几次，居然还给他送钱？难道，是想用钱封口？看起来也不像那么容易妥协的人……

周斯音语气很平淡地道："我觉得你的书法不错，很有新意，我从未见过这样的钢笔字，因此约你来写。"

纪霜雨这才终于回过神，哦，对，我写的是钢笔字！这个时候，硬笔书法大约还没发展起来吧？纪霜雨一下子释然了，用崇拜的眼神看着周斯音。

周斯音竟然有种不太自然的感觉，真是生平少有，可能因为之前纪霜雨对他的态度实在太……普通了吧。他镇定地看着纪霜雨，把手放在靠背上，微微抬下巴，摆出了从容的姿态。

纪霜雨充满感情地道："周先生，你的眼光也太好了吧！"

周斯音："……"这到底在夸谁？

纪霜雨哈哈笑道："放心，你绝对不亏的，虽然要给我五十块钱的高额润笔费，但以后我导演的票房越来越高，成名了，这个五十块也越来越值！"

虽然自己的确是看中其中的价值……但这个人，还真是不客气啊。周斯音看他一眼。

五十块，已经足够一个家庭整个月的开销，而且是过得比较宽裕了。所以说高级知识分子，比如教授，月工资两三百、三四百的，在这会儿算是很多了。

纪霜雨拿到这笔钱，总算可以添置家具了，家里穷得基本只有床和锅了……像样点的家具都在之前父母生病时当了。

轿车停在了洋行外，纪霜雨下车，就感觉有点恍惚。

两人抵达的这个商业区，挨着使馆区，售卖各国洋货，大多门脸也是西式风格。有的店门口站着发传单的店员，有的店门口写着清仓减价的大字，甚至有的店面门口还有一群店员在喊口号、跳舞……

纪霜雨：好熟悉的感觉。

洋行装着大玻璃门、玻璃柜，让家庭条件一般的市民看着都不大敢去拉动，止步门外。

纪霜雨则是非常淡定地自己拉门进去，对迎上来的店员点了点头，直接问道："有雷神牌钢笔吗，给我看最粗尖的。"

"有的先生，您稍等。"店员客气地道。纪霜雨本人虽然戴着毡帽，但他旁边的周斯音穿着剪裁合体的西服，那张脸更是上过报刊的。

而且这位先生的态度还真是放松得不得了，手肘撑在玻璃柜上，无聊地打量着店内的货物。即便如此，也不让人觉得讨厌。这个架势，店员觉得人家指不定是超级有钱人，有点怪癖，故意打扮成这样罢了。一想到这里，店员的动作就更加麻利了。

周斯音也在暗暗地看纪霜雨，按照一些报纸上谈论的，纪霜雨的父母是家道中落，他三岁以前家庭条件也不错，后来就搬到了小鼓胡同。但是从纪霜雨的言行举止，甚至是只有写字磨出来的薄茧的手来看，他对此表示怀疑。

也许纪霜雨由父母教养出了宠辱不惊的气质，但是一个街面上干过苦力的人，手指、皮肤怎么会这样细腻，牙齿也洁白整齐？还是说，报纸上所写的并不准确，他还有其他经历？再记一笔。

这时候店员已经把钢笔拿出来了，不止拿了纪霜雨要的雷神牌钢笔，还有很多其他品牌的："先生，您可以看看我们最新进口的利维牌钢笔，这是今年的新款，12K 金……"

利维和雷神两个品牌一直到现代都存在，前者是进口的，后者是沪上的本土品牌。现在二者价格差得有点大，进口钢笔都能换栋房子了，虽说现在房价也没那么夸张。

纪霜雨自己练字倒真是一直用的雷神牌钢笔,他的家境不错,没缺过什么,但并不奢靡,家里老人生活比较朴素,一直带着用雷神牌钢笔,质量也确实是很好的。

"不要,我就喜欢用雷神牌钢笔。"纪霜雨打断他,"而且现在这利维牌钢笔也太贵了,买不起!"

店员愣了下,有点委屈地道:"先生,利维牌钢笔刚因为关税降过价呢。"其实不是因为关税,而是华夏国产钢笔的冲击。但这都历史最低点了,怎么还说人家现在贵。

纪霜雨安慰道:"没事,会更低的。"

店员:"……"

纪霜雨自顾自地旋开一支雷神牌钢笔看了看:"这是 M 尖吧,还有更粗的吗?"M 只是中粗而已,店员看他对钢笔还挺熟稔,就把刚才的无语压了下去,推销不掉利维牌钢笔,卖支雷神牌钢笔也不错,赶紧去找了一下,给纪霜雨确认了一下是最粗的。

纪霜雨买下一支雷神牌钢笔,又厚着脸皮让周斯音给他预支稿费买了些家具,蹭周斯音的车回小鼓胡同——要不赶着这次蹭周斯音的车,还得花钱雇人搬家具的,他哪里舍得,当然一次办齐。

……

待几日后,周斯音再去小鼓胡同的纪霜雨家时,就看到他的住处已经截然不同了。

窗户上镶了一小块玻璃。现在条件一般的人家,又想要透光或者显摆,就是在中间镶那么一块,刚够人望出去,其他部分仍是半透明的窗纸,透光性没有玻璃那么好,但也可以保暖。

纪霜雨家的窗户就是只镶了一块玻璃,阳光照进了屋里驱散昏暗,炕上摆着一方小桌,还插了几枝花,但细细一看,并不是鲜花,而是晒干的干花干草,也不是摆在正经的花瓶里,而是插在一个旧笔筒里,竟也别有一番情趣。旁边还有一个粗瓷碟子,盛着些点心,可见在吃上一点也不想受委屈了。

地板修整过了，铺着一条团花的暗色手工栽绒地毯。本地人是不习惯铺地毯的，只有炕毯、桌毯什么的，除非婚丧嫁娶才铺地毯，铺地毯这个习惯有点像西洋人。手工毯子没有机器织出来么平整，不过厚厚毛毛的，纪霜雨比较小的弟弟和妹妹就坐在毯子上玩，神情闲适，一看就是吃饱了才能流露出来的。旁边一只新瓷板炉子烧得旺旺的，人一进来就感觉暖和了，也表示主人已经不缺煤烧。

那天纪霜雨买了几件高脚家具，衣柜、斗柜等，周斯音还觉得是否会太少，形制也简单，现在一看，他是有全盘想法去淘换的，组合在一起很合宜。

新家具再加上柴米油盐的杂物，预支的稿费被纪霜雨掐着数字花得差不多，呈现出来的效果，却是数倍也不止。加上先前的墙纸，这整个屋子都与最初所见截然不同了。

周斯音很快释然了，想想纪霜雨在舞台上布景以简驭繁的能力，难怪能用不多的物品，就把屋子布置得舒适雅致。光线好多了，连他三妹纪霏霏都没以前吓人了……

"周先生，坐吧。"纪霜雨还弄了几个草编的垫子，搁在炕上。他自己已经铺开了纸，他早酝酿过，试写了好几遍。

现在当着周斯音的面，纪霜雨又提笔，凝神写下"书学教育"四个大字。

待纪霜雨收笔，周斯音立刻发自内心地赞了一句："好！结字错落天然，古道真风。"虽然没亲眼看过纪霜雨的毛笔作品，但单从这字里，他也能看出来纪霜雨的毛笔字水平。

纪霜雨笑了两声，又把自己刻的印拿了出来，从他还是个"菜鸡"的时候，就喜欢用印，显得自己写的字都高大上了。现在要写字，他也去刻了一个。

周斯音说创刊号会单放一版放大刊头字，作为书法作品呈现。

纪霜雨沾了印泥，四个红字就印在了纸上：葫芦老人。

"葫芦老人？这是什么名号？"周斯音只觉得奇怪，难道是因为纪霜雨那一头异于常人的白发，因此以老翁自号？院子有种葫芦吗？冬天还真看不出来。

"对，这是我的新笔名。"纪霜雨没有解释，只看了一眼自己的四个弟弟妹妹，呜呜呜，他就是养葫芦娃的人。

不过周斯音的注意力很快就转移到了纪霜雨的字上，还有放在旁边的那支雷神牌钢笔："我怎么觉得，你的笔很好用……"周斯音没有用过雷神牌钢笔，看纪霜雨刚才写字，总觉得人家的笔特别好用。

纪霜雨："这就是人生三大错觉之一了：别人的工具比较好用。不是，是我的手比较好用哦。"

周斯音："……"

周斯音："……你前两天对我还很尊重的。"夸他是最勇敢的人，所以，尊重是会消失的，对吗？

纪霜雨："所以我现在提示你啊，该续费了。"

周斯音："……"这么快！

不对，不对，不可能。

周斯音拿起纪霜雨的那支笔，在旁边的纸上写了几笔，然后喃喃地道："不是错觉，我就是觉得这支比较好用……"

"哈哈，骗不过你，因为这支我自己打磨过了。"纪霜雨道。他有自己打磨笔尖的习惯。

钢笔本就是舶来品，发明出来更适合西方文字的书写。但在后世，已经有些钢笔品牌开始针对汉字书写研发了，通过打磨笔尖形态，让它更适合写汉字。包括一些美工钢笔，有着弯弯的笔尖，能够非常容易写出笔锋和粗细变化，更接近毛笔。

工欲善其事，必先利其器，虽说善书者随便用什么工具都能写好，都能体现出结构、笔势之美，但纪霜雨在正式创作时，一直习惯自己打磨钢笔尖，符合他的习惯。就像有的书法家酷爱用秃笔，属于自己的偏好。雷神牌钢笔也是仿照西洋钢笔制作的，等于说它原本也更适合西洋文字书写。但这支笔被磨过后，就更适合纪霜雨的书写习惯，也更适合汉字书写。别看价格没进口的钢笔高，但论起书写汉字，更胜一筹！

周斯音捏着这支雷神牌钢笔，爱不释手，以商人的直觉，甚至立刻开始思索着这是否有量产的可能性。

"能还给我了吗？"纪霜雨看他眼神仿佛不肯撒手了，以这里的条件，他打磨得可不容易的。

周斯音："你可以给我打磨一支吗？我续费。"

……

周家老宅。

周斯音对管家道："给我备一支雷神牌钢笔，要最粗的笔尖。"

管家愣了一下："雷神牌？"这不是前两年，沪上成立的钢笔牌子吗。华夏商人的嗅觉敏锐，看钢笔生意要起来了，就开设了本土厂子，抢占市场。但是，目前成立时间不长，牌子还没有洋牌硬。

管家很奇怪，为什么少爷要特意吩咐买雷神牌钢笔。

周斯音点头："就是雷神牌。"

纪霜雨已经答应了，给他也打磨一支钢笔，他这不得准备好。

正在说这话，周斯音的二舅也回老宅了。

周斯音的二舅叫周若鹃，他看到周斯音，就忍不住想笑，特别开心。

他们都在老宅外各自还有住宅，只是要意思意思经常回来，今天恰好遇到周斯音，真正让他开心的事还是这件事。

周若鹃问道："宝铎回来了？最近怎么样啊？找到写刊头的书法家了吗？听说邹部长年前就要回京啦。"

周斯音看了他一眼，没说话。这就是曾经被他在报纸上连骂三天的二房舅舅了，最近经常往沪上跑，听说是想掺一脚影戏生意，投资拍电影，好在周斯音那里挣回面子。

纪霜雨并不知道在他之前，《书学教育》的刊头，周斯音原本约的是江南书学大家谭佑安先生。别的刊物也就罢了，这书学刊物，遍邀名家，唯谭先生能镇住刊头。

谭佑安先生很久不接受约稿了，但周斯音的亡母与谭佑安曾有交情，是以答应。不想临了，还是称病失约，让他苦恼了几天，该找谁替上，这其实也是个容易得罪人的事情，善书者多，选谁不选谁呢？

这件事，周斯音一直就怀疑有人暗中捣鬼。不是他多疑，实在是装病、装死这一套书妄言已经给昆仑书局的人玩出阴影了……

本来还只是怀疑，现在看到周若鹍这副迫不及待的样子，他觉得八九不离十，就是这老贼了。就算不是，骂他老贼也肯定不冤！

周若鹍见他不理自己，自己搭台唱戏，语重心长地道："邹部长独慕佑安先生的笔风，你要早知道约不上，就不要先报喜呀。邹部长看重你，准许书局编印教科书，但你还是太年轻，太急躁了，先把教科书印好，再把字约好，最后再去说新刊的事岂不更好？非要那么早出风头？"

《书学教育》是书会倡议办的，为了推广华夏书法与教育。教育部的邹部长推崇书学，也格外留心，要求到时候每所学校都要订的。

周斯音："你在教我做事？"

周若鹍："……"

周若鹍被气得脸有点发红："我是你的长辈，关心一下你怎么了？"

周斯音："想知道怎么了，就去购买《京城日报》去年第一百二十七期、一百二十八和一百二十九期，写得很详细。"

周若鹍："……"正是周斯音连骂他的那三期报纸。

周斯音慢条斯理地道："而且也不必关心，已经约好了。"

纪霜雨的原稿就在他手里拿着。

周若鹍提起了心，这小崽子做事很利落，有三妹的风范，他盯着周斯音的原稿看。啧，不会真让他找到了好人选吧。谭佑安以楷书见长，但还有行书、草书等其他大家，又或者直接邀请文人名流，难道……他不自觉地探头。

周斯音把稿子藏到身后。周若鹃走到他背后去看。周斯音转了半圈，他也跟着转了半圈。

周斯音："……"

"咳咳。"周若鹃见他的眼神有点像在看弱智，自己也有点不好意思再转圈了，直起身来。

他那么匆匆看了几眼，依稀看到那字粗细变化明显，还以为是毛笔字，更专注地看清落款——葫芦老人，他在脑海中过了一遍，压根没有什么楷书名家或是哪个社会名流的字号与这个信息有关，放心下来，重新挂上笑容。

"哈哈哈，宝铎，二舅劝你一句，不要病急乱投医。听说你原先准备了五千大洋约字，不知道这幅字花了多少钱？"周若鹃问道。

——顶级市场向来是不同的。谭佑安先生早已谢绝一切书约，若不得不动笔，就依循一个极其高昂的润笔费。约稿太多又不想再走量的顶尖书法家，就把稿费提得很高。就像有些原本不卖字的善书人士，因为来讨要作品的人太多，也不得不定下收费表，用意都差不多，免除一些烦恼。

周斯音："五十元。"

周若鹃笑出声了，按这个价格，能约到不错的作品，但可想而知绝无可能约到足以替代谭佑安的名家，他暗带嘲讽地夸了一句道："倒也算实惠！"

且说《灵官庙》引发社会上一通争论后，在腥风血雨中暂时落幕，最终一共上演了十六天，即将打破最高纪录。饶是这样，还有一些戏迷期盼快点再次上演。

临近过年的日子，徐新月见好就收，不再售票，并决心要把这出戏当作压箱底的法宝。

既然有《灵官庙》打开局面，舞台又扩大了，非常适合应笑侬这样身手的角儿演戏，接下来长乐戏园生意将会持续兴旺。

而趁着这个东风,也是有点拉拢纪霜雨的意思,徐新月立刻聘请纪霜雨,想要再排一出戏,在元宵节的时候上演。

眼下已经接近年关,这个时候要排,自然是排应节戏。年节时期,各大戏班都是上演吉祥戏,什么《摇钱树》《小过年》之类的。

这也是为什么《灵官庙》还能卖座,徐新月却不卖了,除了保持观众的新鲜感之外,更是因为这里头有些杀伤的情节,不适合新年前后演。

"原先戏曲界有句话,叫'正月无好戏',因为吉祥戏大家看个乐呵就行了。但是这两年竞争是越来越大啦,连过年各大戏班都不放过,去年长青班元宵节还在台上放仙雾,让仙女上台撒花。"徐新月唏嘘道。原来长乐戏园,就是在这样的竞争中生意败落。对这只小铁公鸡来说,被逼上进就是被逼花钱,但吃过一次亏的他,深知一定要趁热打铁,巩固长乐戏园的名声。

"所以这回,咱们一定要排个出彩的应节戏!把布景给弄得优雅美丽至极!"徐新月雄心勃勃地道,"我都和班主看好了,咱们可以排《感应随喜记》。"这是传统戏曲中比较热闹的一出,也是神仙戏。女主角是《封神榜》中的感应随世三仙姑之一,云霄娘娘,配角自是三界各位神仙,剧情比较欢喜,演员众多,有文有武。

"我是没问题的,我改下剧本就排,过年前应该能排完。带应老板玩儿吗?"纪霜雨也挺高兴,赚钱的机会啊。

徐新月连声道:"自然要带的。"应笑侬现在是长乐戏园的台柱子,在整个京城来说,叫座能力也正强着。

含熏班那是两下锅的戏班,应笑侬也原本就京昆两抱,京剧、昆曲都能演的,原来文戏还有点短板,经纪霜雨导戏,大受赞赏,也算得上文武昆乱不挡的角儿了。

"这次,除了应老板,咱们最主要还是挑个旦角来捧。"徐新月道。好旦角向来是最能叫座的,要是捧出来了,那可以比应笑侬更风光,这不是看低应笑侬,实在市场就是这样。

"懂。"纪霜雨在脑海中过了一下,含熹班的演员们,选谁呢……

这个消息在戏班肯定是守不住的,得知要排新戏,大家都想演个重要角色。虽说外面的戏曲界人士多有微词,但是含熹班的人心里明镜儿似的。信不信把纪霜雨介绍给那些人,他们也会照样接受导戏?

《灵官庙》就已经证明了,让纪霜雨来做这个导演,票房高,大家拿的戏份也有保障!少扯什么规矩旧俗,对演一场戏拿一笔钱的演员,尤其是普通演员来说,戏份是硬道理。

含熹班的演员们殷勤地讨好纪霜雨,这个对他来说,也不是新鲜事了,就跟现代的影视剧演员一样,他只管按照自己的标准选。可惜有点分歧,最后,徐新月和应笑侬都看中了一名叫陈春雪的旦角,纪霜雨则看中了一位叫金雀的演员。

含熹班原先并不是很红火,但有江湖的地方,它就有江湖排名,陈春雪的排名是在金雀之上的。

"你审美水平那么高,难道看不出来,陈春雪比金雀长得好?"徐新月看着纪霜雨道,他把应笑侬也拉来了,想让他帮自己说话。

应笑侬用力甩开徐新月,然后亲切地对纪霜雨道:"对啊,陈春雪比较合适。"

花脸演员人高马大,徐新月差点摔地上:"……"什么玩意儿!你到底跟谁一边!不听他说话,徐新月还以为他要用武力逼自己同意纪霜雨的选角了。

——应笑侬也更中意陈春雪的样貌,觉得她有一张女主脸,但是他对纪霜雨是最亲切的。

纪霜雨反问:"要是长得好就合适,那不如让我上台了!"

徐新月狂喜道:"可以啊,你能唱吗?"

纪霜雨:"……"徐新月居然是认真问的……

不过市场现状是这个样子的,旦角为什么最出名,坤伶为什么大出风头,就是因为扮相好看,观众追捧。这个世界上没有新鲜事,后世有的演员,也就一张脸。徐新月正是看脸选演员的,唱功差得不太远就行,太差那他也知道观众不买账。他甚至预备了一笔钱,要置办华丽点的新行头给女主角。要是纪霜雨能唱,徐新月二话不说,马上给他定做衣服,置装费加倍!可惜,纪霜雨五音不全……

"我的意思是,咱们这出戏要细腻的演技,我觉得金雀比较合适。扮相上的'不足',我觉得不是问题。她底子其实很好,我们用化妆和打光来解决。"纪霜雨说道。他看过那么多演员,有时也不止看演技,根据角色需要,也得看这个人的脸是否适合荧幕,是否适合这部戏。都说金雀长得一般,他不觉得!现在的戏妆还未统一成后来的标准,有些演员实际上也并不了解自己的脸适合化成什么样。

"化妆我能想通,打光怎么解决?"徐新月一脸莫名其妙。他承认纪霜雨很会用灯光,可灯光……还能解决演员的扮相?

纪霜雨:"……"算了,投资人向来是不懂的……

虽然徐新月看完了《灵官庙》,但他好像没意识到灯光对灵官的人物塑造也贡献了巨大的力量。毕竟这会儿的灯光,也真的很粗陋,有的戏园,前后台灯光都不一样,导致妆容后台画完了,上台不合适,惨白惨白的,更别提为人物定制灯光了。搁往后,普通人自拍还知道补个光。

纪霜雨笃定地道:"自然能了。东家,你要相信我,就交给我,成不成?"又来了,又是这个语气!非常蛊惑人!

徐新月很纠结,本来就是优雅的戏曲,再有纪霜雨的改编、布景,想也知道成品很能捧角,真的要选样貌相对普通一些的金雀吗?

半晌后,徐新月叹气道:"就听你的吧!"就算冲着《灵官庙》的成功,他也得给纪霜雨这个面子。

含熹班上下知道这个选角结果后,他们都傻了。他们私下也有些猜测,但是,万万料不到纪导演会选金雀啊,连金雀自己都没料到。她慌得当众大喊:"你们知道的,我家穷死了,我可没那个钱给纪导送礼!"

众人:"……"

……这倒是,应该和金雀本人无关,就是不知道纪导演为何非要选金雀。

纪霜雨这边不动如山,自顾自地做准备,审读剧本,着手修改设计。

他把东西都采购好了后,徐新月忽然急匆匆地来找他:"不好不好!该死该死!对面要开个新戏园!"

纪霜雨漫不经心地道:"我们这一条街有七八个戏园,新开一个很奇怪吗?"

徐新月恨恨地道:"新开不奇怪,但他们要和咱们唱对台戏啊!真是……有没有点戏德!"

对台戏后世用得也挺多,指的就是两班演员在相邻的舞台上同时表演,具有竞争性质。依照这时候的潜规则,有名的班社一般很有默契,没什么过节不会故意去撞。比如含熹班演《灵官庙》出名了,那其他有名的戏班就不会轻易演这出,尤其是同时期上演。没必要硬碰硬,也是彼此留个余地。

长乐戏园要排这出《感应随喜记》,还未正式宣传,但是已经有风声传出去了。对面的戏园却不管不顾地打出了广告,新开张的时候,会上演同一出戏的京剧版,并请来沪上知名布景师助阵,机关巧变,处处出彩,请大家期待。

"你说他们这是什么意思?天啊!沪上的布景师!那个人我去沪上时听说过的,他是闽帮第二代布景师,很厉害的。"徐新月人缘一般,抓耳挠腮地烦恼,既不知道对面为何要针对自己,又对沪上布景师满是畏惧。长乐戏园在京城是闯出一片天了,可沪派布景何其有名!

"莫急。"纪霜雨灵机一动,去请了江三津来打听。

江三津是龙套头子,但人家和各个班社都有合作,又爱结善缘,消息灵通多了。

一问及,他果然知道,讪讪地道:"这个……约莫是有些耿耿于怀,先前不是有人请绸缎庄的东家来做中人,想买东家的地皮嘛……"

"啊！"徐新月叫了一声,明白过来了。当时是有位姓梁的同行想买,怕是准备都做好了,没想到他挺过来了。人家不知怎么的,还是买到了这条街的地,看来还记恨上了他。

徐新月恨恨地大骂对方的心眼比针还小,一时又感到悲切、担心,忍不住靠在江三津肩上饮泣。

江三津："……"

江三津浑身的鸡皮疙瘩都起来了："徐爷,你冷静一点。"

"这要我怎么冷静。"徐新月心情看着纪霜雨,"你说怎么办?我们要不要改戏?"

纪霜雨转念就想通了,说道："没有用的,东家,你真以为对面是耿耿于怀这件事吗?就算换戏成功,咱们也是他们的针对对象,因为人家是看眼下《灵官庙》正火热,与我们打对台,直接把我们踩下去,就是最好的广告。再者说,我们的风格和沪派,也的确碰撞了,只要发展下去,必有一战。"写意风布景异军突起,对面要开新园子,还邀请了沪派布景师,绕得过去吗?

"啊。"徐新月明白过来（再次）,心乱如麻地道,"这可怎么战……"

"反正我从没因为撞档期逃跑过。"纪霜雨冷冷地道,脸上一片严肃的表情,"东西都准备好了,兵来将挡,水来土掩！"

徐新月看他目光凛然,欲言又止。

纪霜雨："干吗?"

徐新月疯了,抓住纪霜雨的袖子："呜呜呜,你真的不考虑上台吗?你肯定比他们的演员好看。"

纪霜雨："……走开！走开！"

……

徐新月的心理素质不好,根本没法和纪霜雨一样冷静,尤其听闻这几日的风声后。

——本来《灵官庙》就引起过争议，虽然已有大批戏迷，甚至书妄言这样的当红作家支持。可是，毕竟根基还浅。

京城本就并非西洋布景最盛行的地方，各个戏园学来的几分本事算不得最精妙。现在一波未平一波又起，沪上那边的高手来了，好多人都在猜测了，长乐戏园的写意式舞美，在这样的锋芒下，怕不是也要暂避？说得更直白些：能经得起这场考验吗？

一次成功爆红，但要让这种风格在沪派阴影下第二次成功，哪个敢说有信心。

偏偏徐新月心底知道，他们还是要打对台戏的，完完全全地正面硬碰硬，怎能不心慌？别提外人，他自己都没信心！

没过两天，纪霜雨正在给金雀说戏，徐新月又来了，身后还带着两个人，其中一个拿着照相机，兴高采烈地说："霜雨啊——你看这是谁——"

徐新月郑重地给纪霜雨介绍："《影剧世界》的编辑和摄影师，他们希望给你做一个采访，配一张相片。"

对方也笑着伸出手："久仰了，纪导演，鄙人陈曼之。您可是现在京城戏曲界风头最盛的人物了，戏迷都想了解您的工作，希望给我们一个机会——真没想到，您这样年轻。"

《影剧世界》是京城销量最高的戏剧期刊之一了，隶属昆仑书局。但昆仑书局的报刊很多，所以陈曼之并不知道，纪霜雨和他们单位也算有合作。

陈曼之看到纪霜雨本人的确是十分惊讶的，因为他曾听人信誓旦旦地说纪霜雨是个头发花白的老头啊。眼下一看，什么老头，根本风华正茂，还是个美男子。

"陈编辑，您好！"纪霜雨沉默了片刻，对徐新月单刀直入地说，"你是不是想趁机卖我的脸。"

徐新月："……"啊，被看穿了。还拆穿得这么直白。没错，采访是其次，他听说还想给纪霜雨拍照，就觉得是个大好的广告机会。

他太没自信了,既然对方来势汹汹,无法避战,只能设法给自己增添一点砝码。

徐新月感到有些羞愧:"这个……"

"可以,但你得给我钱,这算宣发支出。"纪霜雨直接打断了他。

徐新月:"……"

纪霜雨:"还有,既然都来了,陈编辑,能不能在报道里提一下我们新排的戏,再给新戏的女主角也拍一张小相刊登。"他非常熟稔地就和编辑交涉了起来。

徐新月听到前半句还忍住了,后半句听完,却脱口而出:"不必吧?"这个……这卖脸的活儿,纪霜雨来不就够了。没有冒犯的意思,但是,金雀?何必呢……

就是金雀本人,也局促地站了起来,她这辈子还没有照过相,更别提上报纸:"是啊,导演,不用了吧。"

纪霜雨看了金雀一眼,金雀的声音就渐渐低了下去。因为是意外成为女主角,面对导演,她比其他演员还都胆怯一些,这些天纪霜雨说什么,她都一个劲点头接受,让她怎么做就怎么做,小姑娘很乖。

陈曼之好奇地看着这位戏曲界头一个导演,说真的,他的相貌更像是演员,而那位金雀小姐,五官倒也端正,却显得寡淡了点,脸盘子也略有些大。

但他本人也是对《灵官庙》有好感,才会来的,面对纪霜雨的商谈,他好脾气地接受了:"呵呵,这个事情没问题,我们的刊物就会给戏迷介绍新戏。照片我们排一排版,也可以放得下。"

"好,那麻烦二位稍等了,金雀得上个妆。还有,东家,麻烦去拿我准备的灯过来。"纪霜雨道,戏曲演员上刊物,当然得扮戏装。

"没事没事,刚好待会儿我们先给您拍照、采访。"陈曼之看了一下纪霜雨朴素的打扮,示意摄影师找下合适的角度,"对了,您的帽子可以摘了吗?"

纪霜雨沉吟着。

陈曼之好奇地道:"有什么困难吗?"

徐新月的心脏忽然感到隐隐作痛,就像有什么不祥的预兆。

纪霜雨摇头,以前是人生地不熟,现在站稳脚跟了,问题不大。他伸手摘下毡帽,慢悠悠地道:"就是摘了帽子宣传效果更好了——东家,这得加钱。"

徐新月:"……"

第八章　编排新戏

纪霜雨这张脸的宣传效果很不错,那头特别的白头发,肯定能增加更多的谈资啊。

像现在,陈曼之和摄影师盯着纪霜雨的头发,作为第一次看到纪霜雨真面目的人,就呆住了。陈曼之忍不住问道:"冒昧地问一句,您是有白化病吗?"

"不是,就是早发性白发病,比一般人白得比较彻底,因为我之前太穷了,营养不良。"纪霜雨这个理由对周斯音也说过,而且比起最早一口咬定"馋"的……他看在对方是媒体的分上,还修饰了一下自己的用词!

陈曼之这才释然,寻思即便如此,这看着也够惊奇了,毕竟一般的白发者,没有这般显得年轻,他喃喃地道:"难怪,我说怎么传闻会说您是位老先生。"

"老先生?"纪霜雨也才知道,原来之前陈曼之说没想到他这么年轻,不是在说客气话,夸他年少有为,而是外头有风言风语。长乐戏园有些人是看过纪霜雨那头白发的,也不知道怎么传的,就失真了。

"好吧,这下还趁机辟谣了。"纪霜雨想着也不亏,自己怎么就成老头了,他只是一个普普通通养"葫芦娃"的可怜人。

摄影师这时拿出了几张照片出来,上面都是一些社会名流或是戏曲名角,摆出各种姿势,有生活照也有官方一些的:"纪先生,你可以选一个姿势，摆出来。"

纪霜雨不解地道："还要指定姿势的吗？为什么？"

摄影师尴尬地看着他，乍然间不知道说什么。照相、剪发、不裹脚，是这个年代的三大文明事。但是，大多数人拍照的时候，都很不自然，不知道如何摆姿势，拍照时间久，普通人就显得更僵硬了。摄影师们习惯了，弄些范例给他们学。

陈曼之笑吟吟地道："没有的事，纪先生随意。"

摄影师原本还觉得纪霜雨是性子虎，没想到，他还自己选起了地方，大摇大摆地指挥摄影师把相机摆在哪里。

待徐新月拿来灯，他又布置起了灯光。这摄影师也是个小年轻，被纪霜雨的气场一压，弱弱地就按着做了。他发誓，纪霜雨是他见过拍照最放松的一个人，他可是给很多戏曲演员拍过照的。

陈曼之深深地看了纪霜雨一眼，同他聊了起来。

采访分为两个部分，前半部分是纪霜雨对《灵官庙》改编设计的思路，以及对这种写意式舞美的想法等。后半部分，就关于他本人，以前有没有从业经历之类的。

纪霜雨编就是了，自称从小就对戏曲和导演感兴趣，深受胡同里一位戏曲界前辈的影响。

"戏曲界前辈？敢问是哪位老板？"陈曼之手里的钢笔唰唰地写着，问了一句。

纪霜雨："哦，江三津前辈，是一位龙套头儿。"

陈曼之："……"他的嘴角抽搐了一下，也没说什么。

采访得差不多后，陈曼之就伸了伸腰："多谢配合了，那位金雀女士呢？"

是啊，时间过去也挺久了，怎么化个妆还没好？纪霜雨叫了一声："金雀，你还没好？"

"好、好了。"门外，金雀紧张地道，"我不太敢出来……"她在台上也许得心应手，可是面对着记者，十分紧张。她刚刚按照这儿日纪霜雨改良过的造型装扮上,还没有其他人看过,羞涩极了。

"来吧。"纪霜雨走到门外,虚扶着金雀出来。说起来他的年龄和金雀差不多,只大了金雀两岁,但金雀在他面前就跟晚辈一样。

其他几人,只见一名穿着戏装的女子垂首缓缓走出来,作为从小坐科学戏的旦角,身段自然不必说,她羞怯地一抬头,就露出一双精致有神的凤眼,潋滟生辉,颊染红晕,嘴唇丰润红嫩,原本稍显圆的脸庞,贴完片子就成了刚刚好的鹅蛋脸。原先明明是稍显寡淡的五官,不知怎么装扮上,五官清艳出尘,实在秋霜难映其洁,霞光不敌其艳。

相比起时下的妆容,金雀这个扮相可以称得上精致了,直把三人都看傻眼了,几乎比刚才看到纪霜雨还夸张,因为变化实在是太大了!

徐新月这才知道,为什么纪霜雨非要选金雀。因为唱功一时半会儿精进不了,但金雀的长相,还真可以通过扮相增进。扮上后的金雀,明明五官没变,却判若两人,说她是真云霄娘娘下凡,也该有人相信了。

——戏妆也是在几十年中不断进步的,最初的戏装比现代人看到的粗糙多了,而纪霜雨从来接触的,就是改良到最佳的戏妆,而且后人总结了不少各种脸型该怎么贴片子的技巧。

纪霜雨告诉金雀如何贴片子才能更好地修饰脸,还有一些加重眉眼描画,唇形勾勒之类的技术,他自己没动过手,但理论知识够丰富就行了,化妆金雀自己是会的,稍加练习后,五官骨骼很适合上妆的金雀扮完,俨然一个仙姿丽色的花旦。在刚才见过她妆前样子的人面前现身,效果更是明显。

陈曼之更是夸赞道:"金雀女士的扮相真是仙姿玉貌,来日上台,定要引发京城的风尚了。"

这时候的戏曲舞台,也是能引发潮流的,女士们纷纷效仿。陈曼之就觉得这个妆容,虽然是戏妆,但加强了眉眼的神采,又晕染过渡自然的描画方法,怕是不少女士会喜爱。

看到众人惊艳的眼神,金雀都不知如何形容自己的心情,她原本是很没自信的，觉得自己到底走了什么狗屎运，才能被选中。现在，东家，记者先生……大家的赞叹，尤其陈曼之笃定她会走红，让金雀五味杂陈，目光盈盈地看向纪霜雨，更加感激他了。

纪霜雨鼓励道："我说了，你得相信……"

金雀刚想含泪道我以后会相信自己的，自信起来。

纪霜雨："……相信我的品位。"

金雀："……"

金雀："是是是。"

这就要给金雀拍照了，纪霜雨还专门给金雀布置了一下灯光，摄影中灯光能起到很大的修饰作用，最常见的，比如面部皱纹多可以用散光在正面辅助照明，拍恐怖片从下面打光，等等。

纪霜雨是自己做过一阵摄影师的，所以技术十分娴熟。他采用的是蝴蝶光照明，这种经典的布光方式，算算时间，现在应该已经在西方运用上了。这种布光，能让被拍摄者的五官显得更为立体，两颊消瘦，因为能在面部眼下产生形如蝴蝶的光斑而得名，又因为常用来拍摄女明星的影片剧照，也叫"美人光"。

纪霜雨就根据实际需求，采用了这种布光方式的各种变体，以硬光源把经过化妆后，五官更深刻凹陷的金雀修饰得更好，再适当补光。

"……"这一通操作，《影剧世界》的摄影师看得有点晕，他也不是科班出身，跟家里人学习才端起摄影的饭碗，平时就拍拍戏照，已经觉得自己是个技术型人才了。现在到了纪霜雨身边……他都不知道到底谁才是摄影师！自己俨然就是个工具人了，连徐新月也被指挥着挪动反光板。

金雀是戏曲演员，当然不必看什么姿势模仿，自己摆了个造型，整个拍照过程笑容自然优雅，表情一点也不僵硬。待金雀拍完，在徐新月的提议下，两人又拍了合影。

金雀特别不好意思地去找摄影师，询问如果合影不选用，能不能给她一份。摄影师大方地表示，到时候可以洗出照片来送给她，心底琢磨着，送照片算什么，日后一定要找机会来向纪先生讨教一下光影美术。

陈曼之和摄影师回去之后，在单位忙着美术排版，现在的设计可是技术活，也有抠图，但是真抠，用美工刀抠，美术字也是手写……全都是徒手的。但这次徒手抠图，看着这样的美貌，抠得都没那么累了。

陈曼之的同事看到陈曼之的版面上金雀的戏装照，更是大呼："这是谁？京城何时出了这样美姿容的旦角！"

"是含熹班的，叫金雀。"陈曼之提醒道，"就是排《灵官庙》的那个含熹班。"

他和摄影师也觉得这也太牛了！本来金雀上完妆，美艳程度就直线上升了。在纪霜雨布置的灯光下，竟是更加动人，五官都变得更加立体了，照片极有张力，而且带着高高在上的疏离感，简直就是光影的魔术！

陈曼之的同事神魂颠倒地说："她好漂亮，怎么从前我都不知道含熹班有这样一位演员，她的戏什么时候会上演，我得买票去看看。"还有这照片，他一定也要收藏一份。

"快让我仔细欣赏。"他伸手去拿版，就看到了折起来的下部另一张照片，"这，这又是谁？"

金雀扮相的确美艳动人，但另一张照片的人，也是全然不同的抢眼，是不似人间之色。透过照片也能看到双目清澈有神，分明是年轻的容貌，竟然有一头抢眼的白发，一张照片就让人好像看到一个故事。

"这就是《灵官庙》的导演了。"陈曼之轻声道。

陈曼之后又去印务那边，要沟通一下，正遇到他们新购置的双色胶版机到了，连总经理也在，陈曼之这个小编辑赶紧立正站好。

周斯音看了眼陈曼之，伸手道："这是什么？给我看看。"

陈曼之赶紧递上去："这是新一期的《影剧世界》版面，还没有调整完,我觉得照片应该放大些,但是版面不够了……"

周斯音自然认得纪霜雨的照片,他就是看着像纪霜雨,才索要的。上头的纪霜雨和真实的模样仍是不大一样的,而且印刷出来,失去了本人那种……凶残。

周斯音"哼"了一声:"放大什么。"

他一哼,陈曼之就噤若寒蝉,缩着脖子道:"那我删掉……"总经理的态度怪怪的,怕不是不喜欢长乐戏园吧。

周斯音嫌弃地道:"你会不会卖书?放封面上。"

陈曼之:"……"

长乐戏园对面开设的园子叫"莺歌舞台",这几日广告打得很响亮,几个合伙的东家还花钱登报了,介绍他们的新式京剧场,以及重点推出的剧目。

莺歌舞台号称他们的新剧,足足上百幅布景,而且日后每剧不同,场场都有新布景看,还有宏大的机关,样样出彩!

沪上的布景师一共三个派系,最厉害的就数闽派。莺歌舞台请来的布景师江湖人称"蒋四海",在闽派内部也是小有名气的,擅长机关布景。说他的月收入大家就明白了,在沪上,蒋四海最多的一次,一个月拿了三百元,这是非常高的收入了。莺歌舞台把他请到京城来,不但开了高工资,还要租小洋房给他住的。

这样的声势,加上有心人的推动,大众再次鼓吹起西洋式布景,言之凿凿长乐戏园毫无胜算,《灵官庙》的爆红只是一次偶然。

一般沪上的东西流行后,才传到其他城市,这位知名布景师过来,去莺歌舞台就能成为京城最先尝鲜的人啦。

路人原是想,宣传上长乐戏园已失先手,不敌莺歌舞台啦。想也知道,徐新月那小铁公鸡,怎么舍得和莺歌舞台似的,花钱登报。

——结果,新一期的《影剧世界》发行,封面上是纪霜雨和金雀的合照,内文还有两张单人照,立刻就卖断货了。

不知多少戏迷惊呼，为何长乐戏园还有这么个沧海遗珠。金雀？从前似乎看过她的戏，一点印象也没有啊！还有这个纪霜雨，之前就因《灵官庙》耳熟了。从前光听名字，还有人言之凿凿，说他是个想要弘扬华夏文化的老头儿。没想到，这头发白脸可不老，都有点传奇性了。虽然报道里他自称头发白是因为营养不良，让人有那么点淡淡的失望，那也不妨碍大家脑补。我们戏说我们的，他营养不良他的。

原先看热闹的心，都忍不住往他那里偏了，哎呀，美人能有什么错呢？想做戏曲导演怎么了。

不算那些名报的戏曲特刊，《影剧世界》可称得上戏曲界头号刊物了，还是昆仑书局发行的，铺货非常广，这广告，比莺歌舞台费劲巴拉上的豆腐块的宣传效果要好太多了……往期他们的封面，可都是戏曲界有名有姓的人士才可以登上的，见证了不少戏曲界大事。此番竟破格让纪霜雨携金雀上封面，不但肯定了《灵官庙》的地位，似乎也让《感应随喜记》这出戏，还有这出戏的主演，还没演就已经红了。

再加上这期采访透露出来的巨大信息量，大众有得八卦了。原来长乐戏园和莺歌舞台，过年时要打对台戏！长乐戏园，居然敢正面迎敌？是选洋气的沪上布景师，还是古典的写意舞台与俏花旦？不少观众，已经又期待，又为难起来了。

《影剧世界》上市发行后，金雀也收到了自己的样刊，还有一整套洗出来的照片，不是一张，而是所有的，摄影师还让人捎话，表示照片都很好看，虽然无法都登报，但他还是全洗出来，并寄金雀。

金雀看到实物后也有点不敢认，忍不住盯着看了很久，最后把报纸剪下来，珍惜地贴在本子里。照片也包好了，放在枕头下。

待金雀再去戏园时，大家看她的眼神也都不一样了。原来有眼不识金镶玉的是我们，金雀，还真的是个大美人！

未播先红的女主角，真正证明了纪霜雨选她没错。这一次金雀面对围观，没有那么忐忑了，目不斜视地走进戏园，因为她觉得自己现在代表纪霜雨的审美,不能再怯怯的,给导演丢人了。

"金雀,来来来……"班主看到金雀,也是笑得见牙不见眼,想要握住金雀的手。只要你红了,你就是我亲人。

一阵风刮过,班主被什么巨大的东西撞飞了。

应笑侬扶着金雀跨过一道门槛,慈爱地道:"我们金雀可真是个不世出的好演员啊!"

众人:"……"

应笑侬的态度一变,排练都更积极了,早先他可是一直都"我上班了""我下班了"的样子,工作认真负责,可哪儿有现在的激情满满。

金雀有了自信,排练也更加积极了,经常自个儿加练,憋足了劲要待上演赢得满堂彩,让那《影剧世界》封面来得名副其实。

戏园这样的行业和其他行业不大一样,人家过年要休息、放松,就是上戏园放松。别人看戏,他们被看,所以他们不能松懈。这会儿已经是年底,纪霜雨排戏到腊月二十六,二十七戏园就封台了,这天起可以休息个儿天,到了大年初一再开台。

春节前最后一个工作日下班时,徐新月还趴在门口盯着对面已经装修完毕的莺歌舞台。转过年他们再把桌椅板凳、各种设备搬进去,就可以正式开张了。几乎全京城人的眼睛,都在盯着这儿了。

纪霜雨看着徐新月猥琐的背影,摇头叹气,看来徐老板这个年怕是也要过得不踏实了。

徐新月觉得不踏实,纪霜雨还好,反正该做的他都已经做了。辛苦一遭,还不能安心过年嘛。

纪霜雨放假后还得到处找邻居聊天,打听旧京过年要置办什么。发现过年实在太费钱了!窗花、年货、年礼、灯节用品……待纪霜雨一回来,弟弟妹妹围着看那堆年货。这实在是他们所过最温暖无忧的新年了,从前每到年底,家里总是愁云惨淡,别说思考买什么,思考怎么还钱还差不多,年底催债的也得上门了。

但是今年，家里炉子烧得暖暖的，肉蛋奶齐全，小米饭、莜面窝窝、米糕，时而有大米白面。今天，大哥更是买了好多从前只能看着流口水的年货。看着看着，雷子小朋友发现不对了："大哥，怎么没有年画，也没有迎神的那个什么什么，啊呀，神像也没有！"正月初一的子时，历来是要放鞭炮，烧香，用红纸灯接财神的。

"是吗？卖完了吧！"纪霜雨装模作样地道。他不是漏了，是故意没买。

一打听完需要买些什么，纪霜雨就当机立断削减那些迷信用品，这祭灶、迎神用的纸钱祭品之类，竟要三四块钱了，根本是毫无用处。买点窗花贴贴，有个过年的气氛也就得了！省下来的钱，纪霜雨去书店买了几本这会儿的小学课本，此时也拿了出来。

纪雷宗一时都忘了神像的事："……大哥，这是课本？"除了原来的纪霜雨，纪雷宗和纪霏霏这俩稍大一点的孩子也是开过蒙的，跟着父母学过一些，认得字。

"对，你带着妹妹在家看书，有不懂的就等我下班来问。等过完年，天气好点儿，我就给你们找学校。"纪霜雨道，小孩子不上学哪行，他也没空给他们上课。以前是没条件，小孩在家捡煤核，干家务。现在有点把握了，钱虽然还没省下太多，纪霜雨已经开始计算送他们上学了。

上学！那得要多少钱？

"不用了，哥哥，现在家里吃的那么多，很快我长得够高，就能去戏园帮工赚钱了。"纪雷宗急忙说道，学费、书本费、纸墨费……他们家怎么承担得起，听大哥的意思，还是把他们都送去学校。

"你放心，大哥很快就会赚到更多钱的。我告诉你，就算你是对戏曲感兴趣，想去戏园工作，也得先上学，这里头学问也深着。"纪霜雨觉得依自己赚钱的速度，明年把他们送学校去，不是问题。

纪雷宗露出了震惊的表情，上学，甚至为了去戏园工作上学？这些概念一个比一个让他感到惊讶。随即，纪雷宗担忧地道："可是大哥连神像都买不起……"

纪霜雨:"……"

纪霜雨:"不是买不起!大哥实话告诉你们,就是不想买,世上无鬼神!"

纪雷宗惊恐地看着他:"大哥,这样不好吧?"虽然一些开明人士推崇不要祭祀,但一直以来的习俗,就是年节要祭祀神灵的啊。

纪霜雨道:"有什么不好?我都给你们又当爹又当妈了,有什么不好?"

纪露露一听,抓着纪霜雨"哇"的一声哭了起来:"可是妈妈!我要年画!"

"?"纪霜雨也哭道,"为什么不叫爹啊!"

纪雷宗:"……"

纪霜雨:"不对不对,叫大哥!"

纪霏霏也抽泣着道:"没有神像,那过年晚上有穷鬼摸进我们家怎么办?大哥,我好害怕!"

纪霜雨:"……"

纪霜雨:"胡说八道,穷鬼就是我自己!你看看整条胡同,有比我更穷的吗?"他赚完钱给家里买了家具,也才勉强赶上邻居的正常生活水准,还没多少存款。

葫芦娃们:"……"

纪霜雨暗忖,再说,真有鬼进来,够呛看得到纪霏霏……

纪露露年纪不大,还不太能理解这些,不买账,继续哭哭啼啼地道:"没有贴画了吗?没有贴画了吗?"

"怎么没有,窗花也能贴。"纪霜雨紧张地看着纪露露,"你可千万别激动,待会儿尿了。"他并不想大过年的还要洗童子尿啊。

"算了算了,贴画是吧,我给你画一张得了。"纪霜雨找了纸笔出来,外面冷,他不太想出去临摹邻居家的门神画,索性按照记忆里应笑侬扮演的王灵官画了一张。

纪露露倒也不挑，反正神仙都差不多，她拿着画纸道："还要大哥亲亲。"

纪霜雨擦了一下纪露露脸上的鼻涕，亲在了头发上。呜呜呜，你们很可爱，但这真是哥哥过得最惨的一个年，又当爹又当妈。

与纪霜雨大力扫除迷信的风气不同，彼时，周斯音十分虔诚地拜了一圈京城里的庙，自己独居公寓的神龛也隆重地供上了饽饽桌子。

过大年时，周老太爷回老宅待了三天，周若鹃笑吟吟地报喜，宣称自己筹备的电影公司很快就能开业了。

"你啊，能安心做点事就好。"周老太爷瞥了他一眼，当初夸奖周斯音，又何尝不是在点周若鹃，别成天生意经营不过人家，就想着鬼闹腾。

周老太爷又叫来周斯音，问道："你父亲是埋头做学问，什么俗物也不理的，可我得问问你了，打算什么时候成家？意中人在哪儿？"

周斯音："我也想知道，昨天我烧香时还问娘娘了。"

周老太爷："……"

周老太爷："你真迷信。滚吧！"周斯音插着兜溜了。

周若鹃得意地看他一眼，哈哈，小崽子，还有你好受的。

过几日，就是京城几所学校合起来举办的义演，为贫困学子筹措教育生活费用。到时候，已经从沪上回来的邹部长作为教育界的头儿会去捧场，并捐出款项。周家是其中一所私立学校的资助方，又是京城望族，所以在京的周家人也受邀了。届时，就算邹部长不记得了，他也要提醒一下，《书学教育》刊头的事情。他这里，可是已经收到了一幅谭佑安的旧作，大可坐收渔翁之利，嘿嘿嘿……

慈善义演定的时间是正月十三到正月十五，一共三天，场地是在一座茶园，平时也会有杂耍、相声等表演，此番用作义演场地。

正月十三那天，周若鹃早早就梳好了头，穿上笔挺的西装，踏着轻快的步伐来到茶园。他发现这里上座率不是很高……

这很正常啦，这些学生、教师凑在一起出的节目都是些什么钢琴曲、交响乐、文明新剧。大正月的上哪个戏园看吉祥戏不好？别说钢琴曲、交响乐，就说华夏所学的西洋戏剧，即是现在叫作文明新剧的，也远不如最初引进时受追捧了，尤其是学生演的，最不受欢迎。在座的很多人，是因为学校的关系来捧场的。

周若鹃对什么上座率、节目单也不关心，与到场的几位校长、名流寒暄。

正说着，邹暮云来了。

邹暮云留着长须，今日又穿了传统的棉袍，身子裹得圆墩墩的，一来即是中心人物。还未出节，收了一箩筐吉祥话，同样笑呵呵地回应："新年得意！新年得意！"

周若鹃瞥到自己那外甥也来了，却站在外圈，他怎么看怎么像是不敢去和邹部长打招呼，怕人想起他来。嘿嘿嘿……

周若鹃暗笑两声，排众过去："邹部长，恭喜发财呀。好久不见了，我可眼巴眼望地盼您来，给您拜年了。"

"新年得意。云枝说笑了，可是嫌我来晚了。"邹暮云一笑道，"我也是紧赶慢赶，诸位莫怪啊。"

京城就这么大，多少人互相认识，邹暮云和周若鹃称不上熟，否则也轮不到周斯音拿下教科书的订单了。但是单看两人的对话交流，不知道的人还以为是多年好友呢。

周若鹃绽放出一个真挚的笑容："其实啊，我是心里烧得慌。邹部长是书学名家，又听闻您爱好佑安先生的字，这里刚得了一幅，想让您帮忙品鉴真伪。"

邹暮云眼睛一亮："是佑安先生的旧作？他久不出山，能得旧作观赏也是好的，那我可要好好看看了……"

他忽然想起什么，看着周斯音道："我记得宝铎和佑安先生也有往来，还请到他写《书学教育》的刊头，我一直惦记着呢。这字，莫非也是宝铎替你舅舅要来的？"虽然这两位以前闹得很难看，但想想毕竟是亲舅甥嘛。

周斯音这才慢吞吞地走到了他们面前来。

周若鹃努力压抑住笑意，嘿嘿嘿……

周斯音："给您拜年了——《书学教育》已筹备停当，年后就能发行，我正想给您审阅。但是刊头，我思索良久，还是弃用了佑安先生的字，我觉得不够合适。"

周若鹃："……"别说周若鹃，从邹暮云到其他人，也全都是一脸不解的表情。谭佑安的字，不够合适？

周若鹃过一会儿才反应过来，周斯音明明是被迫换人，还说得好像是自己主动选择，这是想忽悠人啊！小崽子真够精的！他赶紧道："我好似也听说，宝铎选用了一位无名老先生的字，我也很好奇是为什么呢。"

周斯音说："我没跟你说，是你非要看。"

周若鹃："……"

邹暮云仿佛明白了什么，看了这对舅甥一眼，都觉得好笑，也猜到周斯音多半是约不到谭佑安的字，周若鹃则是来补刀的。虽然觉得他俩好笑，也很欣赏周斯音，但失落是难免的，毕竟周斯音早就告诉过他会约谭佑安的字作刊头，他都准备好欣赏了。而且，这已经是近来第二个让他失望的消息了。

邹暮云这些日子，脑子里一直在思考社会上、学生中钢笔风行之事，还有在图书馆遇到的年轻人。离京前，他和下属远谷一道去昆仑图书馆暗中巡视，遇到一个借了他钢笔用的年轻人，看到对方留下的字迹，他极为惊喜，特意让下属去找。一回京，他就迫不及待地找下属问结果。下属告诉他，在各个学校寻访了很久，实在没找到这样一个人。这比约不到谭佑安还失落，毕竟谭佑安活生生地戳在那儿。那位写钢笔字的年轻人，却是无名无姓，也没有人可以替代。

邹暮云收拾心情，淡淡地问道："哦，那回头看看你约了何人的字替代谭佑安吧。"虽然语气平淡，但是谁都知道，邹暮云觉得有些扫兴了，《书学教育》到底是他看重力推的事。

"我就带在身上。"周斯音并没像大家想的那样顺着台阶下来，暂避风头，反而拿出了一份样刊，递给邹暮云看，说道，"我约的，是一幅钢笔字。"

邹暮云："嗯？"

周若鹃也是一愣，随即嗤笑出声了："钢笔字？宝铎，你疯了吧？书学，乃是我华夏文人千年来必习功课……"这是《书学教育》！你让人用钢笔字写刊头？钢笔是什么，是一介工具，何以为艺！

"不懂书法最好少开口，我妈说你小时候练字时总让人代写。"周斯音一句话把周若鹃气得闭嘴了，还直翻白眼。

"诸位，《书学教育》是书学期刊，除了供书法家交流，创刊还有一大目的，是教育学子。现在学生们越发喜爱使用钢笔、铅笔等硬笔，因为使用便捷，渐有与毛笔分庭抗礼之势，社会上软硬笔的争论也甚嚣尘上。其实，我华夏亦有硬笔源流，古籍中有记载，'上古笔墨，以竹挺点漆书竹上'，'古简以刀代笔'，陶文、甲骨文也是刻书，这不就是最早的华夏硬笔痕迹？因此，我在看到这位书法家后，就认为他也许比佑安先生更适合《书法教育》。我们何必为毛笔、钢笔争吵，此字采纳西学为用，承上古源流，兼具碑帖之意，可令所有欲以钢笔偷懒的人士明白——笔不论软硬，重点是如何写出我华夏风骨！"

一时众人都傻了，这话听得他们差点原地拧开钢笔开始练字。服了，难怪卖书那么厉害，这一通说得真有道理！但是，真有你说得那么厉害吗？在场书法不精的人就会认个名气，这位"葫芦老人"到底哪里冒出来的书法家？

周若鹃："不愧是你，你好会吹啊——"

此时，邹暮云却已经捧着那份样刊，夸张地擦了擦眼角不存在的泪："真是踏破铁鞋无觅处，得来全不费工夫！我认得，就是这个字没错，我叫人满京城寻访这位书法家，几乎以为他已经离开京城，没想到被宝铎找到了,万幸啊!你这般好眼光!"言外之意:我也好有眼光哦。

周若鹃急忙住口,差点咬到舌头。他忽然想起周斯音告诉他这幅字是五十块钱约来的,顿时又狂躁起来:骗人!小崽子故意的,想整我!这什么葫芦老头儿到底是谁!

第九章　书坛扬名

别说在场的其他人，周斯音本人都感到惊讶了，邹暮云寻访纪霜雨是让下属去做的，没有大张旗鼓，在场的人都不知道。周斯音原本也在思索除却谭佑安，还有谁适合题字，甚至想到了是否应该用母亲的遗作集字。后来见着纪霜雨，决定赌一把。孰料不止赌对了，邹暮云甚至早就见过纪霜雨的字，还一直想找纪霜雨！难道是看见了纪霜雨题写的戏报子？可纪霜雨那戏报子是用毛笔写的，而且邹暮云虽然看戏，却对时下盛行的机关布景戏很不喜欢的，属于守旧派，不像会去长乐戏园的样子。

"那可真是有缘了，看来这件事也是冥冥之中自有注定。"周斯音暗道也不知道我新年拜了这么多座庙，到底是哪位显的灵，回头要一一还愿。

这时候其他人也已经反应过来了，除了郁闷的周若鹃，其他人不管懂不懂的，赶紧夸到位了："此事也称得上是书坛奇闻趣谈了，周宝铎说得真是太对了，我们学校这些学生就应该好好学学这位葫芦老人。"

"小周公子很应该把这位书法家请来一叙，大家共同见证你们三人这段奇缘。"

"真正是上天注定，天造地设，美谈，美谈！"

周斯音："……"这些人越说越夸张，连天造地设都出来了。

也有人心里在想，到底是自己孤陋寡闻，还是这"葫芦老人"是一位隐姓埋名的高人？能兼具碑帖之意，还融入钢笔里，大家在心里已经勾勒出一个像谭佑安那样头发斑白的中老年男士了。

邹暮云其实也很急于和纪霜雨沟通，再当面看他写字，他期盼地看着周斯音："他可在京城？"

"在是在的，却不知这几日有没有空，我遣人去问问吧。"周斯音道。

景明私立学校的校长赶紧道："若是有空，不如明日请葫芦老人也来共襄盛举，观看我们的慈善义演。我也想向他求一幅钢笔字，挂在学校。"他们学校正是由周家出钱的，所以非常卖力地捧场。

其他校长也都应和了起来，这样岂不是可以顺势让邹暮云明天也过来。

邹暮云正是心情大好之际，含笑点了点头。

在社会上打滚，只要你不尴尬，尴尬的就是别人，反正除了周斯音，大家是不会随意当面给人难堪的。想当初被周斯音骂了几天，周若鹃不也还在京城混得好好儿的。

周若鹃一直厚着脸皮站在旁边，听到这里，却突然想到一个给周斯音添堵的法子，他故意盯着周斯音，待周斯音看过来时，露出一个冷酷的笑意。

周斯音："？"

周斯音："二舅，你为什么傻笑？"

周若鹃："……"

"谁……"周若鹃见大家都看着自己，忍住那口气，假惺惺地道，"唉！虽说我不懂书法，却也想见这位书法家的风采了。可惜，咱们这儿义演观众不多，明日恐怕更少。"

"依我看，咱们京城居民还是更爱华夏乐曲。不如，去请个戏班来，唱几段京戏，弹些丝弦，与原来的节目掺杂着来。那场子自然就热闹了。"周若鹃虽然经营能力一般，但作为周家子弟，这个主意出得很对头。

在场的一位校长连连点头道:"您说得确实有理。"他们明天后天还要演出的,就怕场面越来越冷清,那也太难看了,还是得有助演。

周若鹃故意瞟了瞟周斯音,道:"近来最当红的戏班就是含熹班了,而且听说最近宝铎才提携了他们班社,破例让人上《影剧世界》的封面。要是宝铎去请,必是十拿九稳的。"邹暮云不但不喜欢下流狗血剧,满是机关布景的戏,也很厌烦捧角的风气。嘿嘿嘿……他就故意提一提周斯音和含熹班的关系,外人不知道,他还能不知道是周斯音亲口让照片登在封面上的嘛。

周斯音:"……"

周若鹃:"嗯?宝铎你看呢?"

周斯音:"……却不知这几日有没有空,我遣人去问问吧。"

周若鹃:"?"周若鹃听着这句话有点耳熟,还以为是周斯音一时失语了,心中暗爽:"那就太好了,也算是为慈善做贡献。"

邹暮云听说周斯音捧角时,一方面思及周斯音年纪还轻,可能一时喜好玩乐,另一方面也知道周若鹃怕是故意指出来的,这样一而再,再而三拿他当枪,他怎么会开心,于是淡淡地道:"也要多谢云枝为慈善做的贡献,听说你今日都认捐二千块了。"

周若鹃愣了下,刚想说自己明明捐的是八百块啊,主要就想来给周斯音添添堵。但是这种情况,怎么好意思,只能硬着头皮认了:"呵呵,呵呵,教育乃是大事,略尽绵薄之力……"最近做投资手头可不松泛。周若鹃心中一痛,只能安慰自己,没事没事,我的电影公司一定会大赚的!

"纪先生,我们东家想请您去参加慈善募捐会,不知道您有没有时间……"胡司机站在纪霜雨面前,说道。

正月十五就要开演新戏了,纪霜雨正紧锣密鼓地彩排,他摆摆手:"不去,我这里忙着呢,工作怎能分心?"

胡司机赶紧道："不是不是，东家说有卖字的机会，请您去赚钱的。"

纪霜雨站了起来："我向来热心慈善，此事义不容辞。"这边嘛，其实也排得差不多，他去赚了钱就回来！

徐新月也在一旁，酸溜溜地道："我还真以为是什么两难取舍的事呢。"

胡司机："徐东家，还想和您商量，从含熹班借些人去协助演出，我们照三倍的演出费赔给您。"因为含熹班和戏园是有合约的，借了人要是对他的长乐戏园有影响的话，自然要赔。

徐新月郑重地道："公益之事，太重要了——借几个？"

纪霜雨："……东家，你取舍也蛮快嘛。"

班主点了几个乐师，还有应笑侬这个台柱子，大家一起去协助演出。应笑侬到时也不必唱整本，来几个唱段就行了，毕竟是类似晚会一样的演出，没时间给唱整出戏。

第二天，慈善义演贴了报子，应笑侬现在的叫座能力正高，果然观众呼啦啦地就涌进来了。这叫应笑侬感到唏嘘不已，他的门前冷落数年了，没想到赶在年前演了一出戏，达到了以前也不及的高度。这样想着，应笑侬对纪霜雨的态度更好了，还让他先进门。

纪霜雨推辞了一下，与应笑侬并肩走进去，一眼就看到周斯音在二楼。他招了招手，就情不自禁地往那边走。

应笑侬他们则是要去后台准备了，待会儿他会上台清唱段花脸戏，再反串唱段青衣，以娱大众。

现场也有戏迷，他们立刻能认出来，这是应老板，还有上了《影剧世界》封面的那个导演啊。

有心人看到纪霜雨冲周斯音打招呼，心里便想，周若鹃还真没说错，周斯音和含熹班的人相识，俩人看起来还挺熟。周斯音一点也不像别人想的那样，要和含熹班的人避嫌，甚至主动迎了上去。再看那个纪霜雨，也一副要团聚的样子。

"新年快乐！恭喜发财呀！周先生。"纪霜雨觉得周斯音人真不错，还带他来赚钱。

"新年好！"周斯音点头，问道，"你认识一位叫邹暮云的先生吗？"

纪霜雨听都没听过："谁？"周斯音心道果然是这样的，昨日邹暮云没有细说他们的渊源，但他猜想两人是都不知道对方身份，他低声和纪霜雨交代了一下这件事。

纪霜雨回想了一下，也实在没想到自己什么时候写过钢笔字给什么高官，还被惦记上了，这人还说满京城找他，可他人就在长乐戏园，甚至在杂志上抛头露面了，也没见人联系他啊。不过，管他呢，今天有钱赚就是最好的……

"这就是纪先生？在《影剧世界》封面上看到过你。鄙人周若鹃。"周若鹃走了过来，一脸自来熟地道。他一开始其实想得更多的是金雀，毕竟金雀是坤伶，比较好扣锅，但是看到纪霜雨立刻觉得不错，这个也行！

纪霜雨以为就是个单纯来搭讪夸奖自己的，习惯了："是我，谢谢。"

居然还谢谢自己，真是傻得可爱，周若鹃笑呵呵地、阴阳怪气地道："我虽然是宝铎的舅舅，还真从未见过宝铎结交什么戏曲界人士，今天看到本人才明白，难怪！"

纪霜雨毫无停顿地接话："天啊，是哪个舅舅？被骂的那个吗？"

周若鹃："……"可恶，这个人也会反击回来。

周若鹃："那个不重要，我是说你长得挺好的，难怪……"

纪霜雨打断他："这个我知道啊，说点我不知道的。"比如你这个舅舅到底是不是那个舅舅。

周斯音："就是他。"

纪霜雨："哦哦——"这事儿原本过去好一阵子了，他一提，旁边看热闹的人眼神又不对了。

周若鹃："……"这绝对是被周斯音叮嘱过了，故意撑他。

周若鹃沉着脸，索性也不玩阴阳怪气了，直接羞辱道："小子安敢得意忘形，今日你是仗着我外甥在此。说什么导演，不就是梨园中人，下九流之辈，能有几日春？"演员的地位提高还真不久，虽然深受广大群众欢迎，贬低的声音也不能完全断绝，毕竟伶人一度被视为游娼贱业。尤其当对方只是想借此来侮辱人的时候。

周斯音冷冷地道："人不以职业所谓上下九流分贵贱，应以人品道德而分，若服簪缨而行不入流之事，牲畜也。"

"说得好。"纪霜雨赞赏地看了周斯音一眼，心说这样子比较像传闻里的周公子，难怪书妄言都无法相信他胆小。

纪霜雨亦是自若地道："我也没有要否认的意思，我就是梨园行的。我是五音不全，不然还能登台唱。大家都活在新社会，就你死在旧时代了。"

在场多是教育界人士，许多人早已皱眉，觉得周若鹃说话过分了点。伶人从前确实被人轻视，尤其是坤伶。有些好面子的文人和伶人来往，都不敢在明面上，怕被人臆测。但是前些年，国内闹灾，也是戏曲界的坤伶牵头，举办义演赈灾，一点点让大众印象改变。就连一些名流政要，也会和名伶往来。在场自己就是戏迷的人，那就更觉得不妥了，还是周宝铎说得对。这周若鹃，咋为了找回面子就乱咬人。

"你也少装得多么道德了，谁知道你们什么关系？这样替他说话，还连着捧那戏班子上《影剧世界》的封面。"周若鹃哪管周斯音和他到底什么关系，决计拉他下水，大家一起被围观喽。

这下部分围观群众的眼神果然又从谴责，变成了在周斯音和纪霜雨身上来回转，被激起八卦之心。

咦？嗯……这时二楼的楼梯口隐隐有了动静，茶园的老板迎了什么人上来。

随即那方的宾客就有开口打招呼的："邹部长。"这里一时也就安静了下来。

邹暮云大步走上楼，心情很好的样子："方才这里在谈论什么新闻吗？在楼下我就听到动静了。"大家默契地看向周若鹃。

周若鹃："……"

周若鹃脸憋得发红："失礼了。我也是在见识宝铎和他这位爱重的戏曲界人士。"来来来，大家一起，今天就是那葫芦老人写得再好，你必跟我一样开心不起来。

邹暮云几步已经走到了近前，没了人群的遮挡，目光一下子落在纪霜雨的身上。这张脸太容易认出来了。而且刚才在一楼，远谷就已经和他说这个青年到了，还有现下满场也都知晓的纪霜雨的工作。远谷还很惭愧，年前事务繁忙，也是没想到，竟没早发现这位封面人物，全往学校找去了。

纪霜雨亦认出了邹暮云，这不是在昆仑图书馆借给自己钢笔用的那位胡子大叔吗？他想起自己落下的草稿纸，马上就明白了。

邹暮云心中的遗憾终于真正圆满，方才匆匆安慰下属，就连忙上楼了，此时也不顾其他了，赶紧和纪霜雨打招呼，抚掌笑道："且慢，先让我与葫芦先生叙旧——真是找你好久呀！你可还记得我？

"真正是巧，方才远谷和我说了，我才知道，为何我请人在各大学校，却都寻不见你。好在咱们的缘分实在太深厚了，周云枝先生也推荐你来此，便是宝铎不请你，今日咱们想必也能见面吧！"他说到后面，笑得愈发真诚，让人怀疑他是不是故意的。

周若鹃："……"周若鹃听着脸色就从红变绿了，难以置信地看着纪霜雨。周若鹃一心认定周斯音请了两种人来，一种是戏园子里的，另一种是书法家，是那个不知哪儿蹦出来的葫芦老人。否则，他怎么可能对着纪霜雨就肆无忌惮地恶语相向。

周若鹃光想着，这都叫葫芦老人了，还笔意有成，不得四五十岁了？结果，就是你这个葫芦老人？看完又看周斯音，牲畜？到底谁才是牲畜？

纪霜雨也转头，好奇地看着周若鹃："你推荐我来的啊？"

周若鹍："……"

纪霜雨这句话真是让周若鹍崩溃了！周若鹍的表情有一瞬间都要崩塌了，看得周遭人都替他脸疼。唉！为何世上会有这么倒霉的人，甚至都怪不到别人身上——要不是他主动提议请含熹班，今天也不会一巴掌打到自己的脸上。当时周斯音的表情那么奇怪，是不是已经在心中暗笑了。

虽然在场的众人也都感到十分惊讶，此前想象中的书法大家、葫芦老者，竟然是个青年，年纪不大也就算了，长得还好看……咳，反正由此看来，人家周宝铎分明是欣赏纪霜雨的书学才华，这才不计身份往来啊！世上还有比这更纯洁真挚的友谊吗？

不出众人所料，以周宝铎的性格，已经光明正大地对邹暮云说："倒不是他见识我们，而是我们见识了他。他虽然举荐含熹班来演出，但方才还贬损葫芦先生是下九流之辈。"

邹暮云无语，他知道"葫芦老人"就是含熹班的纪霜雨，只觉得巧合得好笑，没想到周若鹍还能更蠢，他都不知道怎么说才好……自恃身份，只叹气道："下九流之辈？你知道你骂了多少人？"

邹暮云虽然不喜捧角的风气，但绝非歧视这个行业，而是觉得这种行为太荒诞，也于艺术有碍。而今多少社会名流都与名角往来，还有亲自去戏园捧场的。

周若鹍眼中闪过一丝泪花，失神地喃喃着道："我不是故意的，不是……"

纪霜雨安慰道："我相信你，世上不可能有人那么傻。"

周若鹍："……"不愧是他外甥的好朋友，与一般人一点也不一样，不但不会得理饶人，以示自己的宽宏大量，还要乘胜继续阴阳怪气呢。面对这种人，周若鹍引以为傲的脸皮也没了用武之地。周若鹍实在是待不下去了，在大家看起来什么都没有，又像包含一切的表情中，失魂落魄地站了一会儿，就一声不吭地离席了。

周若鹃离开茶园后,站在门外做了半天心理建设。看来单纯说坏话果然是没用的,骂不过小崽子,失败了还没人帮自己圆场,一定要把新盯上的影戏生意做大!如今电影受众越来越多,国产影戏票房上还比不过海外影片,但已经有不少和他一样的投机者都看中了这个生机勃发的市场。可以,我一定可以!那个小崽子虽然可恨,有些手段确实可以学习。对了,就从今天做起。

周若鹃招来自己的听差,正色问道:"你去打听一下,周斯音在哪里烧的香。"

听差:"……"

……

楼上,在周若鹃离开后,大家仿佛什么事也没发生过,迅速恢复了热闹,在互相吹捧之后,各自落座。

邹暮云和纪霜雨、周斯音并几位今天组织的校方领导们在同一个包厢,戏台上已经开始奏起了三弦,满座的观众一边喝茶、吃瓜子、聊天,一边观看。

邹暮云也小声和纪霜雨交流,表达邂逅之喜,还调侃了一下,他年纪轻轻,笔名居然叫"葫芦老人"。

邹暮云的下属施远谷刚才已经紧急做过功课了,于是道:"这恐怕是因为纪先生与常人有异的头发吧。"

纪霜雨闻言,把帽子摘了下来,解释是之前日子不大好过,才早变白的:"我感觉以后能变黑,现在已经吃上肉了,哈哈。"他也是为了自己以后头发变黑做铺垫,这漂染的嘛,毕竟不得长久。

"啊呀,竟然是这样!"邹暮云却没意识到,只是感慨了几句,看看人家这少年天才的经历,连头发都白得很传奇,"难怪自号葫芦老人了,早生华发啊。"

"葫芦者,糊涂,人生难得糊涂。纪先生年纪轻轻,也有这样的感慨。"

"我看，怕是取天地阴阳之意，葫芦形如天地合一，正应了纪先生的钢笔、毛笔笔意圆融。"

纪霜雨："……"又来了，我说我的，你们说你们的。葫芦……只是说我家的葫芦娃！

话题顺势就转到了纪霜雨的字上面，邹暮云已经迫不及待地询问他的字是怎么练的。纪霜雨早明白过来，每个朝代都有流行的风格。他不但有一笔超前的硬笔书法，还恰好符合了现在书法界的时尚。

仗着平行宇宙的爹妈已经去世了，而且据说病死前家贫，亲朋好友也一散而光，纪霜雨当时就开始编故事了。导演嘛，自己的戏也不差。

纪霜雨很自然地道："家父家母也出身书香门第，喜爱书法。后来家道中落，贫病交加，也一直没有忘了在家教授我，家里所有家具都当了，只有书本是不能当的，再穷也要读书习字。我由父母开蒙，学习他们的书法，二位分别推崇碑帖之学，教授我时，父母就希望我能试着融合二者。我技艺不精，也琢磨出来没多久，诸位见笑了。"条件这么艰难，还能练出好字，这说明一家人都是爱书者，更有天赋。而且纪霜雨说的细节其实都是真的，他们那家徒四壁的，但真的再苦，都没有把书本给当了——他家就住在小鼓胡同边，附近都是搞二手交易的，你说这诱惑多大？

纪霜雨知道这一点，也饿着肚子都没动过那些书。在场人听罢都感慨不已。

唯有周斯音看了纪霜雨一眼，心中再起疑窦：要说纪霜雨是由父母开蒙苦读，又珍惜家里的书籍，可是上次他在纪霜雨家，纪霜雨对那些书很不熟悉的样子，找纸片也翻了很久。纪霜雨身上可是有太多不对劲的地方了，周斯音默默地又记了一笔，暗自猜想到底是为什么。

"难怪这般年纪，却无字。"邹暮云之前就问过纪霜雨表字，时人互相称字，才比较礼貌、亲近，"我看，你还是请位长辈替你拟一字，不然，我们可只能喊葫芦生了啊。"一般名、字是有关联的，比如周斯音字宝铎，徐新月字玉钩，纪霜雨没字，大家喊名觉得不礼貌，喊他这个自号葫芦老人又总带几分滑稽。

邹暮云其实很想说自己替纪霜雨拟一字,但他是很慎重的人,顾虑多,便只隐隐提了一句。

纪霜雨浑然没听出邹暮云的言外之意,他哪里知道邹暮云想给自己起字,压根儿没这个意识,反倒被逗笑了:"葫芦生也不错,哈哈哈!"

"对了,我们昨日都在说,想向纪……哎,这个,葫芦先生,约写作品呢,哈哈哈。今日听了你的遭遇,更觉得合适了。你若是有空,为我们学校的学子写幅劝学的作品,我要挂在校内。"景明学校的孙校长说道,他是时刻不忘给周斯音直接或间接地捧场。其他校长也都凑趣:"正是,正是。"

"不用等回去,我现在就写!现在就写!"纪霜雨一听到赚钱,整个人都激动得要颤抖了,他今天专门把笔和印带身上来着。

其他人:啊,真是爱书之人!一听到写字就这样快活!

邹暮云早就想当面看纪霜雨写字了,十分支持。反正现在台下的学生正在演名字拗口难懂的西洋名著改编的白话新剧,有内涵是有内涵,但实在水土不服,观众都纷纷起来上厕所了。

纪霜雨也做过学生,不就是劝学的作品,你要冲刺高考的都有。提笔就写了十来张,兴致所至,连花体洋文也出来了,是西洋哲人的名言警句。

邹暮云弯腰凑得极近去看他运笔,脸上的神情十分痴迷。看到他写洋文,也点了点头,表示赞同,而且细看这字迹精致流畅,与华夏书法不同,但线条也有可赏玩之处。

"好啊,好啊。"邹暮云喃喃道,"碑帖合流,又蕴含硬笔之凛然。果如宝铎所说,采纳西学为用,承上古源流,妙哉造化!"

纪霜雨听到周斯音背后还吹了自己,羞涩地一笑:"他说得对!"

周斯音:"……"

邹暮云也愣了一下,他这里刚准备让纪霜雨不要谦虚:"咳咳!"也行吧……

看方才纪霜雨撑周若鹃就知道，人家是很有……傲气的。对于有才华的人，大家的评判标准向来是不一样的。

周斯音在旁边说道："我忽然想到，纪先生的笔法融汇中西，若是请他书写《三字经》《百家姓》等蒙学钢笔字帖，印刷发行，这样一来，有向学者也可以参考学习，更为便利。纪先生，你意下如何？"虽然是卖字帖的事，但被他一说，一丝丝铜臭味也没有了，好像全然是为学生考虑。

众人一听，只想：不愧是你啊！周宝铎，绝不是忽然想到的吧，根本早就把下一步买卖想好了。

"我来出字帖？"纪霜雨总觉得自己也是在学习中，怎么好意思出字帖，"我学艺也不精，只怕误人子弟。"

"怎能这样说，你这字已见气象，虽有精进余地，可在钢笔字来说，现今书学界还有谁能做到？"邹暮云头一个不答应。周斯音这个提议，简直正搔中了他的痒处，他现在对纪霜雨的字兴趣最浓，而且刚刚相见，满是欢喜。

纪霜雨也慢一步想通了，倒也是，这个活儿现在好像是没别人能干，还是那句话，合适就最好，就跟他能代替谭佑安写刊头一样，也不必矫情了。最主要的是出字帖，总也有稿费吧？

纪霜雨："那我就抛砖引玉，希望能引起各位学子、书法家对钢笔书法的兴趣，今古相参。"

"正该如此！"邹暮云只觉神清气爽，连日来的郁闷一扫而光，一时对周斯音也更满意，"我就不多说了，宝铎必定会把此事办妥的。待印刷出来，一定要推行到各个学校。"

不出周斯音所料，他拱手应下。有邹暮云这一句话，就已经决定字帖的销量有保障了，官方订单到手！

……

此时下头的节目已换过，快要到应笑侬上场了，大家的注意力又投向了台上。

待应笑侬一上台，满场立刻就响起疯狂的叫好声，这就叫"碰头好"，应笑侬是名角，没开口大家就乐意给他叫好。

应笑侬开口唱了段《灵官庙》中一段反西皮，这正是前阵子最火的戏，观众大有来着了的感觉。接着便是反串戏，来了段《白蛇传》。身材高大，平素横骨插胸的应笑侬唱起旦角戏来，居然也有模有样，就是和外表实在太违和了，观众又是笑又是叫好。大过年的，大家就喜欢看这种热闹。

纪霜雨也是才知道应笑侬唱旦角有模有样，笑着看起来，只可惜没有手机能录视频。

"哈哈哈！这应笑侬的戏，从前我也是听过的，这几年少出来，还有人说他是塌中了，今日看来，分明比当年技艺还更精深了！"

邹暮云看戏的年头也很长，他道："我还知道一个轶闻。应笑侬这艺名妩媚，实是因为当年学戏时，先学的花旦！后来个儿越来越高，才改学花脸。"邹暮云一句话，倒是解开了纪霜雨一直的疑惑，原来应老板还学过花旦……

"咳，现在也是难得听素净的戏了。"邹暮云说着，又感慨起来，"到处流行写实布景，机关，我最厌恶这样的花哨。真正的好演员，是不必用机关吸引观众的，还有那些乱七八糟的布景，只会令演员和观众都分心！要我说，还是从前那样，只挂张'守旧'就行了，华夏戏曲要有华夏戏曲的样子。"

一般他说完，大家都会应和几句，但今天，现场却有点安静，邹暮云隐隐觉得有些奇怪。在场的人看看纪霜雨，觉得有点尴尬。

前段时间邹暮云出京公干，对纪霜雨的了解还很浅，单知道他似是在戏园工作。却不知道近来有出大火的《灵官庙》，正是以机关布景见长，还是由纪霜雨做导演排的。这是大新闻，报纸上吵了好几日，在京的人多少听了几耳朵。更别说，沪上著名布景师助阵的莺歌舞台，好似还要和长乐戏园打对台，说来明日就该见分晓了。

纪霜雨本人反而听完笑了笑。在这个各种思想涌动、碰撞的年代，大家都在寻找未来的方向，传统与创新该当如何抉择，太多人有自己的看法。有的人支持完全创新，废除旧剧。有的人认为择其善者而从之，改良旧剧。也有邹暮云这样完全旧派的人，认为用布景机关不算好汉。这些是这个时代的特点，无数次试错、改良之后，才有了纪霜雨在时间线另一端所看到的。他自己因为知道未来，才格外笃定，得以引导市场提前找到正确的方向，与对华夏艺术的自信。

纪霜雨开口道："邹部长，我在长乐戏园身居导演一职，正是对剧情、布景、灯光等一切舞台事宜做总体设计。"

邹暮云讶异地看着他，也因为是他，面上并无不愉快，只语重心长地教导："你还年轻，可知一句话，'戏以人重，不以物贵'！"

"您说得有道理，但请容我分辩，"纪霜雨指了指正在上演的新剧，"传统戏曲是虚，是无，却也是一切，是演员所在处即有布景，是以表演动作令这台上想要它是战场便是战场，要它是宫殿就是宫殿！这确是华夏哲学体现的美。但是，加入恰到好处的舞台美术修饰，未尝不能产生情景交融的美妙意境，只要它不违反传统戏曲的精髓。如今影响我们的西方戏剧，在文艺复兴之后开始分化，分别成了歌剧、舞剧、诗剧等，而我华夏戏曲，则恰恰相反，包含了自古而来多种艺术，将诗、画、音乐、舞蹈融为一体。这种包容，是古老的象征，也是我们华夏的特性，所以我相信，它也容得下机关与布景这等色彩与雕刻的艺术。就如钢笔的出现，若是创新难以避免，未尝不能尝试让它符合华夏意境。否则来日其他娱乐若是越来越精妙，戏曲如何处之？"

邹暮云听到纪霜雨对戏曲舞台的理解，面色就十分缓和了。他就知道，一个懂书的人，决计是懂得这种传统之美的。这确实是他想要台上"守旧"的原因，因为不想看到独特的风格被破坏。

"你说得也不无道理，只是这何其之难？"邹暮云内心全是自己看过那些群魔乱舞的新旧舞台，实在难有信心。

纪霜雨趁机道:"我们长乐戏园明日上演的新戏昆曲《感应随喜记》,就是以此为目标,各位若是有空,还请到场一赏,看看晚辈是否找对了路子。"

纪霜雨那说服投资人练出来的口才太有煽动性,加上对他的好感,邹暮云这才勉强点头:"好吧,那我便去看看。"他内心暗想,要是纪霜雨设计得太妖魔鬼怪,就应该劝他换个工作,有一笔好字,去哪里不行?

那位景明学校的孙校长心中则开始暗自思考了,纪霜雨有几句话带过了西方戏剧发展,怎么像是对世界戏剧史也有所了解呢,看来人家虽然研究的是旧剧,却涉猎很广,语气间也没有视新旧剧为敌对的意思。

纪霜雨没意识到在他心里,华夏的戏曲、话剧本来就不是对立的,而是相互学习促进,百花齐放,只心道:很好,又多卖了几张票!

这时节目已经到尾声了,趁旁人不注意,周斯音附耳对纪霜雨道:"你想要一次买断稿费,还是提成版费……"

纪霜雨立刻比刚才卖票还上心,一下子凑得离周斯音特别近,关切地问道:"版费有百分之多少呢?"版费也就是版税了,比如一本书如果定价一块,版税百分之十,那么每卖出去一本,作者可以拿到一角钱稿费。

周斯音不自然地闪开了点,纪霜雨动作稍大点,他就下意识警醒起来:"日后钢笔使用会越来越普遍,而且先前也多亏你了,那刊头我原本想约谭佑安,是准备了五千块的。所以,如果是你,这笔版费……"

纪霜雨:"等等,五千块?"关键信息接收到了,好家伙,他还一直觉得自己占大便宜了。纪霜雨的眼睛都要充血了,充满了对同行的忌妒与对老板的艳羡,呜呜呜,人家五千块,我五十块。

纪霜雨:"你还说看好我,原来都是甜言蜜语,真是骗子、奸商、胆小鬼……"

周斯音:"……"越听越……最后一个词?

周斯音:"你听我说完,版费百分之二十五。"

此时的名家文人版税大多都在百分之十至百分之二十五之间,比如书妄言,他算两次稿费,连载的时候按千字结算一笔,结集出版又按版税百分之三十算一次,是极高了。由此可见,纪霜雨拿的这个版费多高了……奸商虽奸,也是懂得笼络人心的!

纪霜雨的心情真是一时雨一时晴的,望着?周斯音,表情还没来得及调整回来。

周斯音心中一动,轻声问道:"这次能续费到几时?"

纪霜雨刚要回答,旁边那位孙校长笑呵呵道:"小伙儿在偷摸说什么呢?可别斗嘴啊。"他见纪霜雨表情不对劲,就怕是被周斯音给气着了,故此轻松地插话,毕竟谁都目睹了邹部长看好纪霜雨。

纪霜雨一下握住了周斯音的手,动情地道:"没,我说周先生忠厚诚挚,真是我最好的朋友!"

周斯音:"……"

孙校长:"……"

第十章　旗开得胜

转过天来,正月十五。

纪霜雨昨晚义演结束后,回去还要带小孩,累得倒头就睡,上午打着哈欠一走进长乐戏园,徐新月就扑了过来,语无伦次地道:"你知道吗?你知道吗?"

纪霜雨也激动地道:"我不知道!"

徐新月:"……"

纪霜雨淡定地收回了表情:"东家,你干吗呢?"

自从发现被对面新开的戏园针对后,徐新月就一直惶惶不安,每天趴在门口暗中观察。他紧张地道:"我发现了,他们会有飞仙。刚刚我和给他们送水的人打听了,那人无意中看到了他们的装置,我在沪上看到过的,演员可以在空中飞。你想啊,咱们排的是什么戏,他们的神仙都在空中飞,咱们在台上跑,没得比啊,输了输了!"

纪霜雨只得道:"滑轨嘛,我不是也用了,给道具用的。第二次问你要钱然后买的啊,不是给你列明细了?"

一提明细徐新月心口又是反射性地一痛,他根本不敢看,纪霜雨这次排戏又要了好几次钱——明明已经比照上次加了预算,但这人就像是个无底洞!疯狂地要钱!但现在不是心痛这个的时候……

徐新月感到痛苦又难以置信地道:"你,你会?那你为什么不给金雀用!"给道具用多浪费,咱也弄个飞仙多好啊。

纪霜雨："我不喜欢。"

徐新月一句脏话卡在喉咙里，表情变得越来越扭曲，似乎下一秒就要掐纪霜雨了。但是可能想到已经是最后一天，后悔也来不及了，最后只仰天疯狂地嚎叫一声。

纪霜雨："……"

徐新月脑子里满是"这下完了"，之前做莺歌舞台时就打了很多广告介绍他们的布景，并强调还有更多惊喜，吆喝大家入园享受。看来这飞仙也是其中一种机关了，甚至这还不是他们最热闹、最精彩的机关。其他机关徐新月没见识过，谁也没亲眼见过，只有广告词为证，但那种飞人效果他是看过的。

柜台里的人听到嚎叫声，小心翼翼地探头看了一眼："东家，你还好吗？"

"应该还好啊。"纪霜雨把手在徐新月面前挥了挥，"东家？"

徐新月从怀里摸出了一角钱，递给纪霜雨，祈求他的安慰："你说说，这次咱们能成功吗？"

纪霜雨转头对柜上道："不好了，东家疯了！"

徐新月："……"

到了下午，观众已经陆续进入戏园。

这是上演的第一天，也是至关重要的一天，万众瞩目，能不能赢个开场红，直接决定了口碑。好些人买不到第一日的票，或者没多少钱，只要等第一日评价出来，再决定（先）去看哪出的。

章鼎湖来了，书妄言来了，邹暮云和他的朋友，也都来了。

像邹暮云这样的高官，一般都是叫伶人去演堂会，上家里唱，亲自到场都是为了捧角。当然，今天他还是隐姓埋名来的，因为到底有些疑虑，只是为了给纪霜雨一个机会。

还有周斯音，自然也到场了，他没有和书妄言一个包厢，也没有和邹暮云一个包厢。严格来说，周斯音根本没票！长乐戏园的戏票销售得火爆，他第一天路过时不想显得太焦急，没叫胡司机去买，结果第二天就买不到了。

邹暮云回来得晚，官座票老早被抢完了，不乏京城名流，临近开演，根本抢不到。但他有朋友嘛，往老友的包厢里挤就是了，但是，包厢已经超员。

周斯音挤不进这个官座，也挤不进书妄言那里，书妄言同样带了一大家子人。

好在纪霜雨说可以解决座位问题，就把他给领了出来。

周斯音跟着纪霜雨，一路走到最前头，心道莫不是给我留了个第一排的座位？那倒算纪霜雨会做人了，果然续费还是有用的。但是到了第一排纪霜雨还没停，直接把周斯音带到了伴奏乐师们旁边的位置，给他拿了个板凳："就坐这里吧。"

周斯音："……"周斯音难以置信地看着纪霜雨。

纪霜雨："你别嫌简陋啊，现在有个座儿不容易，真挤不出来了，我们东家把能卖票的地方都卖了。谁让你一个大老板，来看戏还不带提前买票的？"

周斯音的嘴巴动了两下，却没说话，勉强坐了下来。

"那是因为……我今日主要是想来同你商量一件赚钱的买卖。"周斯音道。

"赚钱……"纪霜雨奇怪地道，"字帖说过了啊，难道你是说又一件吗？"

周斯音点头："字帖的事已敲定，我计划的另一件事也就好办了。他日教育部要推行钢笔字帖，你特意磨的这类型钢笔，岂不是最合适了？倒时按套装购买，可以享受优惠。"

纪霜雨"啊"了一声，可以啊！老板，走一步想三步！

周斯音道："你送给我的钢笔，我拿去厂家工匠处问过了，是有可能实现量产的，只需多次实验。你要是感兴趣，下戏后就带你和厂家见面，磋商此事。"

"愿意愿意，当然愿意。"纪霜雨连声夸周斯音，"周先生，您真是胆大包天，侠肝义胆，肝胆照人！"

周斯音："……"

周斯音："……我觉得你在故意羞辱我。"

"我是把您当朋友了，开个玩笑呢！"纪霜雨笑道。几次接触下来，周斯音这个人真的挺不错的，作为商人他很讲道义，他的三观也很正。由于把柄在纪霜雨手里，连唯一那一点毒舌在他这儿也施展不开了，反倒要被他调侃。真是不错！

周斯音听了这句话，轻轻地"哼"了一声。

此时文武场面都已陆续过来落座了，又有一些其他工作人员的家属也搬着小板凳来看热闹。

——没错，这个地方，看过几场戏都知道，一般是留给家属或者同行的，不占正规座儿。

"我得去指挥了。"纪霜雨见状，赶紧和周斯音挥挥手跑了。周斯音也阻止不及，那一帮工作人员的家属已经把他围住，撩起身上的大棉袍，逐一落座了。

"哎，麻烦收收脚——你是谁家的来着？"

周斯音："……"

周斯音便抱着他的大氅，长腿缩着，夹在几个妇女、儿童、老翁之间，看起戏来……

厚实的面幕遮着戏台，文武场面就位，好戏，即将开锣。

《感应随喜记》说的是感应随世三仙姑中的云霄娘娘要为王母贺寿，人缘不太好的云霄娘娘却没有好的礼物，只好绞尽脑汁，到各个神仙那里去借一点来，或哄或骗，又热闹又不失笑料。最后好不容易凑齐了一袖子礼物，要奉给王母，谁知道跌了一跤，撒向人间，满是福禄。

对面的莺歌舞台，也几乎是同时开场，新装修的戏台很有西洋风格，里头有大理石装饰，并罗马柱，舞台设下机关无数，飞人滑轨，吊环，滚筒，跷车……应有尽有。看着高高的滑轨装置，还有身上漂亮却因为有机关而较为沉重的舞裙，女主角赶紧喝了口酒壮胆。她系上了飞索，伴着乐声，自拉开的幕后飞出，观众已经傻眼。这个舞台比之寻常舞台，竟然还高上许多，足足有十八尺！这样高大的空间内，女主角那一身新制的彩裙竟点缀着星点光芒，真如将星月揽在身，加上窈窕的身段，台下观众立刻发出此行不虚的兴奋叫好声，期盼她能多来几个花样。要在空中做戏，这身手可不得了哇。

所有人紧紧地盯住女主角的动作，强光之下，"云端"之上，这漂亮的旦角心中也更加紧张，努力完成每一句台词，只觉得喉咙发紧，舞台经验在告诉她自己的嗓音状态不太好。可是，台下观众的呼声却那样热烈，哄着她做下一个动作，唱得怎么样好像全然不被大家考虑到，只要翻得够好看，只要布景够华丽……

一街之隔的长乐戏园，亦已开场。

面幕随之徐徐拉开，后头是一层纱幕，上有一行泼墨大字，线条宛转，结构充满了说不出的张力，像字更像画。柔和的舞台灯光就像清晨的薄雾般照下来，一名旦角款款登场。她生着一张芙蓉面，双目漆黑有神，手捧一支墨荷，这容颜一现，就已经令观众神魂颠倒了。

正是金雀。她身上所穿的是褶子，最常见的便装戏服，只是剪裁上更为飘逸，颜色则抛弃了规范，采用黑白灰三色，加上手里捧的墨荷、点漆双瞳、背后飘逸的墨字，整个人立着，便如水墨画一般，缥缈的灯光在她脸上游移，宛若神灵的光辉，带着虚幻之感，叫人不觉噤声，生怕打破这个幻境。

金雀扮演的云霄娘娘启唇唱道："去地三万三，星霜再千年。耀日铺金王母宴，霞云直送不老仙。"而后，这幅水墨画动了，破开一切混沌！

"云霄娘娘"袖子一甩，迈步向后，纱幕即向两边展开，露出后头，原来还有几道纱。只见她身轻如羽，步履敏捷，沿着一道曲线向后，云雾远山一般的纱幕渐次展开，落于她身后，便如御风飞行时景物向后，仙子向前。那看似平平无奇的褶子，也在她走步之间，衣角随着轻风层层扬起，似乎模糊在跟随着她的光线中，仙气立刻变得更浓了。直至最后那一层纱幕也展开，现出了最后一道底幕，与几道金色柱子并飞檐反宇，这样的一角，即让巍峨宏伟的天宫宛然在眼前。

灯光的流动，与纱幕的活动，配合灵动的步伐身段，恍惚间就像是所有人随着她驾云的视野在天宫穿梭——景物被抛在身后，而后破开遮蔽，见到了高耸的凌霄宝殿！

台上一分钟，台下十年功，单这一个新排的开场，金雀练了不知多少次，就是因为导演说了，演员的活动轨迹，同样能在无形中影响到观众的心情。而且，还要与这灯光、纱幕配合上。由演员这一点，及舞台移动轨迹之线，再到景幕之面，以及所有布景所构成的层次分明之空间，展现出了以景达情、以形带景的效果。

与对面的喧闹截然不同，待金雀这无滑轨之"飞仙"衣袂落下，虽只黑白两色，也不在空中飞，满场亦只觉神仙之气象扑面，心潮不觉就随之涌动，十分沉醉。

这样一来，视觉上的强烈反差，也使得最后那金碧辉煌的凌霄宝殿显得更加巍峨高大。

章鼎湖拍案叫绝，我的剧评有了！《感应随喜记》第一场，自水墨中设色，于黑白间出彩！

……

随着剧情发展，莺歌舞台的神仙帽子能发光，仙人能飞，瀑布还真能落水，魔术一出接着一出，用来体现仙人的法术，甚至有真的白鹿被牵上舞台……

台下是越来越热闹，还有人讨论起机关到底如何做出来，置身其中，仿佛是身在庙会，但不得不说，观众们看得真是不亦乐乎。

而长乐戏园中，除却重要人物登场，唯有每到关节处，才有哄堂叫好的声音。人人都被这氛围感染了，沉浸其中。机关一如纪霜雨从前的风格，只在要紧处有，又不失新奇。譬如这一次，他用上的，是打学校里借来的教学用品，幻灯。改装后，别出心裁地用在舞台上，制造出天人之境，映在舞台上的水波粼粼，使得演员们仿佛置身龙宫海底。

——现今京城最红火的净角应笑侬，扮演的正是东海龙王，除了女主角就数他的戏份最多，以威严的扮相，也收获了无数叫好声。

对面用来做飞人的滑轨，在这里，是使得道具晃动，用以表达角色视角与情感。

金雀服装从最初的水墨色，到后头人缘渐渐变好后，也在变化，末尾时穿的已是一身秋香色长裙，宝带绕身，好似华夏工笔画。

剧本稍做改良，在精简情节之外，台词有所不同，警示人心，福祸相依，不同于一味讨好观众的吉祥戏，但也不会破坏气氛，看客自品即是，余意绵长。

待到看完，喝彩声都久久不停。有些观众竟生出一种自豪感：莫非本场看客全都素质极高，好似和演员一起完成了仙官的氛围制造呢！也是这个金雀真具神仙气质，让平时爱嗑瓜子的人都停下来了，直呼为"金仙"。

在场的男士、女士显然都齐齐地迷上了金雀，直感慨明珠蒙尘，出道多年今日才得一见。女士们爱她的妆容，爱她的气质，也爱她出场的那几套戏服，这场戏刚完，竟然已经有人给这几套新装都起了名字，像第一套出场的褶子就被称作"墨荷宝褶"。

头号粉丝章鼎湖看完已经是恨不得把桌子都锤烂了，不枉他今日把全家都带来啊，他痴迷地感慨："此写意风又上一层楼，开头竟以淡墨书法体现人物之仙气淋漓，脱俗出尘，转瞬撞入华彩，妙也。"

邹暮云亦有十分相似的想法，普通的观众只看到仙气，他们却能分析出来为何，也就更加入迷了。

纪霜雨没有说谎，他的灯光，是体现人物的运动，他的道具，是表达人物的情感……舞台上的一切，都为戏剧本身而服务的。

邹暮云从未想到，还能有舞台做到这样的程度，不但一点也不违和，反而符合处处戏曲的审美程式，甚至将这出戏带到了更高的境界！

"是我狭隘了，实在没想真有人能做到。"邹暮云转头对同行者说道，都动情了，毕竟他看到旧剧发展心疼许久了。

"这出戏真正是我自成体系的华夏美学的大好展示，书中有画，画里含诗，诗歌一韵——凡此种种，皆可入戏！黑白二色如阴阳，开场以天地本源求得华彩，华夏之美术与机关装置在此戏中浑融一体，雅俗共赏。今日能观赏到这样的意韵，实在是吾四十年人生未有之乐事！"

……

《感应随喜记》落幕，金雀也从自己的角色中抽离，正式登台后，她看得到灯光照耀下，所有观众惊艳的目光。甚至在后头，还有观众往台上丢金子！都是给金雀的，她还是头一次被打赏这样多的财物，太有面子了，今日在后台，连应笑侬也直呼，风光皆在她身上了。

固然是应笑侬赞许她，但作为女主角，旦角，还是坤伶，完全可以想见只要成名，金雀的风光的确会在应笑侬之上。她平生第一次拿了这么多赏钱，收到这么多叫好声，还有社会名流即刻送来帖子，希望邀请她出席活动……她这时候最想见的就是纪霜雨。

上台前心里只有戏，现在回过神来收获的东西，金雀想去和纪导演聊聊天了，感觉纪霜雨那犀利的口舌能指点她现在恍惚的精神状态。

按说戏演完了后，纪霜雨说去和认识的人寒暄一下，可金雀听说官座的名流都已经散了，纪霜雨那里人却也不见了。找来找去，只瞧见徐新月用那个撅着屁股的老姿势，大椰头皮毛靴踩在凳子上，扒窗缝看对面莺歌舞台的动静——对面这出戏加了那么多彩头，离落幕还早着呢。

"东家，你看到纪导演了吗？莫非累了先回去了？"

徐新月头也不回："不知道，你往高处找找，看他是不是又站桌上发光了。"

金雀："……"

……

此时的纪霜雨，正托了周斯音一把，往戏园外走。

周斯音这长腿窝了整场，还真是麻了，也觉得十分委屈。

纪霜雨也看了一眼对面的莺歌舞台，他们的热闹还在继续。纪霜雨问："你觉得这出戏怎么样？和对面比呢，能赢吗？"

周斯音淡淡地道："戏以人重，不以物贵。"这句话，邹暮云也引用过，周斯音再提，态度很明显了。最时髦的机关戏，他在沪上也是看过的。和今日所看到的，根本不是一样的造物。

纪霜雨笑了两声，坐周斯音的车去了昆仑书局的总部，准备见钢笔厂的厂家。

现在正值灯节，昆仑书局的总部无人上班，只有值班的保安。

周斯音将他带到办公室，就见这里头已经有一位女士等待着，正坐着看报，听见声音便抬头看来。

这位女士烫了时髦的卷发，身着西服长裤——也是此时很时兴的，女子们穿着男装。她的年纪约莫四十，保养得当，红唇含笑，眉眼间依稀与周斯音有几分相似。

"这是我的姨母周寒鹊女士。"周斯音介绍得非常简明扼要，"她素来在金陵经营商业，名下有一家新开的钢笔厂。"

纪霜雨立刻就明白了，只是他原以为是周斯音自己来负责，原来是周家另外一房的，有现成的钢笔厂，估计和周斯音关系也不错，与周若鹃不同，有钱大家一起赚。

周寒鹊落落大方地伸手和纪霜雨握了握，她对旧剧实在不感兴趣，因此今晚没去戏园。"纪先生本人看起来比我想得更年轻，听说如此高才仍甘愿住在小鼓胡同，真是情义高尚。"

纪霜雨连声谦虚道:"没有没有,就是穷!没钱搬家!"

周寒鹊:"……"

周寒鹊一愣,随即失笑:"铃铛儿说先生脾气很独特,看来是真的,我正欣赏这样的直爽。那我也不废话了,我这就是想给先生送钱来的。咱们立下合同,若是能研制出量产这笔尖的方式,我方给出一成股份,若是不成,也会结算技术费用给先生,只是我厂会改成定制销售。另有广告算计,先生的字帖为我们打广告,比如您在介绍工具的章节中提及,或在示范书写时亲笔撰写我们的品牌名,我可以另给三千元广告费……"她张嘴就说了许多,最后问道,"您看哪处需要我详解?"

周寒鹊和她家二哥不一样,爽利大气,一笔笔账早就算好了,而且清楚分明。无论提到的股份、技术费、广告费,对纪霜雨来说都是了不得的数目了。

纪霜雨的表情看上去果然非常惊讶,他甚至激动得站了起来。

周斯音淡定地心想,唉,早有预料,这个要钱的鬼。

纪霜雨看向周斯音:"你叫铃铛儿啊?"

周斯音:"……"

宝铎含风,响出天外。宝铎所指本就是大铃,周斯音的名字都是配套的,铃铛儿是他的乳名,现在已经很少有人叫了,也就是周寒鹊还会叫。但周斯音和周寒鹊都没想到,周寒鹊说了那么多要点……纪霜雨就抓着那三个字了!一点儿也不按牌理出牌,你说你要钱难道都是装的吗?

周寒鹊只看到周斯音的脸腾一下就红了,一直蔓延到耳根,好笑之余不由觉得惊讶。周斯音平时的模样,满京城都知道,什么时候见他难为情过。更让人惊讶的还在后头。

"关……关你什么事!"周斯音气愤地拍桌而起,指责道,"现在是说这个的时候吗?"

——周寒鹊没想到周斯音还能有杀伤力这么低的时候,她都不想说这叫发火了，看动作幅度之大好像是生气，但"关你什么事"是她在发脾气时的外甥嘴里听过最客气的话了。

"我就问问，没想到你的小名这么可爱。"纪霜雨道，一点儿也没被吓到。"现在我们来聊正事吧。"仿佛刚才挑事的不是他。

而周斯音，也就冷哼一声，坐下来板着脸谈正事。

周寒鹊心想：我知道了，外甥可能长大了，不爱骂人啦！真好，姐姐，你看到了吗？

纪霜雨和周寒鹊、周斯音三人详谈了条款，最后草拟了一份合同，等再审过法律条文，就可以签字了。

字帖稿费分期结算，第一笔在定完稿之后，后续则待发行上市后，才能结算，有一定周期。而周寒鹊那边，可以协助纪霜雨申请笔尖的专利，也会据此支付一笔首期二千元的使用费，签完合同即可拿到。

纪霜雨不知多开心，有了这笔钱，住的方面可以升级了。"买房！买二环的四合院！"这时候房多人少，房租一个月也就几块钱，即便加上契税和装修费用，两三千块要买大房子也是绰绰有余的。

周寒鹊奇怪地看着他："你不买小洋房或者楼房吗？"

纪霜雨的字帖还能赚后续的版费，就是现在看房，看地段最好的小洋房，拿着合同也足够去银行贷款了。就房价来说，此时小洋房是最贵的，每间均价就是四千元，其次是楼房，再次四合院，最后是普通平房。四合院瓦房均价大概是一百多元一间屋子。

"我就喜欢四合院，小洋房和楼房不稀罕。"纪霜雨非常真诚地道，什么洋房、楼房、别墅在现代还没住腻吗？倒是四合院真没正经住过，也就偶尔住过四合院式酒店。从性价比来说，其实四合院更高，纪霜雨琢磨买四合院，买个有五六间房子的院子，选个地段好的地方，省下来的钱用来装修，改造一下，内里装修得现代些，不比洋房要好？纪霜雨已经开始美滋滋地琢磨起来了，可以住独门独院啦。

但是在周斯音心底，这就又是古怪的一笔了，暗自记下。

对周寒鹊来说，洋房或者四合院都算不得什么，只觉得以现在的房价，买两套也不是不行，她只是奇怪纪霜雨年纪轻轻，一点也不爱赶时髦的样子，便道："那纪先生开心就好，待审过合同，咱们约个饭庄签订合同吧。"

"我还没下过馆子，好贵哦。"纪霜雨很赞同，他先是因为扮吊吊，没法去聚餐，后来又忙着排新戏，很遗憾没能尝尝这时候京城有名的饭馆。尤其是听说京城最牛的饭店，那都是自带戏台花园，不止供吃，还能游乐的地方。之前纪霜雨就算有时间，也去不起。

还真是直爽。周寒鹊一笑道："如此，咱们便去'醉东风'吃，有名，还很贵，哈哈哈，到时让宝铎派司机去接你。"

纪霜雨一听这个名字，就觉得肯定是这时候的经典传统菜色，他就想尝点特色，忙不迭地点头："好好好！"

离开的时候，周斯音先为周寒鹊拉开车门，请她上车。

周寒鹊欣慰地道："我看你是稳重许多了。"说真的，外甥做事干练，但有时候总喜欢剑走偏锋，而且嘴巴不饶人。她每次看周斯音催书妄言，都有点担心是不是措辞太狠了。现在看到周斯音对待新作者纪先生的态度，就放心不少。

周斯音都没听懂，心不在焉地"嗯"了一声。

周寒鹊："好了，去吧。送完纪先生，早点回家。"

周斯音关上车门，敲敲车窗示意周寒鹊的司机开车："知道，我掐着十二点，出了节去骂一下书妄言就回家。"

车开走，周寒鹊："……"

第二天，京城大小胡同所谈，俱是《感应随喜记》，各家报纸也几乎全被《感应随喜记》占据了，相关评论、报道层出不穷，还有专门出增刊谈论的。

莺歌舞台版的剧评众多：

"此版《感应随喜记》机关新奇，场场出彩，一切装潢亦无不精美……"

"昨日观看这出《感应随喜记》运用最流行之服饰，天降飞雪，神鹿登台，尽皆沪上最新颖形式。"

"不愧是天下机关所宗的沪派布景！今日见了，才知从前都是小阵仗，戏台亦是西洋最新形制，又阔又大，机关层出不穷，目不暇接，堪称今年必要看的戏！"

长乐戏园版的剧评数量也不相让：

"长乐戏园《感应随喜记》一出，京城又多一名旦！'金仙'金雀，唱腔宛转，表演逼真，色艺俱佳。若只论仙气，古来旦角都输她！"

"风华一瞥金仙，如见藐姑仙人，诸君要看《感应随喜记》，只进长乐戏园即可，莺歌舞台是大可不必看的。"

"未来一个月，京城裁缝铺收到最多的订单，一定是金雀身上那件墨荷宝褶！"

莺歌舞台花了那么大价钱打广告，加上昨日也的确火爆，今日的新闻很多。长乐戏园这边，风头也不相让，拥有自己的支持者，尤其是书妄言这个刺头儿。

除了夸自家，还有攻击对面的。大家都老熟练了。

那么多意见不一的报纸，看热闹的民众——看下来，觉得两边都夸得天花乱坠，都有吸引人之处。

但是当书妄言的剧评出来，嘴仗的天平开始有了倾斜的趋势。

——这个书妄言，昨晚在长乐戏园看完，居然还通过书迷的关系，溜进莺歌舞台看了后头的戏，回来写评也有理有据有底气。

"要我说，大家不必为这两版《感应随喜记》而争吵。依我观看，含熹班的《感应随喜记》是优美的戏曲，雅俗共赏，看罢了人人欢喜，还可回味，正应了那句戏谚，不求当面乱拍手，但求过后暗点头。而莺歌舞台排的《感应随喜记》不就是马戏杂耍？演员每要飞天，总在掩饰自己的紧张——哪里的神仙驾云还会小心翼翼的？台下观众喊好，飞得越高他们叫好也越响亮。变化魔术，也能引得一片惊呼。因此，两处的剧目都值得观看，但建议想看戏的观众去长乐戏园，要带孩子看杂耍的，便去莺歌舞台。只是，切莫再把这二者相提并论啦！"

书妄言这损到极致的戏评一出来，支持长乐戏园的人立刻有了主心骨，哈哈笑着应和。

"不错，千万别再拿这两出剧来比了，一个是戏曲，另一个是魔术杂耍。"

"是极，人家是唱戏的，你叫人飞来飞去，简直可笑。"

"实不相瞒，我的家人想去看，我想满足家人的期待，又怕对不起金雀仙子。看了这个评论，我倒是想开了。也可以带孩子去看看，毕竟，这是不同的东西。"

——短短的时间里，金雀已经有大批粉丝了。以前只出了封面照时，她的粉丝都是颜粉，即喜爱她美貌的。看了她的戏后，全都死心塌地变成忠诚的粉丝了，一定要捧她，还起了个"金仙"的雅号。

在这些粉丝里，最重要的两类都有了。一类是时下的文人，能得文人写诗文捧角，是非常重要的。另一类是女性支持者，早说了，一出戏要能叫女座，票房才能真正大爆。

女孩子们喜爱金雀的样貌和装扮，戏上演的第二天，就已经有手快的女士，连夜改了同款褶子，简约高雅，日常穿或赴宴都合适，外边再套上西洋风外套，中西合璧正是眼下流行的。妆容更不必说，《影剧世界》发行后便学起来了。

那些莺歌舞台的支持者也不想认输，又很难和书妄言较量，想了半天，也想出了办法，另辟蹊径：

"长乐戏园设立'导演'一职，将要毁掉我华夏戏曲！"

"从此以后，演员不成演员，只如木偶，呜呼哀哉。"

"戏曲界人士，本就失学者多。如今让一个文盲来做所谓'导演'，指点戏文并全台戏曲，简直滑天下之大稽！"

"竟有人吹嘘纪霜雨以黑白出彩,失学之人也有文人素养?"

——哎,你骂我们的演员,我们就骂你家的导演!躲避重点,找你的痛点,指责你家这个导演长此以往,会毁了演员。顺便咬死了导演没上过学的事情。

这边粉丝也翻着白眼大骂:"失学不能自学?别忘了我们纪导演还会那个什么西洋的蒙太奇理论,你们会吗?而且人家的墨字背景明明写得很好!你们马戏团没文化不懂审美,不要以为别人也一样。"

对面本来就只是找个借口攻击罢了,哪里相让,大声道:这能是一样的东西吗?你这样说,我们的布景师也精通科学机关哦!而且你扪心自问,在华夏,学问是那么好做的吗?真有那么好的才华,还犯得着在戏园打工?工匠就是工匠,为什么还想着插手剧本上的事。还有,你说写好就是写得好,我怎么觉得是鬼画符呢?跟你们家花旦一样!

这样你来我往,实在对骂得好不热闹,恰似两家排长队的售票处。
……

金雀本人,第二天去长乐戏园时,竟然已经有落款"云外居"的戏迷组织送来鲜花了,上头还写了些墨字"雀鸣云外,仙落凡尘""雀迷敬上",另有几封信。

金雀的脸一下就涨红了。起雅号,戏迷组织,连戏迷称呼也有了……继昨晚之后,又一大惊喜,这都是名角才有的待遇。

戏班的人看到了也都捧起了金雀:"如今在京中大火,来日走一趟外埠,便是真正华夏名角了。"

"不错,咱们含熹班也都要靠金雀姐姐了。"

金雀的地位,自排《感应随喜记》以来,提升得和坐飞机似的,听到这些话她还有点惶恐。外埠指的是津门和沪上,而今有句话,叫学戏在京城,唱戏在津门,赚钱在沪上。

在京城成名后,还得搞定津门和沪上,才叫真名角。这样的前途,以前金雀是想都不敢想的！只是仍想着那句不能丢纪导演的脸，才红着脸扛下来，学习纪导演宠辱不惊的架势。别说，有这几日的浸润，她此时虽然未上妆容，但神态中散发出来的光彩，仍让人觉得是个美人。

"哈哈哈！"纪霜雨此时走了进来，看到鲜花寄语，不禁大笑起来，觉得好生眼熟。这里的戏迷组织，也是非常给力的，大家聚在一起捧角，有钱出钱，有文出文，跟对家互撕，甚至报纸打投，那叫一个热闹，不输后世。能这么快便拥有自己的后援会，更说明金雀确确实实要红起来啦。

"纪导演！"金雀看到纪霜雨，十分激动，昨天她就想找纪霜雨了，怎么也没找见。

"纪导演！"金雀的话完全被其他人淹没了，只见戏班其他人都殷切地看着纪霜雨，仿佛是他许久不见的至亲。

金雀："……"

纪霜雨也吓得退了一步。

经过了金雀"飞升"为金仙，含熹班的人更加肯定纪霜雨的能耐了。人家说捧你就捧你，长得不够好都能妙笔生花，点石成金……反正就那个意思。外头的报纸上虽然有似真似假的骂声，指责这"导演"一职。但含熹班内，哪个不想得纪霜雨青睐，只盼他看中自己，也给自己设计一下，就跟金雀一样一步登天。

大家都是搞艺术的，别看徐东家每天扒门偷看、嚎叫，我们会不会失败啊。对他们来说，这已经是成功了，看看人家金雀现在的演技吧！

"纪导演，我有个唱段，您能不能指点一下……"

"纪导演，我新想了一个唱腔……"

"可以可以，大家先出去，我统一时间，咱们一起交流。"纪霜雨非常熟稔地道，"来，找我徒弟登记一下，都有什么问题。"

他的徒弟，指的当然是检场人了。

含熹班的检场人早就私下做过梦了,跟着师父学,咱以后是不是也能当上导演,扬眉吐气,咱们这检场科,可以改名叫导演科……

待人都散了,纪霜雨这才笑看着金雀:"怎么,看你有点忧虑的样子,红了不好吗?"这红的速度确实快了些,但京城之中,一夜走红的例子也不在少数。只是可能大多数人不像金雀这样,跨度、速度都夸张。

金雀在他面前才放松下来:"哎,正是,昨日我还收到几张帖子,有些不知所措……"

"你现在要做的,就是稳住自己,沉淀下来。"纪霜雨捡起戏迷给她的信,看了看之后说道,"你之所以不知所措,是因为你和其他名角有不同之处。他们中很多人熟读诗书,笔墨娴熟。作为演员,没有文化是不行的,否则你要如何理解戏文,不可能永远都是我来指点,戏曲需要好的导演,但更需要好演员。你要有自己理解中的'云霄',以及日后的每一个角色。你缺少了这方面实力带来的自信,所以感到不安。日后,我就让徐老板花钱,请语文、历史老师,还有外语课老师,你和演员们都去上课。书法,我可以教你,你从试着给戏迷回信开始练笔。"

金雀听着不断点头,那种不安渐渐消失了,因为她知道了该从什么方向开始努力。即便这样,听到最后,金雀还是感到惊讶了:"外语?咱们还要排给洋人看吗?我可没试过把洋文给唱出来……"

"不用唱洋文版啊,但以后你要上国外唱华夏戏曲给洋人听,不得和洋人打交道吗?"纪霜雨轻描淡写地道。

金雀的嘴巴都张大了,当别人还在说,让她上外埠闯时,纪霜雨已经剑指海外了……要知道,就在前不久,还有人用西洋戏剧的标准,来指责纪霜雨的错漏,他却扬言要把戏曲搬演到国外。

纪霜雨"哎"了一声:"不说了,我得找东家讨薪去了。拜拜。"

金雀还在原地待了一会儿，纪导演的语气随意，别人可能会以为他在开玩笑。但是，不知道为什么，金雀隐隐觉得，也许日后，真的有机会站在异国他乡，表演华夏戏曲……

接下来，金雀推了名流们的社交邀约，随纪霜雨练字，就用回戏迷的信和写海报作为练习。她人是越来越红，心态也越来越好，唯独慌乱消失了，愈发自信的她，发现自己即便是素颜时，也能收获无数爱慕的目光——虽然有一部分是粉丝滤镜。

眼下，两个版本的《感应随喜记》看起来旗鼓相当，都是每天满座，观看者众多，对台戏演得好生热闹，每天出门倒垃圾的伙计都要相对互相瞪一眼。

媒体上的争端也越来越激烈，都在断言自家会取得票房冠军。

徐新月每天疯狂地盯着票房和报纸，一看到有骂导演的，就比纪霜雨本人还要痛苦，他可实在是太担心被莺歌舞台碾压了。

徐新月："你们懂什么！他没有文化，能赚我那么多钱嘛！"

纪霜雨："……"

纪霜雨："你少造谣了，最占便宜就是你……"投资人什么都不用懂，都是我们打工人在帮他赚钱！他还要嫌给我太多！

但徐新月的解脱之日很快就要来了。就在最新一期为莺歌舞台摇旗呐喊的期刊，再次刊文，矛头直指纪霜雨之时。昆仑书局推出最新期刊《书学教育》，在旗下各大报刊为其广告，并有邹暮云为首的高官名士刊文，内含对刊头的赏析。

最惊爆人眼球的，还是昆仑书局直接喊出口号"此君比之谭佑安君更可胜任刊头书写"，单这点，就够让人想了解一下这位横空出世的"葫芦老人"是谁了。

而这刊头的书法家"葫芦老人"者，也没刻意隐瞒马甲，事实上大概只蒙住过周若鹃的眼。翻开《书学教育》即可知道——

葫芦老人，正是刚被骂了几轮"失学之人""没文化工匠"的纪霜雨导演。

第十一章 一鸣惊人

戏曲刊物和出版界专业刊物相比，邹暮云和冲锋陷阵的剧评家之评论对比，傻子都知道哪边更具权威性……

邹暮云的特约稿件里赏析了刊头书法，也对夸张的广告语进行了解释，为何说它比谭佑安更合适，因为确实很有意义。就是谭佑安本人，想来也无二话。

纪霜雨本人确实没上过学，架不住高官名士给他站台，还直接拉踩了一下谭佑安，有对比那真是有效果。虽然是因为钢笔的缘故，但路人哪管那许多啊，只知道这人了不得！大文化人！

这些天揪着纪霜雨失学这点攻击的人，简直像被当众处刑。他们实在想不通：你一个能写过谭佑安的人，为什么要去戏园打工？我们对你那么放心，去打你的脸，你却一点都不讲武德，摇身一变成了教育部长口中可开宗立派的书法家？能够写文章刊登，不说都是饱学之士，肯定读过书。如此罔顾事实，在演员、机关上都无法胜过，便强自指责导演，立刻成了笑话。你要不是罔顾事实就是学识浅薄，自己选一个吧。

这些人自己都羞得恨不得设法销毁已经卖出去的刊物，剧评里的指责，如同一个回旋镖把他们自己都戳死了。吃瓜群众笑了一阵，剧评家互相攻击看多了，这种被打脸的看得少，还挺有意思。

从这日起，对面的剧评家都心有余悸，一时都不敢再发文攻击。

以《书学教育》的创刊号发行为节点，双方票房的涨势渐渐可见区别。

刊头事件其实是个导火索，只是被《书学教育》加快进程，事情早已明朗——

本来嘛，莺歌舞台的机关令人眼花缭乱，也做得实在太满。大家看彩头戏，彩头重要，戏也很重要。像这样热闹得一时，却不能长久。否则，京城也有游乐场，魔术、杂技表演都可以看到，总得和他们有区别吧？

长乐戏园的《感应随喜记》堪称雅俗共赏，又红了个美貌旦角，买票的人排的队可一天比一天长，呈上扬趋势。

再说这《书学教育》发行后的影响。而今书法界钢笔、毛笔之争，不比戏曲界新旧之争硝烟味淡。此刊一出，原来那些争论钢笔和毛笔的人士有新事做了，那就是掉转枪口——一起骂用钢笔图快不好好写的人啊！怎么，你以为买了钢笔就不用练字了吗？你都放弃传统毛笔了，还好意思把华夏书法也放下吗？

听期刊上说纪葫芦先生要出字帖的，看看人家，邹暮云部长的赏析里都透露了，纪先生年幼失学，在戏园打工，都能顶着生活艰辛练出一手好字……不说了，赶紧预定字帖。就是对成年人，也多有被吸引的，觉得字帖出了应当买一本，练好了后钢笔字写得又快又好。在这个社会，字写得好是真的挺受待见的。

善书者，亦有对钢笔书法动念好奇的，去尝试一下写出自己的风格。可以想见，直接就推动了华夏硬笔书法的发展。

而这所有的一切……对长乐戏园亦反过来又造成了影响。那就是，他们往外贴的戏报子都被"有识之士"连夜偷走了！也不知谁透露出去的，长乐戏园的戏报都是纪霜雨在写。

纪霜雨书名大盛，好多投机取巧的人士就琢磨，搞不好人家以后就是书法大家，墨宝不知能卖多少钱。虽然是毛笔字，管他的呢。很好，立刻偷走！收藏！等涨价！

徐新月知道后差点气哭，直跺脚："这些棒槌缺德不缺德啊！那海报我都花了钱雇人贴的，还要租位子……啊！气死我了，气死我了！"他只能重新让人写，当然这次不是纪霜雨来写了，然后重新雇人张贴。结果吧，那些人也不知什么毛病，把他新贴的海报又给偷了。恐怕是不明情况的，不知道到底谁写的，反正揭了再说，也不亏。

徐新月的眼泪终究是落了下来："为什么，为什么？"这不但浪费他的宣传费用，他的宣传效果大打折扣，影响更大。他只好又写第三版，这次故意写得像狗爬一样，并注明"此字并非纪霜雨书写，请君手下留情！"。

此事闹太大，很有喜感，搞得宣传倒是更上一层楼了。

更有些书法爱好者，在这种氛围中，听说《感应随喜记》开场以书法为布景，于黑白间出彩，也都跑去支持。雅俗共赏四个字，形容得十分到位了。

这样一来，后劲十足的长乐戏园最终把票卖了一个月，直接将京城最高纪录翻倍！已经与沪上红戏常演的场次差不多了！

莺歌舞台大为鼓吹的沪派布景，票房最后落点则是在连演十六日。若没有长乐戏园，称得上是极好的成绩，在京城绝对能打响头炮。偏他们选择了踩着长乐戏园上位，直接较量。

现在有了对比，这场声势浩大的对台戏，莺歌舞台输得十分明显，票房固然高，却也被奚落为马戏团。

……

目睹这一切的徐新月，简直如坠云中。不只是这一天，从《感应随喜记》上演的第一天，他每一步都像走在云里。

作为一个审美素养不是很高的投资人，演出前他担心，演出成功的第一天，他觉得真好，能多演出几天，让我体面地输就行。再到后来，局势怎么开始扭转了？怎么对面排队的没我们的长了？怎么他们要取消演出了？仿佛做了一场大梦，徐新月自己都觉得难以置信。

扒着门偷看的徐新月,第一次忍不住走了出去,看到对面张贴的门报,已经改了剧目。对面的工作人员都假装没有对台戏这回事,低头干活,不大好意思看对面……

他们,认输了!

"我们赢了!我们赢了!"徐新月狂喜地冲回了长乐戏园,向每一个人播报好消息,"莺歌舞台真的撤了剧目,他们认怂了!"

长乐戏园、含熹班的人也都和他一个表情,笑得比前些天过年时还要喜气洋洋。不但是高兴打败了竞争对手,内心更涌动着难以言喻的自豪。

在莺歌舞台大张旗鼓要演对台戏时,谁心里没有害怕过,那可是沪派布景大师,我们的舞台风格,却被不少人批判为不寿于世,满京城看好他们的能有几人?

现在逆风翻盘,所向披靡的沪派机关,折戟京城,被写意风布景斩于马下。这不只是代表了他们的成功,写意风的成功,也是华夏古风的重振。这样的意识,在每个人心中流淌,即使也许他们自己也无法清晰地总结出来,只能挠着头说一句:就说了我们也不差。

"纪导演,纪导演!"徐新月看到纪霜雨,喊他,这才发现自己不知不觉地洒下几滴眼泪了,真是硬汉也有柔情。

徐新月:"呜呜呜,谁说写意风不行,莺歌舞台下剧了!我们赢了!"

纪霜雨也笑了:"我们赢啦?太好喽!徐老板发喜封喽!"

徐新月:"……"

所有人,齐声:"太好喽!徐老板发喜封喽!"

徐新月:"我没有承诺过!"他首先反驳了自己最在意的事,然后才恐惧地道,"你们叫我干什么?你们为什么都知道?你们背着我?"然而所有人已经听不到他的回答,带着淳朴的笑容一拥而上,应笑侬铁索一般箍住徐新月,众人淹没了东家,从他怀里掏钱。

人堆里勉强传出徐新月撕心裂肺的声音:"没有的……不要……

不要啊！你们不能这样对我！别撕我的衣服！"

……

莺歌舞台黯然认输，京城内许多戏班已经开始蠢蠢欲动了，如何去跟风长乐戏园的布景。只要跟风够早，绝对能吃到红利。

甚至可以说，导演这个职位暂时还没有班社敢跟风，不但有守旧势力的因素，更因为这个难度太高了！

——扪心自问，嘴里虽然说着"导演"到底合不合适戏曲舞台，还难定论，但是，哪个演员不羡慕人家长乐戏园？

在人家的园子里，机关给演员让位，布景捧着演员，绝不需要你喝酒壮胆再上台。天可怜见，他们是唱戏的，不是杂耍艺人。

难道莺歌舞台的女主角不漂亮？衣服不美吗？可为什么金雀成名了，那位女主角却没有，内行一眼就能看出来，戏都不在她身上了！

可你看看应笑侬，再看看金雀。连着两出戏，还不能说明什么吗？曾经过气的应笑侬重整旗鼓，甚至攀到了更高的位置。籍籍无名的金雀，一夜走红。

在长乐戏园的舞台上，灯光为他们造势，布景与他们圆融，故事改编得体……自己再有实力，想不红都难。

满京城中，一时无人再敢说沪派机关，天下无双。更无人再敢妄言，华夏戏曲布景，需要用西洋标准来评判！

镜头再回到纪导演的私生活上，《感应随喜记》正式上演后，他就轻松了不少，钱还没到手，已经满京城溜达看四合院。看这个院子也漂亮，那个也很有文化底蕴，选择太多了。

此时周寒鹊那边合同也拟好了，约好这一日，派司机去长乐戏园接纪霜雨，大家一起到醉东风吃顿饭，把合约签了，二千块就是纪霜雨的啦。

纪霜雨一想到可以吃大餐，心情也特别好，下班后在门口等司机，脑海里都充满了什么"三不沾""涮羊肉""砂锅鱼翅""琥珀莲子""五香驴肉"……有老板花钱，他也就放肆做梦了。

正做着美梦，一道身影笼罩在纪霜雨身上，他抬头一看，是个高瘦干瘪的中年男子，直勾勾地盯着他。

纪霜雨："？"

对方说话气若游丝："我是蒋四海。这一局，算你赢了。但是，我会吸取教训，并重演员。我们来日方长，写实、写意孰优孰劣，还未可定论。"

纪霜雨听得一头雾水，到他说出什么写实写意，才恍然大悟："你是莺歌舞台的布景师！"

蒋四海："……"

蒋四海："我都说了我是蒋四海！"

纪霜雨："不好意思哈，有点忘了。"这名字也就东家老早前提过一次，后来都以"屎瓜子"代称。打了这么久对台戏，还是头一次看到同行本尊。

纪霜雨对他是没有什么恶意的，沪派机关在戏曲舞台试错，虽然机关不能成为舞台的主角，但不能说他们总结下来的经验一点作用也没有。沪派布景师中，很多日后成了华夏戏曲舞美界的中坚力量，还有的布景师，后来在魔术界也大有成就……咳咳。而且像写实风格，虽然不太适合戏曲舞台，但在话剧舞台还是大有前途的。纪霜雨本行是电影导演，但出于家庭影响、包容学习等原因，其他艺术形态他也是有所涉猎的。

因此纪霜雨安慰道："哎，写实写意，机关布景，其实这都是艺术上的事，各有所长罢了。主要是东家们赚钱，与我们打工人没什么关系，我们得联合起来要求涨薪——你月薪多少？"

蒋四海就是来放狠话的，还涨薪，他现在拿着那个月薪，都臊得慌！票房再高，竟然打不过一个毛头小子，连带着沪派的脸都被他丢了，来日回沪上面上也无光，怕是会被同行耻笑。所以，不赢过此人，他实在是没脸回去了。没想到纪霜雨一通胡言，扯到涨薪上，他倒是好意思，自己能好意思吗？

蒋四海厉声放了句狠话："别以为你长得不错就能一直赢了，我绝不认输！"说罢拂袖而去。

纪霜雨："……"不公平吧！说得好像我之前赢是因为长得好！

纪霜雨正无语着，司机也到了。

轿车把他接到了商业区，在一家饭店前停下来，招牌正是"醉东风"。侍应生把纪霜雨引进去，到了包厢内，周斯音和周寒鹊已经在等着了。

其实进门的时候，纪霜雨就隐隐觉得不对了，怎么装修风格有点西式，还有台此时罕见的手摇式电梯。不过纪霜雨内心还是抱着期待的，直到见到他们二人，周寒鹊开口。

周寒鹊笑吟吟地道："纪先生来了，我可是再次对比确认过了，这里是京城最贵最时髦的番菜馆。想必你平日吃多了传统菜色，今日就尝尝他们的特色季司和牛排吧。"

纪霜雨石化了："cheese？牛排？这里不是'醉东风'吗！"

周寒鹊茫然道："是啊，是醉东风。"

纪霜雨："不是，它到底醉东风还是醉西风……"

周寒鹊失笑："很多番菜馆都这样起名，毕竟是在华夏。你吃过季司吗？虽然有股气味，但吃起来不错的，很有特色。"

纪霜雨："……"欺诈！这是店名欺诈！他压根没时间，也没想到要去打听，因为根本没料到这里是吃西餐的。洋饭店、西餐厅很多，还有像这种，华人学习西餐手艺后自己开的，叫番菜馆。而在起名上，既有西化的，也有很多这样充满华夏色彩，让缺乏某些常识的纪霜雨猝不及防……

周斯音原本以为今天纪霜雨应该开心了，最贵的饭馆啊！他一直在观察纪霜雨，结果，看到对方漂亮的眉眼中一闪而过一抹委屈，很快又坐下，但这种掩饰显得是在强颜欢笑……

周斯音:"?"到底要怎么样?这么贵还不行?

纪霜雨:咽回委屈的口水,贵是贵,有个啥特色,牛排哪能有五香驴肉有特色?呜呜呜!

纪霜雨因为被家里的老人带大,饮食习惯一直比较传统。再说这西餐在现代也不稀奇,他吃得下,但是这会儿提到下馆子,他当然是想尝尝京城大菜的风采啊!算了算了,反正是白吃白喝……

这里的座位好像还得提前预订,纪霜雨开解了自己一番,醉西风就醉西风吧,他重拾心情开始看菜单,点了牛排、咖啡、布丁等,酒是不喝的。

纪霜雨装模作样,一副不熟练的样子,看完还要向周斯音询问怎样点,到菜品上来,还非常自然地道:"请给我一双筷子。"他不是不会用刀叉,是不太想吃个饭还要装不会用餐具重头学,那也太累了……

周寒鹊对纪霜雨极有好感,只笑吟吟地让人准备筷子。或许好看又有才的人做什么,别人都容易有滤镜。

虽然纪霜雨觉得自己掩饰到位了,可周斯音一直在观察他,得出一个结论:吃东西时表现得像是第一次,但那种对餐桌布摆设细节的司空见惯,无意间就带出来了。

吃罢了,这番菜馆里还有扑克室、酒吧、舞厅等娱乐场所,这些也是番菜馆的一个特点,有些人吃不惯,但冲着娱乐来也不错。

纪霜雨把合同签了,就和他们一道去扑克室打牌。

桌上周寒鹊又和纪霜雨聊了几句,她对纪霜雨很感兴趣,可能也因为周斯音和纪霜雨相处不一般吧。但她每次问到他们怎么认识,就被周斯音有意无意地岔开,引到她身上。这么一引,还真把周寒鹊的兴致引起来了,提到自己的经历。她早年在海外留过学,更独自旅游过世界多国。

席间还有送的小点心,是俄人风味,番菜馆的大师傅学来的,手艺非常不错。

周寒鹊借此回忆道："我曾坐火车去俄人的地方，独自一人，餐宿都在车厢，每餐花几角钱买一大块牛肉，面包、黄油都是尽你吃的，但味道实在不行。"

虽说隔了时间和空间，但纪霜雨也有相似的经历，有些事，是百年也不变的，他顺口说道："到站了有卖吃的吧，弄点贝加尔湖的烤鱼改善餐食不好吗？"

周寒鹊托着下巴道："我那时年纪也不大，还是和家里赌气，独自出门的，实在不敢离了车厢到处乱跑。就是在车厢里，还有乱涨价的事情……乱得很。"

她说完才想起来："咦，你怎么知道……"这会儿旅游业可不发达，也没什么攻略给你看，昆仑书局倒是创办了旅游类的杂志，但也就介绍国内的大城市。周寒鹊想着以纪霜雨的经历，好像都没出过京城，怎么连这旅途中的小细节也清楚。

纪霜雨胡编道："巧了嘛，听人说过。"

就和他每次胡诌一样，周寒鹊与旁人一样，也没有怀疑，毕竟，谁会想到这个是来自平行宇宙的纪霜雨，她说道："这样呀，巧了。"

周斯音喝了口水，遮住眼中的疑惑。怎么连海外都涉及了……其实他之前对纪霜雨的奇怪表现已经有些许猜测，现在似乎又要推翻。

……

到了晚间快9点，周寒鹊才起身，大家愉快地道别。

周寒鹊嘱咐道："宝铎，那你就把纪先生好生送回去吧。"纪霜雨没有车，他们汽车接送也是应该的。

周斯音点头，给周寒鹊拉开了车门："知道了，鹊姨。"周寒鹊从车窗中冲两人挥挥手，车辆离开了。

"胡司机可能去方便了，我们等等吧。"纪霜雨看看，胡司机不在车上，应该走不远，不是上厕所就是吃东西去了。

"我们往那边走走,去买点吃的。"周斯音道。

"你还没吃饱?"纪霜雨惊讶地看着他。

周斯音:"……我是看你先前吃得有些委屈的样子。"

纪霜雨还以为自己掩饰得不错,但他刚看到时确实有些没掩饰完全,被一直盯着他的周斯音发现了。

纪霜雨尴尬地笑道:"其实挺不错的啊!哈哈哈!大家吃番菜不就是吃个新奇,但口味肯定还是传统的更习惯,还是谢谢老板请客啦。"现在洋饭店、番菜馆也是有贵有便宜的,那些为了表示自己有钱的人不说,普通市民也有赶时髦去吃吃看的,但吃完普遍觉得:不是特别适应这个口味。不管在什么时候,各人有各人的饮食习惯,也有人就钟爱西洋美食的。但大体上纪霜雨说的没什么疑点,这个是眼下绝大多数市民的正常看法。

周斯音无奈地摇了摇头:"原本想请你吃东西,没想到未能招待好。"

纪霜雨连忙道:"我知道你们的心意就行了,这么贵的心意,我感动极了呢!"

周斯音:"……"

周斯音想了想,说道:"往街头走吧,那里有家老店不错。"和纪霜雨这种假土著加前穷人不同,周斯音对京城的店面都是很了解的,周斯音把纪霜雨带到一家中式饭馆,点了道爆肚。在盐爆、油爆和汤爆等做法之间,周斯音帮纪霜雨选择了汤爆:"时间比较晚了,吃清淡些。"

到纪霜雨来的那会儿,京城的爆肚已经没有这么多做法了,多数流传下来的是水爆。纪霜雨的眼睛立刻就亮了:这才是我想要的那种不一样!老板好体贴!呜呜呜!纪霜雨倒是没意识到,周斯音已经默认他这个"京城土著"对菜式不熟悉,才会帮他点餐了。

这汤爆做法就是鲜美的清汤原味煮的,又能蘸卤虾油吃,自己看着来,纪霜雨先前打了牌,本来就消耗了一些,一闻到香味,已是胃口大开。汤爆的是剥皮的牛肚领，店里叫肚仁儿，火候正好，软嫩鲜香，纪霜雨觉得还挺合自己的口味，配着吃了个馒头，便撑得直扶着周斯音，一副走不动的样子。

还要感谢周斯音："谢谢你……太好吃了……铃铛儿，你真是我最要好的小伙伴……"

周斯音："……"

周斯音把纪霜雨甩开了："你自己走吧。"

太促狭了！实在太促狭了！就不该让这种人赚钱！续费简直续了个寂寞！

纪霜雨摸着肚子跟在后面："哈哈哈！哈哈哈！别，别走太快啊！我撑死了。哈哈哈！"

回去后胡司机已经在等着了，看到周斯音阴着脸冲回来，纪先生跟在后面，还以为是生气自己方才不在岗位，胡司机心惊胆战地不敢吱声，闷声驱车开到了小鼓胡同。途中发现他俩也没说话，胡司机才渐渐放松：不是气我就好。

纪霜雨下了车，扶着车窗，就像笃定周斯音不会一直生气："谢谢——哎，我的《千字文》已经打了草稿的，你要看看吗？"

周斯音犹豫一下，还是觉得工作要紧，于是暂时放弃赌气，迈步下车。

这一次进纪霜雨他们家院子，周斯音就小心很多，到纪霜雨家去，当然是先……

周斯音："纪霏霏？"

纪霏霏打了一个激灵："啊？干什么？"

"在这儿啊。"周斯音这才放心，嗯，第一件事，先确定她在哪儿，免得被吓到，这叫先下手为强。

纪霏霏："……"

纪霜雨把稿纸拿了出来，周斯音坐在草垫上，就着灯火端详着。周斯音一抬头，原是想说话的，入眼却是纪霜雨正用木签子挑了挑灯，然后熟稔地轻轻一吹——

周斯音看到纪霜雨望过来,慢一拍道:"……好的,我拿回去看,可以吗?"

纪霜雨:"可以啊。"

周斯音:"……"这次明明没有了白发映衬,周斯音竟然还是感到心跳加快。我竟然这么胆小吗?

周斯音不敢显露出来,匆匆忙忙地把稿纸卷起来:"我走了!"

他几步走到门外,却听身后纪霜雨匆匆追上来,手里拿了盏纸灯笼:"等等,一起走吧,我去江叔家借东西。"

周斯音"唔"了一声,闷声大步往外走,皮鞋踩在胡同里,踩出悠长的回响。一点温柔的光随着纪霜雨的身影不紧不慢地跟在他侧后方,只要稍微一侧目就能注意到。好像只是一转眼,便已经到了长长的胡同口。

纪霜雨已经站定在胡同口第一户院子外了,还是带点笑的模样:"再见。"

"再见。"周斯音也留下一句,然后径直上了车后座。

胡司机看了一眼,东家的脸色好像没有之前那么臭了,他这才敢小心地缓和气氛:"哈哈,这么晚了,纪先生还出来,串门去?"

周斯音盯着手里的稿纸,头也不抬:"他来送我。"

胡司机:"?"胡司机不敢追问,赶紧开车。心底却想,就这么点路还送?你不是刚把人送回去?嘿,这到底怎么说的,上车前还脸臭得不行,现在居然能你送我,我再送你……我女儿和小姐妹都不带这样,真是搞不懂你们文化人!

话说在写意风一战奠定地位之后,不少戏班都有动作想跟风。但这布景看似极简,却很需要审美功底。

有几个大戏班尝试之后,不想粗糙地跟风,请了梨园公益会的前辈做中人,去长乐戏园找纪霜雨,希望准许他们的布景师拜他为师,深入学习。

纪霜雨哪能不答应,这是促进行业进步的好事。钱,一个人是赚不完的,就连徐新月都懂这个道理,行业兴盛,才能大家都有钱赚。再说了,按照老规矩,他们出师后是会孝敬收入的,戏班那边更有补贴……

纪霜雨当时就满口应承,让他们只管派人来学布景。

那几个戏班大喜,心道果然是人美心善啊。我们也不能辜负了,赶紧先内部筛选一下,素质高、有潜质的,送过去做徒弟!

"徒弟是不是等于我的助手了,能不能明天就来,可以帮我干活啊。"纪霜雨还挺期待的,他和江三津一起坐在门口晒太阳的时候还在念叨。

在《感应随喜记》之后,他下一步要做的就是多赚点钱……也就是把戏班其他几出常排戏的布景也给改良了,多几个熟手帮忙想必不错。

"哪能随便就来,他们把人选好后,还得看个良辰吉日拜师。"江三津摇头道。

也太麻烦了……纪霜雨伸了个懒腰,算了算了,不如再去看看中介给的房屋资料,他这边还在看新房呢。

纪霜雨业余一边写字帖,一边看房子,花了小半个月时间,把房子给看好了。没中介带着看房他还不知道,选四合院也是有秘诀的。比如东西走向胡同里的四合院,一般比南北走向胡同里的要好。

最后看好的四合院坐落在二环,一进院落,四面房屋,正房三间,两边各一间耳房,东西向各有厢房三间,还有倒座房。一座典型的小型四合院,没那些三四进,甚至大型复合式的四合院面积大,可纪霜雨千挑万选,地段好,建造得也很精致,一道如意门,门楣雕刻着雅致的花草纹路,内里空间不是十分宽阔,也做了借山影壁,可见原主人对建筑美观的追求。

更好的是,这里的原主人已经给四合院通了水和电。就他们小鼓胡同的家,没有电灯也就罢了,反正也没手机、电脑,看书还可以用灯。但这水,现在还要靠人力送的,你要和人家关系不好,人家水霸就敢不给你送水,渴不死你。所以,纪霜雨心里早就期待回到有水电的世界了。

就这么个二环的四合院,最后谈下来是二千五百块,纪霜雨用钢笔字帖合同找银行先借了一笔钱,就直接把它给买下了!

二环、四合院、二千五百块。这几个词纪霜雨一听就觉得划算,无法控制自己不买下来。

交完契税,这里就更为了纪霜雨名下,他带着弟弟妹妹去参观了一回,把从来没住过独立院子的小孩们看得都不想离开了。

"大哥,我们什么时候搬过来呀?"纪雷宗眼巴巴地问道。

纪霜雨就像每一个家长一样,说道:"不急,你先好好学习。"

纪雷宗:"……"他们在认真看书的……

这个院子实在太好看了,他好喜欢啊,天真的小孩恨不得马上回去看书,好快点搬进来。

纪霜雨是准备按照现代一点的居住习惯装修设计一下,比如玻璃得安上吧,厕所要现代点的吧。这个事儿急不来,等天气暖和一点,设计图也画好了,再看材料,然后找工人施工。

现在还是先暂住小鼓胡同,搬家以后小鼓胡同的房子他也不会卖,毕竟是以前的纪霜雨的父母留下来的,现在手头也没那么缺钱了。

他们家的四个小孩对这个新院子确实喜欢得不行了,待在这儿时不停地摸电灯开关,就这个,他们整条胡同也没人家有啊!即便是外头的街道,也没有路灯。

纪霏霏对那个开关更是充满了兴趣,要纪霜雨抱起自己,试着开关了两回,眼睛里都要发光了,仿佛这就是整个院子内最宝贵的事物。

纪霏霏:"太好了,大哥。"

纪霜雨笑道:"对啊,以后晚上都不用摸黑上厕所啦。"什么年代了,孩子也该过上有电灯、自来水的生活了。

纪霏霏眼中泛起了点点泪光:"对啊,以后晚上大家都不会踩到我的脚了。"

纪霜雨:"……"小六,我们一定尽早搬进来,你受苦了……

第十二章　进军新剧

"唉……"周斯音坐在办公室里，摇了摇头，按揉着自己的眉心。太多事情要忙了。作为昆仑书局的话事人，太多事情要操心，昆仑书局并附属的图书馆，单只京城一处，不包括分馆，包括工人在内，便有员工数千人。

单只眼下来说，他要撤换不称职的主编，制订商务计划，骂周若鹃，筹备二月太上老君圣诞、九天玄女圣诞、观世音圣诞、普贤菩萨圣诞、真武大帝圣诞……太忙了！

"总经理，有位纪霜雨先生找您。"他的助手轻轻敲了敲敲开的门，说道。

周斯音有些诧异，他没和纪霜雨约好，虽然今天他确实想去找纪霜雨，倒是心有灵犀了。不对，这词用来不妥……又不对，嗯，用词也不能太死板……

"请他进来。"周斯音从抽屉里拿出了一只盒子，盒子下面压的正是纪霜雨的手稿，盒子打开后里面是一排笔尖。这是周寒鹊寄来的。她的钢笔工厂在金陵，近日一直请那边的老师傅和工程师加紧实验，尝试制作笔尖，这一批笔尖都是新制的。原本，周斯音就想带着笔尖去找纪霜雨试写，顺便讨论一下字帖。

纪霜雨被人引了进来，一路都有员工转头看他。

元宵前后，满京城谁不知《感应随喜记》，满昆仑书局，谁不认得《书学教育》刊头的书写者,那么美……啊不,那么有才华。这还是他们总经理的好伙伴。

嗯,真是辛苦了他了,与总经理做朋友。总经理那个脾气……今天刚撤换了一位主编。

纪霜雨一路到了周斯音办公室里,当着助手的面打招呼:"嗨!小周!"

助手:"……"

周斯音:"……"

周斯音缓缓看了助手一眼。真乃人不可貌相。石化的助手赶紧把办公室的门关上,连茶水也不敢倒了,低头道一句"失礼了"就飞快地走出去。

上次临别前,纪霜雨暗送他一程,周斯音心里感到奇怪,想来想去,这次还是准备露出一个比较和蔼的笑容,结果就呆住了。

"不准叫我小周。"周斯音警告道,"我花了钱的!"他想了,续费绝不能那么快到期!

"那总不能还叫周先生、周老板吧,你忘啦?你是我最好的朋友!"纪霜雨声情并茂地道。

周斯音:"我是你钱最多的朋友吧……"

"差不多,差不多。"纪霜雨拿过笔尖,"这是新磨的笔尖吗?"他装在笔上试写了几下,觉得经过几次改动,已经接近理想的手感了。

聊完了钢笔和字帖,纪霜雨才想起来自己所为何事:"其实我今天上门,是有事相求的——朋友。"他一把抓住了周斯音的手。

"嘶——"周斯音抽了口冷气,整个人差点从椅子上弹起来。

纪霜雨:"?"

纪霜雨:"……就这么受不得惊吓吗?宝铎兄。"天地良心,这次他真没想吓人,就握了下手,也不是第一次握手了,偏偏这次反应这么大,差点把他也吓到。

周斯音:"……"他自己也觉得有失颜面,明明平时不至于此,实在是纪霜雨有屡次吓人的纪录吧。他心跳恢复正常，才冷冷地道："有话就说。"

"是这样的，我的弟弟妹妹都是失学儿童，但上学好难呀，你肯定比较了解，能不能帮帮忙，给介绍一下？"纪霜雨道。

他正是为了雷子和霏霏的上学问题，年前纪霜雨就给他们买了小学课本。他俩虽然说着上学太花钱了，但在家把课本都快翻烂了……或者也是因为纪霜雨说好好读书才能住新房子吧，反正特别努力。纪霜雨考较，觉得都看熟了，应该可以进学校。就算跟不上同龄人，先在低年级就读也行，学校的学习气氛也比家里好。

"教育乃紧要事。"周斯音在脑海中过了一遍，现在施行的是男女分校制度，"我家族资助的景明私立学校，男女附中、附小皆备，教师都是才德兼备之人，可以先去这里看看。校长你也见过的，孙先生。"

纪霜雨有些茫然："谁？"

周斯音提醒道："他花七十元向你购买了楹联……"

纪霜雨："哦哦！是我的好朋友孙先生呀，当然记得！"

周斯音："……"自己那个最要好朋友的名号果然没什么好稀罕的……

周斯音："另外有几所学校也是不错的，你可以带令弟令妹一一看过，我从中联络。"纪霜雨连连感谢，他就知道周斯音靠谱。

……

隔日，天气晴朗，周斯音就陪同纪霜雨和他的弟弟妹妹一起去学校参观了。虽然是给雷子和霏霏看学校，总不能把露露、鼋子单独留在家，所以，当周斯音坐在车后座等待时，纪霜雨打开车门，就先把一个小孩塞了进来："接一下！"

周斯音抓住劈头盖脸砸过来的鼋子："……"

在其他弟弟妹妹争吵谁和纪霜雨坐一起时，纪雷宗已经非常自觉地爬上了副驾驶座。

"好了好了，都上来。"纪霜雨左一个霏霏右一个露露，坐到了周斯音旁边。这时候的轿车真的不算特别宽敞，后座一时满满当当。

周斯音："……"他还没有坐过这么挤的车……

纪霜雨从小孩身后探出一个头："走吧！"

胡司机咳嗽一声："东家，要再找辆车来吗？"

再找一辆，谁下去，我下去吗？周斯音冷静地把挥手试图捏自己脸的雹子端开了一点，面无表情地对胡司机道："就这样。去学校。"

胡司机："是……噗。"

……

周斯音亲带着纪霜雨来，后者还是邹暮云看重的书法家，景明学校的孙校长自然热情接待，喊起了纪霜雨的名号，嗔怪地道："葫芦生要来直接找我便是了，下次不必宝铎交代啦。"

景明学校本就是周家资助的，加上长乐戏园的影响，孙校长语气里熟悉得和纪霜雨像是老友，为他介绍学校各处。食堂，自习室，图书馆，实验室……还真是都准备得很齐全，尤其是明亮宽敞的教室，里头已经有学生在念书，纪雷宗和纪霏霏都看得非常喜欢，不舍得离开。

"索性让令弟令妹旁听一节课，感受一下。"孙校长笑着提议。

"我看也好。"纪霜雨把他俩分别送到男女生的班级里，给加了张凳子就坐下来试听了，虽说不一定赶得上教学进度，主要是感受一下这里的老师和学习氛围。

同班的学生看到有忽然加入的人十分好奇，但态度都很友善，没有排斥与恶意。

尤其对纪霏霏。女学生的数量还是很少的，与男学生的数量比起来，都不到男学生的十分之一。女子班级的人是很少的，插班生更是新鲜，来了一个新伙伴大家都盯着看。要不是还在上课，她们都想搭话了。

纪霏霏头一次参与这种集体生活,也是头一次被这么多人盯着,没有人忽视她!她自己都觉得不可思议了,低头看着自己的手:"你们能看见我……"

纪霜雨:"……"

纪霜雨:"这话以后别说了,吓到人怎么办……"尤其是你哥最好的朋友。

纪霜雨一手抱着雹子,一手牵着露露,在教室外看了一会儿才放心地离开。孙校长又带他去参观,要吹嘘一下学校的藏书,明显不单是对学生家长炫耀,更是因为周斯音在旁边,他在展示自己的成绩,顺便问周斯音再讨要一点书本费……

在图书馆前的草坪,还有高年级的学生在举行社团活动。

"呵呵,这是我们学校的社团之一,春雷剧社,学生们在一起编演文明新剧,不止有景明的教师、学生,一共联合了五所学校,十分创新,也是头一次,有女学生参演。"孙校长说起来很骄傲的样子。

"哦,对对,那天慈善募捐演出,他们是不是也演了?"纪霜雨想起来了。

孙校长的笑容顿时有点不太自然了,那天不就是学生们的演出没啥人看,才又请了含熹班的人来助演。孙校长说道:"不错,这个,新剧与旧剧不同,主要是开启思想,学生也可锻炼演讲能力……咳。"

纪霜雨倒没有鄙夷的模样,笑了笑:"说得是,课外活动有益身心。"

孙校长忽然想到最近春雷剧社在闹腾着要改进,树新风,还有那日义演纪霜雨对西洋戏剧史的只言片语,心中一动:"葫芦生,不如……一道去看看?"

纪霜雨倒没有意见,看看他们的学生社团组织得怎么样。他刚才已经听说,这所学校有许多文体社团,还要组织运动会之类的活动。

新剧社团的学生正在进行校内排演,学生演出,学生观看。效仿西洋戏剧形成的新剧，其实就是华夏话剧的原始形态了。

——现在说新剧，其实细分还有好几种形态。有参照西洋布景，改良自华夏戏曲的时装新戏。有歌剧、话剧混合的，他们都还有许多唱段内容，有的甚至还保留了生旦之类行当。还有就是学生们这种仿西洋式更彻底，演说性内容比较多，唱的内容更少，认为前两种不算正宗新剧。又有土派、洋派之分，等等。总而言之都还在摸索之中，只是华夏现代话剧的雏形。

这些新剧，都因为学用新鲜的西洋形式，红火过一段时间。但后来因为本土戏曲也学会了布景机关，而新剧投资人更在意商业效益，忽视剧情，他们逐渐也就没那么风光了。

学生们演的新剧，虽然最接近现代话剧，但因为学生们比较业余，又看重宣传思想，时而来段演讲，缺乏娱乐性。而且现在全国各大高校都盛行演外国戏，属于最不追逐商业利润的。

新剧要说发源、人才最多的，还是在沪上。就跟机关布景戏一样。其他地方水平更一般，若说沪上学生剧社还有观众，景明学校的剧社那就是很难引起观众的兴趣，之前慈善募捐上座惨淡了，还要被旧剧爱好者攻击是对西洋戏剧拙劣的模仿。

纪霜雨看了一会儿，与上次看到的片段差不多，毕竟是在摸索阶段，还未建立起完整的体系，大家都缺乏戏剧理论知识，比如演技上，不是本色出演，就是单纯的外表模仿。旧剧爱好者说得难听，但他们的确模仿得太粗暴，水土不服。

台上正在演的是学生们改编的西洋剧作《洛兰的硬币》，学生们化妆的风格也模仿深目高鼻、穿着洋装的洋人，一幕演完，学生和教师们也看到了孙校长，围过来打招呼。

孙校长给他们介绍周斯音和纪霜雨。

周斯音也就罢了，看到纪霜雨，剧社的人都露出了奇怪的表情。嗯……虽说旧剧受到新剧影响，模仿机关布景，新剧也有走戏曲改良路线的，但归根结底，二者艺术形式不同。

旧剧要唱功、武行，一切唱念做打都有固定程式。新剧动作崇尚自然，不必练过什么，素人也可以上台。

现在全京城都知道，纪霜雨首倡旧剧舞台布景写意风，剔除过重的西洋元素。

而他们春雷剧社，则是模仿西洋戏剧最彻底的那一派，刚演的都是海外名著……如果说纪霜雨和莺歌舞台的人还能有什么共通之处，与他们春雷社的理念，可以说是完全相悖了。

春雷剧社的指导老师，也是社长兼实际上的总导演一职的于见青，看到校长，就兴奋地道："孙校长，我筹划让学生们再次进行公演，新剧本就是我们期盼用以开明风气，开启民智的，不常在校外演出怎么行。您觉得呢？"

孙校长颔首："公演不是不可以，只是上次慈善演出，能欣赏者寥寥啊……"

再则，要公演，就要经费、场地、服装、宣传，从前每次各个学校都共同拨给春雷社二千块之多，从来都是毫无进账的，这个倒无所谓。只是没人看，与在校内演有什么区别。即便公演，也就是学生、有知识的人来看，受众越来越窄。

于见青确实是仔细思考过的，现在全华夏也没几个专业话剧人才，他自学成才，读了几本外国著作，这些日子一直在想，没人看还是不行的。他沉声说道："不错，我们也认真研究过了，深深意识到还是不能太脱离大众，希望争取到让更多普通市民来观看。我们在舞台知识上太不足，比如我们排演的古典洋装戏，却对当时的风土人气还不够了解，考据不足，如何才称得上写实主义？很需要这方面的专业人士，增强舞台布置，才能吸引到观众。"

于见青说着还瞟了纪霜雨一眼，倒不是别的意思，就是，其实他也是从纪霜雨那里得到的灵感，不都说纪霜雨的舞台设计，拯救了长乐戏园。如果打出广告，真实还原国外古典场景、服装、风俗，应该比从前的公演票房要好？

"我们联系到了一位外国舞台设计师,如果有他加入指导,一定如虎添翼。这位设计师,只需要月薪八百元,汽车接送。"于见青小心说道。本来二千元的经费每次都是够用的,各个部门都是社内自己人负责。但要外聘设计师,那就不够了。

孙校长:"……"就算你表情再谨慎,八百元也不能用"只需要"来形容啊!他们学校不少教师、学生都是富裕家庭出来的,有点不把钱当钱的意思。

而本来一直微笑做客人状听着的纪霜雨也变了脸色,八百元?洋人好会赚钱!他现在的工资涨了又涨,一个月在长乐戏园也才拿二百八十元!徐新月还要天天号叫着说体量小,出不起钱!

于见青苦笑道:"八百元是至少,还是我凭家里面子优惠了的。"

纪霜雨恨铁不成钢地看了对方一眼,看得他们莫名其妙。

周斯音沉吟着道:"若是能学习到知识,再公演成功,确实也不算亏。"这学校一切收支账目,周家作为资助人也是参与其中的,所以他开口不算管闲事。

孙校长蠢蠢欲动,试探着问纪霜雨:"纪先生看呢?"大家都觉得他是客气地问,你这新剧的问题,问一个旧剧导演做什么。由来是旧剧从业人士,去讨教新剧专家改革自家布景的。

纪霜雨本来就忍了很久,眼睛都忍红了,孙校长一问,他张口就道:"你们找洋人还不如找我!"

众人:"?"你知道自己在说什么吗……

一个旧剧写意风扛旗之人,刚刚和推崇写实布景机关的沪派大战过,还光明正大地收了许多徒弟,一副要开宗立派的样子的……旧剧导演,站在这里,让他们找自己做新剧设计?

纪霜雨的身形在众人眼中一寸寸高大起来,朗声说道:"如果想大众化,那么就更不能请洋人,排演西洋名著,既然是华夏白话剧,应该扎根华夏土壤,才不会水土不服。而且,新剧最特别的,除却机关布景,本来就比传统戏曲更贴近生活,没有那么多程式化的动作。

你们方才的演技还是太夸张，太不写实了！"

众人："……"

本年度最迷惑的事情出现了，一个写意派开创者，教育我们的演技太不写实……还自个儿就爬台上去了，还抱着个娃！

于见青目瞪口呆，半天才找回自己的声音："……纪先生，你要不要下来说？"

纪霜雨："我就喜欢站高处说，显得我有道理。"

于见青："……"

孙校长回过神，他就是觉得纪霜雨好像对西洋戏剧史也了解，而且布景之中也不乏机关，才试着问问他有没有看法，没想到人家不但有看法，而且是很有看法啊！他这个局外人听着，分明是很正确的，所以最先鼓掌："有道理。"

于见青很快也回过神来，他算是这里面对戏剧理论研究稍微多一点的，看了一点国外的戏剧史，也是他率先提出来，春雷剧社应该试试大众化的路线。

于见青仰头感慨道："没想到纪导演，对新剧也能一眼看出症结。有时候站在对立面，可能反而看得更清楚了！"

其实纪霜雨说的道理不难理解，但就像之前他点出长乐戏园的舞台大小，与"合宜"这二字。包括春雷剧社的问题，其实也在合宜上，只是比戏曲来，新剧发展时间更短，概念更模糊。

加上刚才大家被纪霜雨的身份晃花了眼，现在一琢磨，春雷社的学生们也都点头："老师说得是。"

"纪导演对旧剧钻研深，看新剧也了然。"

他们说着说着，已经开始感谢纪霜雨，说会考虑如何把表演改得更自然，另外再重新想如何选择剧本。可求职的事，就好像没发生过，毕竟你就算说中了，也不代表能胜任。在大家心里，他的身份还是被固化了，简直和传统写意画上等号。这人就算写钢笔字，都用的毛笔笔意!

纪霜雨无语地道:"……等一下,我是真的想加入你们的drama(戏剧)啊!"

众人:"……"听到drama这个词从纪霜雨口中说出来,还真是又受到一波冲击……

周斯音被director冲击过一次,算是比较淡定的,甚至,他比孙校长还要莫名地笃定,也许纪霜雨果真对新剧也有所了解。

于见青先是一愣,随即领悟了:"我从前看过纪先生的采访,说只敢跑龙套,因为五音不全。放心,我们新剧人人皆可上台做演员,有演无唱,如果您也对新剧感兴趣,非常欢迎!我们很缺女演员,能反串的男演员也是急需的!"他说着,还盯着纪霜雨抱孩子的姿势多看了几眼。

纪霜雨:"……"这就过分了!为什么觉得我一定有个台前梦,而且,谁要反串男妈妈,就那个眼神以为谁不懂?

"我不是要做演员,"纪霜雨点了点后面的舞台,急切地道,"我说的是八百块啦……"

众人:"?"

纪霜雨反应过来,不小心把真心话讲出来了,脸一红说道:"啊不,我是说做导演。旧剧、新剧各有所长,但都是警世易俗,传播思想文化的方式。新剧看似容易,实则极重方法,也需要有系统的理论知识。这一困难导致诸位如今票房惨淡,不如旧剧,也不如那些以只追求商业化,以滑稽机关吸引人的所谓文明新戏。我愿意和各位一起,致力传播先进思想,打造新剧!"

众人:"……"这话要是在八百块之前说出来,那还真是很有说服力……

于见青想了想,虽然纪导演是眼馋那八百块的样子,但他的每句话,都说在点子上,"似易实难,难入民众之心",的确是新剧面临的困难。没有演过新剧的人,包括旧剧人士,都讥笑新剧毫无门槛,人人能上,他们这些身在其中的人,已经隐隐能感觉到,要演好新剧真的很难。要让普通民众来看他们的作品,又不流俗,真的也很难。

于见青郑重地道:"不知道纪导演有何高见?"

纪霜雨听到他称呼自己为导演,就知道他动心了。话剧摸索着形成的理论,遇到的困难,在他这个后人看来,是一目了然的。

"这位老师,我知道你们不想将戏剧,当作娱乐的东西,可是,有句话叫,完全失去娱乐的戏剧,也就不是戏剧了。"

春雷社的师生一时都感到无语!其实他们已经在纠结观众群越来越窄的事,反思要进行改良、大众化。只是纪霜雨说得太狠,太彻底,让以往感慨曲高和寡的他们,都说不出话来了。

于见青深深吐出一口气,他高喊着要大众化,想的却是如何用华丽的布景吸引人,还不舍得更改内容。纪霜雨所说,扎根华夏土壤,与娱乐性的言论,让他在心情沉重之余,脑海中着实有了依稀的模样。

于见青态度更加尊重地问道:"我大抵明白纪导演的意思了,纪导演说,更不可演出西方名著,敢问我们公演究竟该演什么?是如今那些文明戏所演的,时装剧、洋装剧之类故事吗?总不能是家庭剧吧?"

纪霜雨笑道:"就是家庭剧!什么侦探剧,时事新闻人物传,都算有些票房号召力。可你们想过没有,最具有群众基础,最贴近生活的是什么?不是西洋名著,不是侦探传奇,是《回家的诱惑》……啊不,家庭纠纷!"

众人:"……"众人再次感到一言难尽!纪霜雨之前导演的两部戏,都是唯美的神话剧,现在和他们说家庭纠纷吗?

现在没有大数据分析,但是纪霜雨心中有历史数据作为证明啊。什么收视最高,最好切入,如何会衰败……这些,在华夏戏剧发展历程上,都是经过证明的。

纪霜雨道:"我所说不是一味地家长里短,否则一样会走到末路。戏剧,要去打动观众,但绝不能谄媚观众!"

刚才还想吐槽的人,听到纪霜雨这一句,一时又顿住了。打动观众,但绝不能谄媚观众吗?于见青咂摸着这句话。

纪霜雨道:"我想说的,是以此为载体,传达思想。家庭是非常有代表性的单位,一切问题其实都可以在这其中揭示,找到对应,也是普通人最能理解的表达形式。真要去给华夏的大众演出,改良世风,那就是应该更加贴近现实,展现华夏社会,华夏人的生活。否则,你们的演技再好,布景再真实,那也是西洋新剧,不是华夏新剧!第一步走出去了,才能培养出观众,有以后的更多题材。接地气,才能传播开来,而有深度,才能长久。"

春雷社的学生真如醍醐灌顶。都不提这内容,你看纪导演居高临下的模样,真的是好有说服力,好有气势!

"我也要上去,我也要上去玩!"露露在台下直跺脚,蹦了好几下。

纪霜雨赶紧坐下来把她也捞到台上来,站起身后拍拍衣摆,重新恢复一脸圣光。

学生们:"……"他什么时候把台口的灯打开的?

孙校长赞道:"上次在义演时,葫芦生寥寥数语提及西方文艺复兴之后,戏剧的发展途径,我就觉得葫芦生想必对新剧并非寻常戏曲界人士的态度。没想到非但如此,还极有观点。"

周斯音看了眼纪霜雨,口中也附和道:"纪导演曾将影戏中的蒙太奇技术搬到戏曲舞台,擅长圆融之术。想来一法通,万法通,新旧只在一念之间。"

文艺复兴不必说,蒙太奇理论也有爱好影戏的社员听过,交头接耳起来。孙校长和周斯音的话,说在事后,没了煽动的嫌疑,却也让本就被刚才纪霜雨忽悠的春雷社员,再吃了一粒定心丸——大家的感受没有错,原来身在旧剧阵营的纪霜雨,实在是个深知创新开明的人物!春雷社的人你看我,我看你,觉得心在怦怦跳。

纪导演真的好会说,好懂的样子哦,甚至比以前见过的洋人布景师,说得还要头头是道,或许因为他作为华夏人,角度不一样,也才说得出华夏新剧之论。

他们不怎么看旧剧,但也听说过,纪霜雨的写意舞台少有机关,但还是有机关的,而且颇有新意,更说明了他懂得应用科学技术。怎么办,已经开始想给他送钱了……

纪霜雨看到了熟悉的被蛊惑的表情,心知八九不离十了。

于见青自然也是被征服的一员,这个理论契合了他之所想,又极为成熟,也不知纪霜雨身在京城,论及戏剧理论,堪称提纲挈领,高屋建瓴,比他经常交流的沪上新剧人士还要透彻一般。

他两眼发亮,问道:"听纪导演言论,一定是对戏剧理论有独到的研究,鹿林深为叹服,这正是我们所需要的指导!只是,恕我直言,这布景人才,是否还是需要另外聘请?"

——就算不排西洋名著,新剧舞台的布景,也是走的写实风,与纪霜雨的拿手的写意布景,全然不同。

纪霜雨却是摇头轻笑,他虽然以写意布景出名,但写实风……他还能不了解?

"你们看过我导演的《灵官庙》和《感应随喜记》吗?"纪霜雨当下就以自己所导演的戏曲,对照如今所谓的写实风布景,给他们比照分析了一番。

现在多数新剧的布景,说是写实化,只是绘画风格写实而已,运用硬板画片和大道具。所有背景都是画在布景片上的,室内就画桌椅,室外就画亭台。画师透视关系处理好也就罢了,处理不好就很可笑。即便处理好了,平面还是平面,演员要是和布景片离太近,人能比布景里的房子还大,比例完全失调,二者根本不在同一个空间内。这样的所谓写实,整个舞台的空间透视错漏百出,浮于表面,完全一平面,色彩搭配一塌糊涂,更不知如何应用灯光。

要论起空间感、立体感,甚至不如纪霜雨排演的戏曲!

新剧布景正风行,纪霜雨却贬得一无是处,但是春雷社的人想反驳都无从反驳,那些确实是布景片的缺点,从前觉得瑕不掩瑜罢了,大家也想不到还能更好的了。他们本来就没有技术人才，谁懂透视和灯光啊？纪霜雨的超前理论简直是碾压式说服。

——在用实践证明完，华夏戏曲无须用西洋标准来评判之后，这个人，反过来评判西洋标准了！

于见青苦着脸道："那难道，我们也用写意布景吗？"

纪霜雨随口道："那倒不必，我自己来写实啦。"

于见青："？"

纪霜雨看他的表情就笑了："刚刚周宝铎不都说了，一法通，万法通。我跟你说，我要不住在小鼓胡同，住这附近，三个月前我就来帮你们布置写实布景了。"

众人："……"想想也是，以他刚才举的例子，人家都能把戏曲舞台塑造出那个什么空间感了……

"再者说，这写意和写实一定就冲突吗？"纪霜雨道，这些人可能会惊讶，但在未来，写意风可是也反向冲击过一波话剧舞台的！毕竟……

"写意是华夏之美，作为'华夏新剧'，若无民族特性，永远只是一个照猫画虎的舶来品。旧剧重写意，同样用了新剧布景。新剧重写实，舞台又何尝不能合理借鉴写意？只要它合适！"这个观念，惊人，且透着让他们不由自主向往的自信。

于见青完全沉浸在了这观念之中，呆立沉思起来。

孙校长则是一脸若有所思的样子。

有人问校长有何高见。孙校长喃喃地道："都说学生演新剧可以锻炼演说能力，我看跟着纪先生，这演说能力又该长进一大截了……"

其他人："……"

站在台上的纪霜雨："……"

……

学校食堂。

在纪霜雨他们到达之后没多久,学校的教师也把纪霏霏和纪雷宗送来食堂,中午他们在这里吃一顿饭,了解一下这里的伙食。

纪霏霏和纪雷宗一看到纪霜雨,就齐声道:"大哥,我们想好了,就选这里了,老师说我们的知识水平可以被录取!"

纪霜雨:"太好了!老师也说我的技术水平可以被录取!"

纪霏霏和纪雷宗面面相觑:"……"我们只是去上了一节课,大哥又干什么了……

在这一课时的时间,纪霜雨已经完成了游说,直接让他们放弃找外国布景师,改为聘请自己为导演,现在正催促他们拟合同。

孙校长算了一下,苦笑道:"那令弟令妹都不必交学费了,薪水已然能涵盖。"

纪霜雨一脸羞怯地道:"说到薪水——你们打算给我多少?"真是目的明确呢!于见青纠结起来,主要是这个不由他做主,他不在乎钱,只关心最后的效果,只是怕学校那边不同意,毕竟经费是剧社的。国内布景师还没到八百元的身价,四五百元的月薪算很高,都超过一些大学教授了。但人家纪霜雨的理论水平很高的样子,叫人觉得耳目一新,在旧剧那边也有成功的例子……

纪霜雨看他的表情,一脸轻松地说道:"我看你也别纠结了,咱们拟个合同吧。若是公演票房不行,支付我一月三百元的薪水。"

纪霜雨在长乐戏园,月薪就是近三百元了,这个价格相对他的名声,十分合理。春雷社的人果然都很乐意的样子。

下一秒,纪霜雨立刻接着说道:"但是,如果公演成功,给我按一月一千元计算。"而且他只要拿到这个工钱,他还可以马上去倒逼徐新月给他涨工钱,起码要在那家伙身上抠出六百元以上的月薪吧……毕竟含熏班都是专业演员,这边都是素人,导起来难度更大。

纪霜雨又摆出了那副忽悠投资人专用的表情:"你们请西洋布景师又不是因为国籍,是为了效果。那如果我导演的效果比他好,拿比他更高的工资岂非理所当然。而且,我做的还不只是布景,导演者,统筹全局。"

春雷社的人听着，恍惚间有种出一千元，自己还占大便宜的感觉。但是，是那么个道理，大家咬牙请西洋布景师，就是重金求技术，学到就是赚到。有技术的话，就算是华夏布景师，追求的效果也达成了呀。

"还有，我可以介绍场地给你们，就在长乐戏园进行公演，那边往来看戏的人多。长乐戏园上午没场次，可以用作演出用的，与戏曲岔开。"纪霜雨还帮徐新月也盘算了一下，如果成了，更有理由让徐新月涨薪了。

反正现在戏园演出杂技是常有的事，别说新旧剧在同一个场子演，有的戏园还在演戏之余兼放电影，同场竞技。

"我是觉得可以的——孙校长，您说呢？"于见青看向孙校长。

孙校长也咬了咬牙，看向周斯音："宝铎，你说呢。"

周斯音："……"所以，最终是让资助人扛下所有吗？

一码归一码，虽然纪霜雨和昆仑书局有字帖上的合作，但春雷剧社所求并非只是钱。周斯音飞快地在心中计算了一下："我认可新剧社团的演出作用，若以长乐戏园的场地，如果演出的新剧最后能达到连演十日以上，基本能赚回道具服装场地等成本。这样，把基准定在十日，十日以上，即便没赚够聘请导演的费用，学校也额外赞助，以作鼓励。十日以下，则属于未达成约定，只付一月三百元的薪水。"

双方盘算了一下，都觉得合适，就算初步达成协议了，只等拟定合同，加上和长乐戏园商谈场地的事情。

……

景明学校的食堂伙食很不错，纪霏霏和纪雷宗都很满意，要是没意外，估计俩人就在这里入学了。吃过饭又去宿舍看了看，到了下午纪霜雨一行才离开。

快走出景明学校的时候，于见青追着去送他了。

"纪导演,中午我一直在思考你说的那些东西。我想到,我学生时代曾经写过一篇以新旧时代交错下,豪门兴衰为脉络的短篇小说,人物略带奇幻荒诞色彩。我想,是否能丰富剧情,再增加一些冲突纠葛,改成新剧上演呢?"

很有灵感嘛,不但是家庭剧,还是豪门恩怨,纪霜雨看着他道:"嗯,我觉得思路非常正确,那回头我看了稿子咱们再聊!"

于见青非常高兴,感觉自己和纪导演有共同语言了,果然是一拍即合。

二人约定了在长乐戏园见面,商谈租场地的事情,顺便给纪霜雨看稿子,于见青就欢天喜地地离开了。

纪霜雨一转头,苦恼地道:"你说豪门长什么样?这怎么布景呢?"

周斯音:"?"

周斯音感觉不可思议,亏他还出言相助,那么相信纪霜雨:"你不是会写实布景吗?现在说不知道如何布景——"

纪霜雨比他还理直气壮:"我说的是我了解写实风,没说我了解现在的有钱人!"

周斯音:"……"

纪霜雨:"不过别急,到时去你家逛逛不就知道怎么布景了。"

周斯音:"……"

第十三章　写实布景

长乐戏园。

徐新月的手在发抖，几乎握不住茶杯，他无法想象，光天化日，世上竟会有如此惨绝人寰、毫无人性之事。这样离谱之事，他不问苍天不问鬼神，只能问站在自己面前的人，用他那破碎的声音："你，真的要涨薪吗？"

纪霜雨："……"

于见青："……"

纪霜雨难以置信地问道："东家，你就听到这句话吗？"

徐新月用两只颤抖的手捂住自己的脸，怆然道："不然呢？"

于见青困惑地道："只是八百元，至于这样吗？"

徐新月也困惑地看着他："世间竟有如此变态之人？"

于见青："……"

应笑侬都听不下去了，一拍桌子道："纪葫芦说他要做新剧导演！还要租你这园子上午的时间演出！你怎么就听到他要涨薪呀？"前头两件事，不是让人震惊多了吗？

他无意中在此听到，眼睛都直了，新旧剧一度各不相让，互相攻击，但旧剧这边学习了新剧布景也是真的，此前，都是旧剧班底去新剧那边请布景师……这会儿是怎么了，他们的写意风火到这个地步，不但旧剧同行要学，连新剧都要学了？虽然很振奋士气，但是，这，这，画风不对吧？

尚且不知道纪霜雨这次要玩写实的应笑侬，再次震惊地看了纪霜雨一眼，心说可真够给旧剧同行扬眉吐气的。

纪霜雨正是把于见青约到这里，要和徐新月谈谈租场地和涨薪的事情，他才刚威胁完徐新月，徐新月就如遭重击，两眼无神了。

"不至于吧？东家，我还特意介绍人来租你这里的场地，这样你把租场地的钱直接贴补给我就行了，没有大出血的！"纪霜雨觉得自己真的很贴心了。

这一进一出的，徐新月又没什么损失，若是以后公演成功，他卖瓜果茶水这些还能跟着赚钱。没想到，徐新月还是疯了。还真是意料之外，情理之中啊。

徐新月揉了揉心口，幽怨地道："没有讲价余地了吗？"他就是最后抱怨一句了，心里知道没办法了，呜呜呜……若是不答应纪霜雨，他大可以不在长乐戏园干了，另外去找地方。

可恶啊！这个春雷剧社，真是扰乱市场秩序，为什么梨园公会不能治一治他们？

哦对，他们是新剧，治不到……

徐新月答应了，与于见青立约，写好了合同，才有心情问道："哎，日子不好过吧，你们都要跟风旧剧了？"

于见青反问："你们不知道纪先生也会导演写实新剧？"

徐新月："？"

徐新月："怎么可能啊？他和我说他不喜欢写实风布景片，还让我把我以前买的那些布景片卖了！对了对了，他还说蒋四海和他放过狠话，要看写实、写意孰优孰劣！"

纪霜雨莫名其妙地道："东家你不要污蔑我，我的意思是不喜欢它们出现在华夏戏曲舞台上，又没说写实风不应该存在，人家在新剧舞台挺合适的！蒋四海放狠话又和我有什么关系？"

徐新月："……"徐新月是知道纪霜雨其实通晓很多机关的，只是人家不愿意用，觉得不合适罢了。所以，他在震惊之后，倒是最快接受的人。

他唯一的一点怀疑，还是对市场有点怀疑："不是我说，新剧的风头都过去了，何况是学生的文明新剧，你们也得悠着点吧……"谁不知道，新剧的几种形式里，就数他们的最不商业化了。

徐新月虽然审美素养不是特别高，但作为一个戏园经营者，对这个市场的情况他还是了解的。春雷剧社？老赔钱了！他们剧社就没盈利过。

虽然聘请了纪霜雨，但于见青心里何尝没有一点忐忑不安的感觉，他看了看徐新月，咬牙道："看到您，我愿意相信纪导演！"

徐新月愣了一下。随即他想起，此前很多人都以为，长乐戏园要倒了。还有很多人，包括他自己，也觉得长乐戏园比不过莺歌舞台……

徐新月看着一脸朝气的纪霜雨，喃喃地道："也是，应该相信的。"不说别人，他，不是最该相信的吗？

……

此间事毕，于见青也把自己改过的稿子给纪霜雨看，文稿名叫《绝色》。

纪霜雨看了一下，觉得这个群魔乱舞的世界，大家写起稿子来，比后世也不遑多让，这里头的人物关系纠葛，好多狗血元素，都是今古通用的。家庭剧，永远的神剧！但是，纪霜雨也还是有意见可提。

纪霜雨："可以再弄复杂一点！这两个小孩年纪差不多大，怎么能不会抱错呢？他爸后面再认出来，I am your father!（我是你爸爸）"

于见青："……"

于见青："好的，好的。"

纪霜雨："要奇幻就奇幻得彻底一点，给主角弄个前身！"

于见青："可以，可以。"记下要修改的地方后，于见青感慨道，"大家知道纪先生要排新剧，眼神和我们之前一样，惊讶极了。传出去恐怕很多人也是不会相信的，谁叫写意风太出彩了。"

多少布景师、演员，不管新剧旧剧，什么戏都排的，就跟戏曲演员也有京昆两抱一样，还有很多文明戏演员，后来又演电影去了。而纪霜雨和写意风都要画等号了，这才让人感到难以置信。

纪霜雨想到了自己所来的世界："新剧旧剧，本来就不是对立的状态，这些艺术，无论是自古流传下来的，还是海外传习过来的，当它落地在华夏的土地上，也从这里汲取了属于华夏的营养。

"新剧的流入，也推动了旧剧的发展，但未来，也必然会反过来影响新剧。我想未来有一天，华夏戏曲在世界剧坛占有一席之地，而提起华夏话剧，也是一个具有独特特色的流派。"

于见青同样点头道："没错！纪导演，那您之前就提起过，写意在新剧舞台上的呈现，这次我们能见识到吗？"

"不要急，合适才能用，这次还是比较适合写实。"纪霜雨很淡定的样子，"我不能单纯因为你想看，或者它很新奇，就弄出来。"

于见青缓缓点头，虽然很想看，但他也认可纪霜雨这种态度。

"还有一个，票价你打算怎么定？"纪霜雨顺口问了一句。

"要不就两分钱吧？"于见青也顺口道。

"这也太低了，"纪霜雨打趣地说道，"虽然你们不以赚钱为目的，可是这也太低了吧。于老师八百元也看不上，票钱也不在乎，别是因为公中收支啊。"怎么感觉这位老师有点不懂俗务，憨憨的。

于见青立刻道："绝没这种意思！只不过因为我爸特别有钱！"

纪霜雨："……"

纪霜雨："……小丑竟然是我自己！"

路过的含熹班丑角："？"

纪霜雨："……不是那个意思，不是那个意思。"

纪霜雨到底还是建议于见青把价格提到了一角钱，价格太低容易被人怀疑质量的。

好剧本都是改出来的，但结构基本已经确定后，纪霜雨这边，也可以开始案头工作了。

先前纪霜雨就和京城的五福班、和纯班、永康班等颇有些名气的班社约定好了收徒。

这些日子他们已经择好人选，选在良辰吉日，便正式拜长乐戏园的纪导演为师，进修布景。

这一天，正是看好的正日子。四名布景师提着拜师礼，与长乐戏园原来的检场人一起，一共有六个徒弟，由应笑侬、徐新月做见证人。六个徒弟给纪霜雨敬茶行礼，正式拜师。

纪霜雨强烈要求不要磕头，也不用发誓了："我不信鬼神，只希望诸位有学习精神，有艺德，以后大家一起为戏曲舞美发展做贡献。"因此，他们的行礼只是鞠躬。

虽然这六个徒弟，年纪全都比纪霜雨大，但是在华夏礼仪中，他们就得把纪霜雨视为长辈了。鞠躬后，徒弟们都很激动，这就可以接触纪霜雨的看家本领了！

向来做徒弟的，都是跟在师父边上，从打杂帮忙做起。长乐戏园最早跟着纪霜雨的检场人，人称"六两"，这次也是作为大师兄，很有大师兄的担待，主动问道："师父，有什么需要我们做的吗？"啊，不知道师父今天会制作什么，是宫殿还是白玉栏杆，又或者月亮门？

纪霜雨想起自己把新剧的颜色方案做好了，正好有人使唤了，画个草稿出来看看："今天啊，今天咱们一起来画个写实风的布景，排刷和颜料都准备好了……"

徒弟们："……"

……不是，这什么意思，这个人是纪霜雨没错吧？

纪霜雨深沉地道："为师下一部作品，是写实风的新剧，所以，你们跟我学一段时间写实，回头咱们再写意。"

徒弟们："……"写……啥？我们来学写意的时候，您老人家一转头，要去玩儿新剧了？或者应该说：您还会排新剧？

徒弟里年纪最大的够当纪霜雨的爹了，今年四十多，以前是画广告画的，叫陈衷想，他一脸凌乱地道："师父，写实还用学啊？"

他们，都是老手了！陈衷想欲言又止，心里有句对师父不太尊重的话：写实风，我们教您还差不多……

他们没有经过专业训练，但是要么是工匠出身，要么有西洋画或国画功底，再去学习写实布景，日久天长的积累、学习，这些各大班社的经营布景师，基本能做到画什么像什么了。虽然，可能还比不上沪上的布景师——现在人人对沪上的机关布景，还是有一种崇拜感。他们不正是因为纪霜雨打破了这种崇拜，才想来找他。结果……

纪霜雨看得出他们眼中的犹疑，知道这是非露一手不可了，跟学生们可以随便说说，遇上手艺人就简单多了，手底下见真章。

纪霜雨道："艺多不压身啊，我先教你们画墙。"他心知写意和写实并不冲突，就如戏曲舞台参考布景，全看设计师如何圆融。只是他的超前眼光不是所有人都能有的，连六两都开始挠头了，不知该不该出来支持师父。

师父啊，墙谁不会画，那么多新、旧剧社团，布景片里画到建筑的不在少数，布景师还能不会画这种生活中最常见的景物？事实证明，与纪霜雨比起来，他们真的不会！

纪霜雨的做法和他们想象中完全不同，他在勾勒出线条之后，直接用把糠、胶水、纸浆等物来完成上色，糊在了画片上。

起初大家还看不懂，待他刮塑成型后，六人异口同声道："虎皮墙？"是墙，是色彩斑驳、很不规整的虎皮墙。

接着，纪霜雨又塑造了另外几块"墙"，破墙，被烟熏过的破墙，水泥墙……和他们绘制的布景片相比，这不只是形态逼真，而是完全把墙的质感都表现出来了！这样的绘制方法，从前是没有见过的，大约连沪上的布景师也不曾学过的……不对，别说沪上的布景师，就是国外也不一定能看见吧？要论真实，明显纪霜雨的手法更胜一筹。可是，怎么会这样呢？

纪霜雨那个年纪最大的徒弟喃喃地道："真正是奇思妙想，我从未想过，写实，还能把物体的物性做出来……"原以为写实已经学到头，万没想到，天外有天。

他们现在看纪霜雨的眼神含着不可思议，有这样的技术，师父为什么会从写意布景做起。不对，不对，他正是用写意布景打败了写实布景啊！难道在他心中，写意更强过写实……纪霜雨的徒弟们越想越觉得骇然，完全颠覆以往的想法了。

纪霜雨拍了拍手，放下工具："对，物性，也叫质感。有很多方法可以塑造布景的质感，令其更为逼真。我听说有的舞台上闹出笑话，桌椅板凳、一切家具全画在布景片上，开个门还要把布景片撕开。我所说的写实，不但是具有真实质感，还要能构成真实的空间，能够帮助演员完成表演。现在，你们是想学写实，还是写意？"六个人愣住了，陈衷想有点发蒙，差点想大喊当然是学写实！

写意还要扩展市场。学写实，有了这一手，便是去沪上，也能立刻施展开来，住洋房，开汽车——他都想不通师父为什么没去沪上做布景师。

六两却是抢先喊道："您教什么我们就学什么，您是师父，我看这两个都好，都是能打败蒋四海的！"

陈衷想顿时也回过神了，对啊，差点蒙了，这还选什么选，不管是哪种，都是一辈子的饭碗。

纪霜雨满意地笑了笑："没错，两个都好。以后你们就知道了，我教的是两种，但它们也可以融汇成一种。"

……

下班时间到了，六个徒弟还想簇拥着纪霜雨送他回去。虽然纪霜雨当时不让他们磕头，但是在观念守旧的手艺人这里，还是把纪霜雨当长辈伺候了……尤其是在见识了纪霜雨的手艺之后。

"行啦，不用送我了，有人接。"纪霜雨真不想被搀扶着，开什么玩笑，陈衷想鬓边都有白头发了。他指了指不知何时过来，站在门外等待的周斯音："他有车。"

在徒弟们不舍的目光中，纪霜雨和周斯音一起离开了，并娴熟地自己开车门，上了周斯音的车："让我看看！"

周斯音递给他一本崭新的字帖。

今天，就是纪霜雨的钢笔字帖正式发行的日子了，这本《纪霜雨钢笔字帖》即将乘着火车，发往全国各地。之前周斯音给他看过样本，这个则是装订好，加上封面的。

纪霜雨翻了几下，纸张的质量很好，印刷清晰，除了装帧设计上有这个时代的气息，和后世的字帖相比基本上没什么区别了。

"你的新剧呢，进展如何了？"周斯音问了一句。

"哈哈哈……"纪霜雨笑了。

周斯音一看这笑容，有种诡异的感觉："……干什么？"

纪霜雨："我正想和你说呢，剧本敲定就是豪门恩怨了。我正在思考美术方案，能不能去你家参观取景，看看有钱人家怎么装修。"

周斯音："……"还真想去他家……

周斯音沉默了一会儿："什么时候？"

"择日不如撞日，那就今天吧！"纪霜雨又握了握周斯音的手，"宝铎兄，你人太好啦。"

周斯音无语，听到"人好"都感觉是在嘲讽自己。看着纪霜雨无辜的脸，只觉他果然是个十分可爱又十分可恨的存在。周斯音的手又被纪霜雨握着，周斯音只觉这双手有点凉，莫名想到方才在长乐戏园，他听到纪霜雨在给那些布景师传授如何塑造物体的"质感"。若这双手，质感怕是万难造得逼真的。除非……

"冷玉。"周斯音不觉低声道。

"什么？"纪霜雨没听清。

"没什么，你到了我家，可以随处参观，只是有件事必须要注意。"周斯音回神，叮嘱道。

"好好，你说。"纪霜雨心说这可要开眼界了，一般这种豪门望族规矩最多了，说不定背后还暗藏了什么秘密，他认真地看着周斯音。

周斯音也望着他的双眼，一字一句慎重地道："我的居所有尊新请的观音，十分灵验，你若进香，朝向千万莫要错了！"

纪霜雨："……"

谁要去你家烧香……

纪霜雨勉强道："放心，我不会冒犯的。"纪霜雨，尊重你（最有钱的）好朋友的信仰！

虽然纪霜雨是无神论者，但也没有强行说服他人的喜好，他做到不在周斯音家捣乱就行了。

——开什么玩笑，一个人的本性也不是那么容易改变的，没见他每天说服徐新月，徐新月也只是麻木了，没变成大方人。

周斯音松了口气，他那么说不是真的怕纪霜雨朝向错了，而是换了个说法提醒纪霜雨，毕竟……幸好，纪霜雨看起来很警醒的。

他们一路到了周家的老宅，周府这座老宅总面积惊人，纪霜雨问了下占地面积，换算一下得有近万平方米，人家不像纪霜雨，还要考虑买洋房或四合院。周府从外面看是旧式的多进四合院，里头还加建了几栋洋房，想怎么住就怎么住。

周宅特别暖和，他们这连通各屋的廊子都是安了玻璃的，冬日往来也不冷。纪霜雨的家，就只舍得在窗户下面安一小块玻璃呢。

纪霜雨特意带了钢笔和纸张来，见到感兴趣的东西就速写下来，并向周斯音询问。

周斯音一年大概只有小半的时间在主宅，其余时间住在自己的寓所，但他的房间还是会被打扫得一尘不染。

参观到周斯音的房间时，纪霜雨发出了肯定的声音："好看。"主人的审美很好，陈设多是中式的，既有瓶花清供，也有绢本古画，古朴自然，清新雅致，也确实供了一尊玉观音，雕琢细腻传神，慈悲端庄。

纪霜雨一看就"嘶"了一声，露出敬畏的表情——好家伙，这雕工一看就特别贵，绝对不能乱碰。然后便绕着走了。

案头还摆着几本外语原版书籍,纪霜雨翻看了一下,还都是化学、数学之类的科学丛书……真离谱了!也不知道是自己感兴趣,还是昆仑书局要引进的。

纪霜雨欲言又止。

……算了算了,想想年代不同,现代还多的是大老板认同传统文化,还是不要苛求人那么多了。

参观过程中也能看出来周斯音在家的做派,周老太爷身在沪上,周宅就是些其他族人,偶有遇到周斯音带着纪霜雨参观的,打完招呼一句话不敢多问,就溜了,倒是让纪霜雨省去了寒暄。忙活几个小时,纪霜雨自觉记录得差不多了,才坐下来喝茶。

"你为何还要分开绘制?"周斯音以为纪霜雨的"写实布景"也是和其他舞台一样,就是把整个场景包括摆设全绘在布景片上,不太懂他速写的时候还分器物分角度。

"因为要单独制作的。"纪霜雨道。

"这怎么做到?"周斯音联系他在戏曲舞台上布置的空间感,猜测到他可能要构建一个立体空间,但是,像这样的道具,尤其是要体现出豪门气息,一般得用钱堆出来。

春雷社的公演经费,刨去纪霜雨的薪水,就是二千元,不够买他这张放茶水的小叶紫檀托泥小儿。

"能以假代真,那就是功夫了。用真材实料,还看不出本事呢,也怕演员们顾忌着不敢动作了。"纪霜雨笑道,"不只是布景,服装到时候也得做出质感,真的皮草大衣买不起,但能模拟出视觉效果。"你说要真摆个价值千金的道具,真是不能更真了,但演员不得时刻担心着怕弄坏。

周斯音应了一声,看着正在喝茶的纪霜雨,烛光下他仍戴着帽子,原是最忌惮之物,此时周斯音却想起他那头霜白头发来了。在月色下时,在融着雪时……其实是极美的,虽不似人间之色。

恍惚间,周斯音不自觉脱口而出道:"你还是没有字吗?实在不便称呼，我为你拟一字如何？'鹤年'就极妙……"

怎么突然给我起字了。

邹暮云的暗示纪霜雨是收不到的，像周斯音直接说，他也不反对，说道："不错，好啊。"

周斯音忽然回过神来，发觉他竟真的同意了！

纪霜雨认下这个字，周斯音反而不知所措起来，又费解自己为何不知所措，好似解释给自己听地道："这个字与你的名有些无干，我只是想到你少年霜发……"他想到，二人是朋友，又是生意伙伴，为无字的朋友拟一个字又如何。这样想着，也就放松下来了。

"那个啊。"纪霜雨把帽子给摘了下来，只见他一头白发已经褪色了，带了点亚麻色，发根还长出了一截黑发，也就是他好看，能撑得起来。不过重要的是，霜发，不成立了。

纪霜雨："好像肉吃多了，白发病开始好转了。"

周斯音："……"周斯音无语地低着头。刚刚恍惚的感觉全都在心底变成了脏话。

"哈哈哈！没事，这个字我还是可以用啊。谁说没关系了，霜雪鹤白也恰如一幅画。"纪霜雨看他的样子有点没忍住笑，也是，这谁料得到，他安慰了一句。

"你说真的，没有耍我？"周斯音警惕地看他一眼，"纪鹤年？"

纪霜雨原本在笑的，听到他这样叫自己，只觉得心中一动。名字原是人生来被赋予的第一个祝福，第一个意义。在他获得这个字后，有种好像与这个世界也产生了某种联系的感觉。恍惚片刻后，纪霜雨才在周斯音怀疑的眼神中应了一声："是我，就是我。"

……

纪霜雨离开的时候，已经晚上九十点钟了，周斯音今夜也不住这里，去自己的宅子，顺便送纪霜雨回小鼓胡同。

路过一条小吃街时，纪霜雨就叫他停车了，下班后本来就只随便垫了垫,在周斯音家动脑也累了:"我想下去买蒸饺吃!"

说是蒸饺,这家的特色是蒸了又煎,因为加了胡椒和羊油,别有风味,纪霜雨很喜欢吃。而且这个小吃摊,是玩儿抽签的。这时候很多做小生意的都搞抽签,就像买糖画有那种自己转盘,转到什么图案就给你画什么,能提高主顾的兴趣。这签筒里的签子上刻的是牌九点,抽出来的点数超过十三点就算赢了,可以拿走双份蒸饺。输了,就只一份啦。

"老板,我要抽一把!"纪霜雨对停在身后的车里等待的周斯音抱怨了一声,"我每次都是输,你说怎么回事。"

"哈哈哈,纪先生,指不定这回就撞上赢了。"老板乐呵呵地安慰道,他也是戏迷,认得纪霜雨的,平时老自豪了,纪霜雨爱吃他的蒸饺,连带着金雀也认识他了!说实话,老板看纪霜雨每次输,差点想帮他作弊了,最后还是忍住,诚实做人。

周斯音听了,却是意味深长地道:"你知道为什么吗?"

纪霜雨:"啊?不知道。"

周斯音:"你好好想想,你每次工作完……"

纪霜雨:"……"还能为什么!你每次扮完吊死鬼都不好好卸妆,晦气死啦!周斯音了然地看着他。

"少封建迷信了!"纪霜雨抽了一把,结果出来三个一。

老板:"……"

纪霜雨:"……"纪霜雨有点想骂街。

周斯音打开车门下来,傲然道:"让开,我来。我今日烧了香的。"

纪霜雨:"……"

周斯音把不甘心的纪霜雨给挤开了,捧起签筒,居然还闭眼祷告了一下。锅上冒出的水汽氤氲在他修长的手指与深邃的眉眼间,仿佛古寺香烟,把这小街都蹭上几分沉静的气韵。

纪霜雨在好笑之余,又觉得他还挺可爱的,忍不住拧开了钢笔……

而周斯音,祈祷了一会儿后,才抽了三根签子,捻在手里展开一看。

纪霜雨:"怎么样?"

周斯音轻蔑地一笑,展示给他和老板:"三一四五六。"三一四五六,大顺,按规矩不止双份,老板得给三份蒸饺!

纪霜雨目瞪口呆。这是什么运气,手气居然这么好。

饶是纪霜雨这个无神论者,现在也不得不暂时低下头:"算你厉害!"

老板也难得见抽到大顺的,恭喜道:"抽了这个签,您今年顺顺利利,心想事成啊,生意兴隆,财源广进!"他虽然不认得周斯音,但一看打扮是个有钱少爷,也就只好祝福了。

周斯音再次得意地看了纪霜雨一眼:"多谢。"

劝你适可而止,赢了三份蒸饺是想炫耀到明年吗?纪霜雨拿起自己那份蒸饺,酸溜溜地看着周斯音想,老板正在给周斯音装蒸饺。

周斯音对老板道:"夜里吃不了太多,您给装一份就行了,剩下两份寄在您这儿,下次他来,给他就是了。"

"哎!"老板响亮地应了一声,"那就给您把喜气存着,下次顺给纪先生。"

纪霜雨立刻没那么忌妒了,美滋滋地对周斯音说:"谢谢宝铎兄。"

谁说烧香没有用,今日只花了一角钱,就在纪霜雨面前获得如此尊重。周斯音提着蒸饺,心情愉快地上车。

车开到小鼓胡同。

胡司机认真地回头问道:"东家,这回还要送纪先生进去,然后纪先生再送您出来吗?"

周斯音:"……"

纪霜雨:"……"是他的错觉吗?被胡司机一说,怎么显得他俩那么奇怪?

看到周斯音也一脸无语的表情,纪霜雨暗笑着打开车门:"不用了,不用了,别送。"他走了下去又探身回去,放下一张纸,"这个送你。今天谢谢啦!让我去你家取景。"

纪霜雨踏进了小鼓胡同。

周斯音拿起了那张纸,发现竟然是方才纪霜雨不知何时画的速写,钢笔墨线草草勾勒出一张侧脸,正是方才街市上捧着签筒闭眼祈祷的他,只有线条而无明暗,但神韵已具。右下角还有一行小小的落款:

《铃铛儿的祈祷》by 纪鹤年。

景明女子中学。

"寻芳,春雷剧社真的请了纪霜雨做导演吗?"一名女生一面活动着膝盖,一面问自己的同学。

林寻芳正是春雷剧社的一员,也是少有的女演员,此次她当仁不让,要扮演女主角,她听罢问道:"你是怎么知道的?"

女同学笑道:"你们剧社人那样多,别说我,怕是连我在其他学校的哥哥都知道了。哎,你见过纪霜雨本人了吗?他是不是真的和照片里一样好看,还有一头白发,还有一个早亡的恋人?"

林寻芳抿嘴一笑:"真的是很好看的男子,年轻博学,戴着帽子是看不到头发的,但他带弟弟妹妹很熟练。"

女同学"哇"了一声,咂摸了半响:"好看是好看,但我实在想不到,你们会请他做导演。于老师不是特别不喜欢外面那种改良的新戏,说他们自称新剧,但毫无新剧之风。"

"不是,我们请纪导演,是来做写实风的。"林寻芳眨巴着眼睛道。

女同学扑哧一声笑道:"你是记错了吧,他要会写实风……在长乐戏园怎么不表现出来呀?"

布景还在制作中,林寻芳尚未看到,也没有十足的信心,尴尬地道:"反正,反正纪导演的戏剧理论很厉害,我们都信任他!"

女同学玩笑道:"那我只等看看你在台上甩水袖啦。"

纪霜雨要给春雷剧社的白话剧做导演之事,是瞒不了多久的,不说这些学生人多嘴杂,虽然尚在排演中,但春雷剧社租了戏园的场地,他的几个徒弟最近作画也是写实风,对面的莺歌舞台一直盯着这里……排演一段时间后,消息自然传扬出去了。和此前每个知道这消息的人一样,大家的反应是:不可能吧?

写意风刚火起来,纪霜雨才收了一帮徒弟,最近也没停下改编其他戏码的脚步,不像是要改写实的意思。再则写实风全然是沪派布景师的天下,在大家心里,他们已经把这两个字,发挥到极致了!

莺歌舞台内部。

蒋四海用徐新月同款姿势,扒拉着窗户往外偷看对面的长乐戏园,看到一帮春雷社的学生从里头出来,一个个穿校服带校徽,很好认的。蒋四海跳下自己的偷窥专用板凳,露出了得意中夹杂几丝怅然的复杂神情,叹息道:"纪霜雨啊纪霜雨,卿本佳人,奈何写实!"若排演新剧,那便是自己放弃优势,往我手里撞了!

蒋四海卧薪尝胆,只为排出打败对面票房的新戏,才有脸回沪。如今纪霜雨虽然自断一臂,以短处示人,他却有种胜之不武的感觉呢。也罢,就让年轻人经历点事吧!

……

纪霜雨做新剧导演的消息越传越广,最后随着海报提前贴出去宣传,算是确凿了。

徐新月讲义气,门报上把他们的剧名写得很大很醒目,并安慰纪霜雨:"我是相信你的,但在演出之前,难免有人不相信你,说些难听的话,毕竟咱们之前就得罪过人,你若知道了千万不要伤心。"

原先传说纪霜雨去给学生们排新剧了,还有些人不信,或是压根没听到风声。现在海报都贴出来,不得不信,纪霜雨的名字也是印在上边的,甚至是整台戏最知名的人,其他都是没名气的学生……

这位写意风的开创者,不但来玩写实风了,还特别大胆地在海报上宣传,此为"开天辟地之写实白话剧""处处像真,幕幕绝色""真实还原豪门秘辛""前所未有之恩怨情仇"。

这可把新老戏迷都整迷糊了，便是从前只看新剧，不怎么爱看戏曲的人士，也十分疑惑。

——还是那句话，以先前写实布景的风靡程度，不懂的人总觉得，纪霜雨若是早精通写实，不可能憋着在长乐戏园折腾写意才出名。

"呵呵，是不是长乐戏园红火了，为把空余时间也榨出钱来，便租给剧社，连带给纪霜雨挂个名，弄些噱头。我想徐新月干得出这种事。"

"对啊，挂名，反正到时买些值班布景，布置一下，也用不着自己动手，顶多让纪霜雨折腾下灯光，钱便到账了。那徐新月干得出这种事。"

"值班布景"指的就是通用的布景，并非按照剧本描画，大家都可以买回来，但也很可能和剧本不相符，显出错漏。

"可怜的霜雨导演！我霜导一心向写意，徐新月却两边的钱都想赚，逼着他设计新剧。我觉得徐玉钩干得出这种事！"

"呜呼，霜导也不免为东家低头！希望徐新月的计谋趁早落空，放霜导安心改编戏曲！尺有所短，寸有所长，导演戏曲的，就放他好好做写意啊。徐新月，你做个人吧！你真干得出这种事！"

"……"

如徐新月所说，原来他们就因利益得罪了一些同行，这次本来也跃跃欲试，但忌惮纪霜雨的靠山。而纪霜雨本人又因写意风……和脸，多出许多拥护者，因此……

徐新月："……"

徐新月："到底关我什么事？为什么最后是骂我？还可以这样的？"他一肚子要安慰纪霜雨的话全噎回去了，还噎得自己直翻白眼。天可怜见，他把园子租出去都没赚到钱，全拿来补贴纪霜雨高涨的薪水了……全都是于见青那个变态！想起这事来徐新月都想骂人。

纪霜雨拍了拍东家的肩："我是相信你的，但在演出之前，难免有人不相信你，说些难听的话，毕竟咱们之前就得罪过人，你看了千万不要伤心。"

　　徐新月:"……"

第十四章　大放异彩

既然是骂徐新月，纪霜雨当然更不理会了。

只有徐新月哭着喊着要让这些人好看——等上演后，全都来给我道歉！

距离上演的时间不远了，纪霜雨还在紧锣密鼓地排演，好多事情要操心，真是幸好收了几个徒弟，还都是熟手，像绘景之类的，教会手法后起个头就能让他们完成。

春雷剧社的学生，在纪霜雨看来，比素人强得实在有限！可能连他们之中也有些人以为，新剧就是谁上台都能演，说说台词就行了。倒也是，现在很多学生剧社，可能连个正经剧本都没有，演员自己攒自己的台词。

拿了投资人的钱，纪霜雨也让春雷社这些学生，见识了什么叫专业导演。他自有全盘的考虑，有条不紊地调动着这些学生演员。别说他们只是舞台上的业余新人，就是这整个白话剧，在华夏也是崭新的艺术，尚未形成自己的艺术理论体系，也尚未有机会效仿国外的体系。

纪霜雨带着未来的完整戏剧理论，强悍介入，社员们也如海绵一般，疯狂地吸收着知识。对有着饱满热情的他们来说，这就是最渴切的。

"……不要把自己当作是编剧的工具，去创作，每个演员，都需要对剧本进行再一次的创作。"

"我制作这些写实、立体的布景、道具，不只是把观众带入到故事里，提高真实性，更是让演员丰富自己的角色。道具的运用，是衡量导演、演员是否成熟的标志……"

"有的人也许认为，白话剧不用唱，不用身段，就很好演了。恰恰相反，它对于演员的要求，甚至更高过传统戏曲！"

"更不要完全排斥我们的传统戏曲体系，汲取这片土壤的力量，才能成就华夏白话剧的独特之风。戏曲中四功五法，未必没有你们能够在肢体表演上借鉴的东西？如何去融会贯通？现在身在长乐戏园，能够接触到旧剧演员，就是你们很好的机会，未来有一天，希望看到你们在台上运用到其中的东西。"

"寻芳，剧本上没写的，你却要演出来。号叫、捶打对方的同时，她还是被揭穿、被刺痛的人，一个曾经非常自负、目中无人的家伙被完全击碎之后，她的表演可以更加有层次。"

"于老师，在这里，无声不应该是完全的静默，你的形体动作要代替语言。"

"……"

除了灌输理论体系，纪霜雨也深知他们一时半会儿是无法消化的，所以，他做了大量细致的示范，这样才能短时间内排出一台像样的话剧。

华夏话剧，曾经历从一无所有，到全然模仿西洋体系，再到进行汲取本土文化的重建，对还处在最初阶段的春雷社员来说，纪霜雨说的每一条，都让他们不停地思考，触摸到全新的世界。

本来纪霜雨"求职"时说的话，就让他们心甘情愿接受导演了，这一出下来，他们更是佩服得五体投地……再到看见道具、布景后，那简直只有一个念头：纪导演疯了。

剧本、理论、演技、舞美……我们都在实践中探索的时候，纪导演已经有章法了！

就算他不会布景，能得他指点几日，价值也是远高于那几百元薪水的，更何况这样的布景水平。春雷剧社的学生，有家境好的，有学习特别好的,他们看国外演剧、文章,也从未听说其中一些方法。

排演下来,这些学生就一个想法:八百元,真的真的太亏了。不是他们亏,而是纪导演亏!

"纪导演,别人都说您独尚华夏写意风,可是依我所看,您对写实二字,对西方现实主义艺术的理解,根本不逊于任何学者。外人对您的了解,还远远不够。"

于见青叹服地道:"也正如您所说,这一切,最终要华夏化,更要坚持它的本质,白话剧。"他们要做的,是华夏话剧,不是西洋话剧,但也不是华夏另一种戏曲!

纪霜雨:"对对,那为了我们白话剧的本质,您可以给我买四个新的聚光灯吗?"

于见青尚在抒情之中,还没回神:"啥?"

纪霜雨比画了一下:"灯嘛,我觉得灯少了,原来那几个灯还有没透镜的,你敢信?"

于见青:"我信,我信!"于见青看出来了,徐老板十分抠门!

于见青和徐新月彼此都觉得对方是变态。纪霜雨和于见青商量买东西,真是比和徐新月商量要简单多了。虽然徐新月已经被纪霜雨折磨出惯性,但还是没有于见青那么爽快,他不但是被折服,觉得请到纪霜雨占便宜了,本来花钱也大方。

纪霜雨一说是为了舞台效果,于见青立刻答应:"买,只要效果好,买!"

纪霜雨大喜。这个投资人真好,好忽悠!

待新买的器材到了,被徐新月看见,立刻发出怪异的声音:"你们这样做,会让纪鹤年越来越过分的!你给他买了聚光灯,那我以后岂不是要买筒灯……"

于见青皱眉道:"你要买筒灯?那么我们就给纪导演买新节光器。"

徐新月:"……"

徐新月:这个人有病吧?

纪霜雨在一旁露出了神秘的微笑。不错，内部竞争吧！投资人们！为了获得我，比拼谁更能为我买道具吧！卷起来啊！哈哈哈！哈哈哈！

"……"徐新月诡异地看他，"你为什么这样笑？"

纪霜雨这才发现自己笑出声了，摆摆手："没什么，没什么。"

……不好意思，反向操作实在是太爽了。

昆仑书局，《新天地》编辑部。

作为昆仑书局旗下报刊中销量名列前茅的期刊，主要读者为京城市民的综合性读物《新天地》有一大特色，就是为读者介绍京城各项好玩去处，新潮娱乐。像京中最大的一个游乐场，当初开业时就花钱找了他们买了好几个版面介绍。

现在，编辑部就正在开选题会，讨论下一期能上什么内容，记者们把自己手里的拿出来讨论。

办公室的门被拉开，只见昆仑书局的总经理大步走了进来，不发一言，拿起他们的选题表就看了起来。所有人都被吓到了，总经理这是什么意思？突然闯进来检查？

主编擦着汗，看总经理越往下看脸色越不妙，他的汗也流得越来越多："总经理……"

周斯音看了他一眼，冷冷地道："周末长乐戏园要上演学生的白话剧《绝色》，是市民的消遣好去处，为什么没有安排版面？"

主编："……"他松了口气，哦，最近纪先生和书局有合作，这部剧是纪先生导演的，看来总经理是为了给导演面子。

主编也知道这个剧，因为纪霜雨风头正盛嘛，但是大家都不太看好，崇拜者都觉得纪霜雨只是挂了名，所以也犹豫到底要不要放。但周斯音说了，那就肯定要放的。

主编一本正经地道："您误会了，这个因为是已经确定了的选题，就没有拿出来讨论。我还派了咱们最优秀的记者齐浩然去看第一场，回来写后续报道。浩然啊，票买到了吗？拿回来给你报账哦。"

齐浩然："……"

周斯音颔首，看起来是满意了，他要走，主编送到门口，又堆笑着打小报告："总经理，其实我看到隔壁《戏剧世界》刊登了一些对长乐戏园评价不大好的读者来信，都在指责徐玉钩兄其人如何如何……"

主编转述了一番，问道："您看是不是也要撤掉？"

周斯音："哦，不管。"

主编："嗯嗯，徐新月和咱们确实没啥关系。"

……

记者齐浩然摇身一变，成了《绝色》专访记者……

齐浩然真的觉得有些委屈。他平素爱看的是时装新戏，所以对他来说，旧剧和学生们的白话剧，都不合胃口。偏这次突然被派去看《绝色》，还得自己临时买票，大清早的起床去看这部什么白话剧。

——就算不看好的言论居多，但因为名气上来，头两场的票还是卖光了，这个就是粉丝基础了。

一大早，齐浩然便打着哈欠到了长乐戏园，排队入场。幸好可以报销票钱，齐浩然是多加钱买的转手票，就他在入场时的观察，这么多来看剧的人里，大部分人是纪霜雨的颜粉……也有觉得纪导演能再设计些好看衣服的女客，或是单纯找个常去的戏园喝茶消遣的人。甚至，还夹杂了几个想亲眼看纪霜雨自毁名声、主动落马的同行，他们倒是不大敢直接登报骂纪霜雨，但私下批评，甚至买票去爽一把，还是必需的。

齐浩然还在队伍中看到了书妄言，作为昆仑书局的员工，齐浩然是见过书妄言的，还曾经被书妄言的编辑借去当打手……啊不，帮手，围堵书妄言。

想想也不奇怪，书妄言为纪霜雨排的剧摇旗呐喊过两次，想来也是看面子过来支持的。唉！红了的人就是好，即使不被看好，也有基础观众群前来支持。

齐浩然还上前打了招呼："妄言先生也来看戏？"

"哦哦，小齐啊。"书妄言苦哈哈地道，"我来支持一下朋友，顺便赶个稿，截稿日要到了。"书妄言对学生们的新戏也没什么兴趣，作为社会名人，经常被邀请去看排演，不是他说，其他都不提，那些学生不愧是业余的，演技实在太差了！这次是支持一下纪霜雨，截稿日要到了，途中或许可以憋出几百字？

齐浩然在心底默算了一下，决定不要告诉书妄言，编辑们告诉他的截稿日全都是假的……谁会疯了告诉书妄言真的截稿日！那他岂不是就知道最迟能拖到几时了！这就叫作有来有往。

齐浩然和书妄言道别，他们的座位差了好几排，书妄言买得早，在前排。

一入戏园，面幕拉得严严实实的。

恍惚之间，齐浩然想到了自己上周在春天舞台看的新戏，此戏模仿了电影，布景也十分真实。据说是特意仿的优秀油画家，三夹板的硬片子上，所绘的一柱一屋，明暗关系分明，无比立体，纤毫毕现，每一幕上来，观众总要花上几分钟细细欣赏后头的布景片，感慨一下西洋画和华夏画的画风真是大相径庭。演员更是极会滑稽搞笑手段，虽然有时为了笑料和人物性格有些撕裂，但一场戏看下来，大笑数次，放松精神，实在是不错的消遣。

再思及春雷剧社……齐浩然就想叹气了，他也支持进步青年，可实在是不想在周末听演说，看干巴巴的表演。只能说，不幸是纪霜雨排的，但也幸好是纪霜雨排的。希望纪霜雨作为一个商业上很成功的旧剧导演，就算布景不行，好歹能教那些学生怎么制造笑料。

齐浩然落座，与他同桌的是三位陌生的女士，显然都是冲着纪霜雨来的。他自觉收拢了腿脚，也不敢乱瞟，只盯着台上。这年头，男女同桌看戏还是少见的，也就是新剧、影戏了。

演出开始的时刻到了,观众席的灯光渐暗。幕布缓缓拉开,齐浩然原本拘谨的眼睛也就随之睁得越来越大;夹在观众席中,原本预备着带头喝倒彩的同行,也傻眼了——不是平面的布景片,而是,一个立体真实的空间。

呈现在观众眼前的,是楼梯连接的两层楼建筑横切面,粗糙的砖墙、电灯开关、窗户种种细节都纤毫毕现,而且宛如实物,几乎都能想到抚摸砖墙时粗粝的手感。门窗绝非寻常舞台那样绘制在布景片上,演员"关门"整面墙都会动。而是单独真实的布置,那窗户上,竟然还镶嵌了大块大块的玻璃。

再加上楼下客厅的陈设,一座精美的苏钟、紫檀木桌椅上的压手杯、大肚铜炉,精心提炼出来的道具并不繁复,却已勾经勒出一个中西合璧的豪门家庭内部景象。而且所有一切,无不逼真到让人认为布景师把真正豪富之家的装修搬上来了。

顶上是天幕,绘着透视精深的屋顶,将布景的深度更为延伸,让有限的舞台空间无形中变得更广,更有层次。从"窗外"照进来的光,竟然还是斑驳的光点,宛如黄昏时的阳光透过树枝照进来,悄无声息地便彰显了现在的时间与季节。

而此时,响起的鸽哨声,亦是传达了故事的地点:京城养鸽之风盛行。

这些,都是从前新剧排演未曾注意过的细节,这是一个整体的、成熟的表演空间。

一名穿着裘衣的高大男子自二楼出现,所有人的目光不自觉地集中在他身上,只见他将身上起码要价值两千大洋的大衣随手一脱,摔在了地上。已经有人想要惊呼了,怎么可能有人拿这么贵的裘皮大衣来表演,还这样不爱惜,寻常一整出戏的预算也就这么多……再加上那玻璃窗,苏钟,光线……我莫不是到了真实的幻境里吧?

这名男子接着吊儿郎当地下楼,浑然一个阔人家的时髦公子哥,他来到了另一个表演区,神态自若地坐在椅子上,大声地呼唤用人:

"莹莹——"

高低错落的表演区，质感真实的布景，近景、中景、远景分明，排布得当，在灯光的映照下，形成一个完整立体、透视精深、细节逼真、风格优美的空间。

时间、空间，皆尽浓缩在一方舞台之上，只一眼，已经要让人完全相信这个故事的真实性了。

观众目瞪口呆，几乎以为自己亲身到了别人的家中。然而按照海报所宣传的，这舞台上所有的一切，从墙壁、装饰、玻璃窗，到裘皮大衣、树枝的光影，全都属于一比一制作的写实风布景道具。

短短一分钟，"写实"两个字在齐浩然心中曾有的定义，顷刻间被推翻。

……什么叫写实，这才是啊！

一拉开面幕，这个布景就博得了满堂彩。

那些让观众震惊的道具，的的确确是纪霜雨带着徒弟们手工制作的，只是一比一还原了真实的质感。比如，貂裘是兔毛刷了鞋油，再处理出光泽冒充的。玻璃窗上的大块昂贵的玻璃，其实是一种电镀纱网。说来要是真玻璃，放到台上反而不合适了，反光啊。所谓的雕花椅子，也不是找木匠打的，那太费时间了，价格也高，这是用石膏、纸浆脱模制作而成，包括花瓶、灯具、等等，也都是如此。

看着显得昂贵的道具，其实满堂道具的造价并不高，轻便，在舞台上使用方便，以后还能循环利用。当然，这里所有的道具，都是为剧情服务的。随着故事发展，观众更多的就会沉浸到这个狗血的故事里了。

《绝色》略带奇幻色彩，故事的主人公"杨宛风"本来是一名无忧无虑、处处留情的纨绔子弟，一次意外事故，原以为将死的杨宛风逃过一劫，只是身体莫名其妙地就成了女子。

此处以幻灯营造身体变幻的氛围效果，演员交换为女性。一亮相，又博得一个满堂彩。真是人如片名，绝色哦，不愧是擅长打造美人的纪霜雨所导演的。

杨宛风想要回家，但谁又能认得他——她，杨家以为杨宛风失踪了。养尊处优的杨宛风怎么过得了外面的苦日子，风餐露宿儿日，还被流氓调戏。

杨宛风虽然是个纨绔子弟，但她熟悉原来那个圈子，又够活泛。在观众好奇的目光中，她在身无分文的情况下，利用信息不对等，冒充名媛的女仆，在商场弄到了珠宝和晚礼服，也没有请帖，便泰然自若地混进了一个舞会。她利用这副极其美艳的面孔，与对从前好友的熟悉，重新结识他们。她多熟悉这些人的弱点啊，又叫他们给自己花了钱，又没给兄弟吃到豆腐，得心应手。

杨宛风从对这个身体的嫌弃、不习惯，到娴熟地利用，甚至觉得自己果然是最厉害的，玩弄老朋友真有意思，反正他们也不是什么好东西。

一段时间后，杨宛风成功地被自己的叔叔认作干女儿，带回了杨家。再回到杨家，却是不同的性别，不同的身份。一开始杨宛风如鱼得水，甚至戏耍觊觎自己美色的亲戚，也闹出了一些笑话。

看到这里的观众，都觉得自然好笑，节奏极快。这些演员的演技，是大家从未见过的类型。他们完全抛弃了从前那种演说式的表演，也不像一些模仿西洋电影角色的演员，就好像是生活里的人物，但又是提炼过的，所以看起来既像真实，又拥有明快的戏剧节奏。台词都是很通俗的，看着一点儿也不费劲，甚至很有熟悉的感觉。打造真实的环境，让大家见识了一些从前没机会看到的场景。

杨宛风几次大胆又成功的捞钱捞物的手段，叫没看过后世犯罪片的观众直道："还可以这样！"逻辑成立，但恐怕只有主角这样的人，有这样胆子吧——人物形象已经不知不觉树立了起来。

杨宛风这个角色，让人觉得她有些恶习，做的事也不太讲究，但脑子灵活，看她利落地做事，实在有些爽快呢。此时，起、承已过，到剧情的转折了。

很快，杨宛风就发现这般身份，这般视角看去，他的家庭似乎也不是从前记忆中的样子了，一切令他触目惊心。为了争夺家产，这里发生了太多血迹斑斑的故事。

——什么巧取豪夺、不伦之恋、虐恋情深、小孩抱错、替身白月光，能想到的狗血元素都加满。就这些元素，绝对是历久弥新的热点。

也导致后来观众画关系图都要用掉三张纸。

因为演得太真实，导致台下跟着入戏的观众不断地惊呼：

"什么？原来老爷爱的不是她？"

"什么？原来他根本不是真少爷？"

"什么？原来害杨宛风的是她……"

原来之前的杨宛风，根本就不是真正的杨家人，甚至她的"死"，都另有内幕。杨宛风的身份所受到的压迫，更是越来越大，已经不是她的机灵能够解决的了，让她感觉无处可逃。而且在陷入现在的生活之后，自己仿佛和从前不在意的前女友、用人等角色重叠，她这才意识到，原来自己从前的一些想法，实在很无耻。他那时自以为是，"如果我是穷人，一定也能挣出不一样的人生"的想法，也与现实完全相悖了。原来在生活的压迫下，有时你根本无法抉择。对自己的新身份\新性别，杨宛风再次开始感到痛苦，抗拒了。在这之后，她了解清楚这个庞大家庭中纠结交错的隐秘故事，看到每个人的另一面，也看到了真实的自己。

最后自然是杨宛风终于在女同胞的鼓舞下觉醒，认可了自己，将一个故事收尾。一个偌大的家族，家庭成员们颓废的颓废，疯的疯，自杀的自杀，开枪杀别人犯罪的也有——在角色开枪之时，又新鲜地射出了一道红色的光，代表子弹。最后家人四散而去，有人欢喜有人忧，结尾的场景又回到了开头，房屋中新的人物一闪而过，昭示着这个世上永远有故事发生。而杨宛风本人，孑然一身，抛弃了旧的世界与不能接受自己的爱人，出走新天地。

……

对当下之人来说，这个题材很吸引人，又在其中加入了变身的新颖元素，笑料、爽点、狗血剧情都足够多，节奏明快，全然是后世的商业话剧水准。错综复杂的人物关系，让剧情高潮迭起。又借人物嬉笑怒骂，来自然地表达编剧所想。

杨宛风起初是男子扮演，之后便都是女演员扮演的，女演员的演技极好，就是个男性冒充女性的模样，好似身体里真的有另一个灵魂。

至于最初惊艳到所有人的布景、道具，不但处处符合剧情，还兼具真实与美感。这美感与纪霜雨历来的风格相同，同样没有繁复的机关，只以所有舞美烘托剧情，展示时间与空间——只是，这一次他用的并非写意，而是写实风。

每一次换幕，都让观众难辨真假。演员们穿着的呢大衣、皮外衣、羊皮手套，真切又符合人物设定，在此之前，舞台上何曾有过专门服装设计，很难与角色、风俗、气候完全贴合。屋内陈列小者如鼻烟壶、花插，大者如木柜、桌椅，也无不逼真有质感。似街景之中，熏黑的烟囱、川广栏杆的招牌、小贩的糖锣，乃至骡马粪烧成的垛子……同样会令人如同身处熟悉的京城街道。

熟悉的地域风情，日常的生活话语，再加上道具辅助入戏，单以这些，就令观众相信故事的真实性，沉浸其中了。

齐浩然甚至注意到了一些细节，灯光的冷暖、庭院中花朵的衰败，全都是跟随着主角的心境变化而改变的，无形之中，便衬托了表演与故事。以景色表达意境，用打光来替演员说话！

更让齐浩然不断品味的，就是故事也回到了所有人最熟悉的背景，代入感实在太强了。不像从前，搬演一些西方的故事，全然听不懂。与有时候只顾逗笑，连逻辑都不顾的时装新剧不同。

这部剧中每个人说的话、做的事，一举一动，都是有逻辑支撑的。甚至连送水的人，都会故意带一点点不难听懂的鲁地口音——京城送水的多是鲁地人。

　　他们的动作,又会和道具产生互动,随身道具塑造性格,装饰道具彰显空间……这样交互起来,让整个空间更加真实,表演多了支点,也就更生动、生趣。虽然这一次他们没有演说,可是,他们想要灌输的思想,这次却成功地传递到了所有观众的耳中、心里。

　　即便学历不高的观众看了,也能品到恩怨纠葛,同样品到杨宛风成为女子,所遭遇一切后思想的转变,她大声指责思想腐朽的家庭成员,用谁都能听懂的白话,反驳自己从前也说过的话:"你若说女子便是贱物,可世人谁不是女子所生,从未听过贱能生贵的,这样说来你还低我一等:贱种!"

　　"我至少还有发出自己声音的权利,我绝不要再躺在腐朽的棺木之中!"情感充沛,有些像身边人,又进行了恰当的舞台夸张,提炼生活表演于舞台上。

　　观众随着情节情绪起伏,看得直捏拳,到了关键时刻,恨不得帮她上去揍对方几拳,然后大赞一句骂得好。

　　——像这样的戏文,通俗易懂,听一遍他们也能复述下来了,因为戏剧的冲突,更是牢牢刻在脑中。这样的新剧,是所有人未接触过,又觉得妙极,很容易接受。

　　结局的最后一幕,杨宛风在道别之后,极尽简单的舞台,她只身远去,江海辽阔。曾经,珠光宝气是绝色,美人容颜是绝色。而今,江河夕照是绝色,青衣素面也是绝色。

　　渐渐,落幕。

　　书妄言和其他观众一样,许久才自剧情中醒转。他手里的稿纸上,一字都未写,可能又要被编辑骂了。可是,他方才实在没办法把眼睛从台上挪开,作为一个非正经戏剧批评家,他挑过太多刺了,这一次,完全失语。这竟然是纪霜雨的手笔!

　　半分钟后,才响起了满堂掌声,这是西洋的观剧习惯。片刻后,其中也夹杂上了华夏式的叫好。

……

之后，演员们还按照习惯出来叫帘了。

叫帘者，谢幕也。国外传来的风气，观众喜爱演员的表演，就请他们在表演结束后出来。因为幕布如帘，帘开则现演员，所以翻译为叫帘。后来也演变成演员出来感谢观众。

演员们在台口站一排，这短短时间，观众就以剧中人物名称呼他们了，大声呼唤，还有人一看就是旧剧看多了，熟练地丢起了钱……

春雷社的学生哪里见过这样的阵仗，他们从前排的西洋剧，毫无基础的观众看完可能连他们叫什么名字都叫不出来，更没有过叫帘！尤其，是用这样热情的态度对待他们。

女主演林寻芳是第一次登上正式舞台，都热泪盈眶了。

于见青也演出了一个角色，他作为教师，稍微镇定一些，同手同脚地走到台口，刚想和观众交流，结果就被一位大婶跳起来一巴掌打在小腿上，还骂了一句："你娘真不该生你！"

——于见青扮演的角色就是对女主演不尊重，鄙视女性群体的那个。

于见青："……"他在感到委屈之后，又感到一阵欣喜。这不就是他改剧本时想要看到的，无形之中把要传达的思想灌输给了观众。

所以于见青一脸骄傲的表情："嗯！"

大婶："……"

看到观众对道具特别感兴趣，于见青还人来疯地把道具扛出来，给观众看，根本不在乎会不会破坏观众想再看一次的新鲜感。

观众尖叫着想要摸那些道具，齐浩然都没克制住礼仪，直接冲到了最前一排，只有近距离触摸，他才相信,这些真的是制作出来的道具。

林寻芳更是在台上反复解释，她丢的不是真裘衣，而是仿制了大衣的质感的道具。

齐浩然啧啧称奇，作为对空间透视有些许了解的人，他也知道，单有无比真实的布景还不够，你得懂设计，才能呈现出方才那样真实的立体空间。

纪霜雨的支持者为了克制自己尖叫的冲动，几乎都站起来了。

"他没有被徐新月迫害！他真的懂写实风！"

"呜呜呜……霜导真是太厉害了，这戏剧实在……太逼真了！"

即便是偷偷来看的同行，也是面面相觑，在心里说了个服字。他们倒是想再挣扎一下，但这种降维打击，没办法不服！

纪霜雨能藏着这样高超的写实技巧不用，先以写意扬名，就这个不知道该说啥的特点，他们也没办法不服！

在看过最初自西洋传来的布景片之后，很多人都以为自己看过何为"逼真"了，那种用了透视技巧的绘画布景片，令人如观实物。然则，今天这出《绝色》完全打破了他们对写实的认知，对新剧的认知。

观众太过热情，最后还是徐新月出来打断，才阻止了他们继续观摩道具："列位要看明日请早了！"

观众们心怀怨恨地看了徐新月一眼，大骂一声"不愧是你徐老板"才离场。

徐新月："……"怎么，现在是全京城的人都可以这样侮辱他了吗？

……

齐浩然也顾不得是周末了，冲到编辑部就挥笔赶稿，将自己的观剧感受写了下来，最后写完一看，居然有一万多字……交稿给主编的时候，齐浩然还不想删减，只给二千字版面是看不起谁的热情？

"您不要逼我了，我要直抒胸臆！"

主编："……"这小子怎么了，让他去的时候还是不情不愿的。

主编好奇地问道："所以，纪霜雨画的布景片怎么样？"

齐浩然立刻露出偶像被侮辱的神情："您在说什么，布景片？霜导的布景，是粗陋的布景片能比的？"

主编："？"

齐浩然的这副样子，让主编深思起来了，看来，这部《绝色》的影响力超出预期啊。他的新闻嗅觉在告诉他，又要有不得了的大戏要火了！

主编沉思片刻，说道："这一万多字，你尽量保留……在八千字左右吧。"长评的数字，也是对一部戏剧是否红火的评判标准。

齐浩然狂喜道："谢谢主编！"齐浩然已经被完全征服了，决定明天一整天都要泡在长乐戏园，把霜导设计的其他戏也看完。

齐浩然甚至蠢蠢欲动，想要为纪霜雨成立戏迷组织。虽然这是戏曲界历史上从未有过的——为非演员成立戏迷组织。但就今日在戏园看到的情况，齐浩然觉得自己的同伴不会少，只要有人带头，登高一呼，必然四方响应。我们可以聚在一起，赏析霜导的作品，为他写诗……
……

有齐浩然这种类型的狂热粉丝带动，长评轰炸，这样的口碑，简直就是最好的广告。

第一场只有四百人左右观看，但是第二天，售票处已经卖出了两个周末的票——因为是学生剧社，晚间场子又是含熹班的，因此只能周末演出。也因此，一旦口碑起来了，堪称一票难求。

自发的剧评占据了各大报刊，与曾经写意风刚刚登台时，尚有几分异议不同，如今全然是赞美。大家不但要赞美，还要驳斥《绝色》上演前，所有的污蔑与唱衰——甚至主动打自己的脸。

"我是猪！我是猪！我是猪！三天前我与人设赌，若看完《绝色》转变观念，便要大骂我是猪。我今日不但要骂，还要在报纸上骂，好让大家都警醒，莫要成为三日前的我。我，为什么会认为纪霜雨不懂写实？"

"在看剧之前，我曾认为自己已经见识过何为'写实主义'，如今才知道，真正的写实是何种样子。以灯光表现时间，以声响表现地域……俱是首次见到，妙哉！"

"笔者看到幕起便已痴了，一砖一瓦，物性纤毫毕现，甚至能看到墙上的缝隙！《绝色》的表演方式，也是前所未见，真正不愧写实二字。"

"《绝色》展示的绝不只是一个精彩的家庭故事，它的隐喻，它的思想，它的节奏……还有最重要的，这是反映华夏生活的故事，京城人看了必会觉得熟悉，似曾相识那一幕一景。"

"从哪一点说起好？台词、道具，无不逼真！舞台上每样物品都是等比例假造的，但他们真实到让我怀疑自己的眼睛。从前所见之布景片在这样的布景面前，根本谈不上'实'！"

"此剧不但写实物性远超过所有新剧——鄙人敢断言，这一点，连国外上演之戏剧，也不如此剧。"

"纪鹤年左手右手，各造妙物。我倡议，全京城的霜迷联合起来，为霜导本人题照写诗……"

"诸位可以试想，既然纪鹤年能做到比环球任何一剧场的装置更写实，却一度顶着外界议论，去打造写意性的舞台。你我又何以再生偏见？新剧旧剧，各有相参，写实写意，共生光辉！"

第十五章　赴沪演出

《绝色》被京城的剧评家们誉为新剧创造性的突破，作为一部在上午这个时间段上演的戏，场场爆满，售票处不断贴出告示延长演出时间。其造成的影响，更是前所未有的。

新派观众会来看，因为是纪霜雨的作品，号称是"华夏白话剧"，旧剧观众也会去看看。但更广阔的市场，是路人，是大众。

这出戏要素齐全，演出逼真，雅俗共赏，任谁都看得懂，任谁都能在其中找到感兴趣的点。看完还要捋一捋那纠结的人物关系，波澜起伏的剧情，复杂的故事设定。主演们所穿的服饰款式，也立刻就风靡了京城。街头巷尾，能看到高校教师讨论这出戏，也能看到摊贩聊起《绝色》中的人物。以前的白话剧，是难以做到的。

现在这一出白话剧，有的铁粉多看了几遍，连里头的台词都能一字不差地背下来。这也说明了于见青的剧本确实写得扎根生活，通俗易懂。

女士们更认为此剧振奋人心，有助于女性意识崛起，愈发热烈支持。许多女子在观看过后，将重要段落都背了下来。便是目不识丁之人，也能在生活中有所感悟。

于见青和学生们奔走过那么久，加起来都不如《绝色》上演一周的效果，林寻芳以《绝色》女主角的身份再出去进行演说，大家的反应都热烈多了。没办法，谁让白话剧的形式更易入人心。

原本有些萎靡的新剧市场,竟然也一举回春。不少排演新剧的舞台,还有其他学校的剧社,都恳请春雷剧社继续延长时间,好叫他们学习,自己也搬演一下。

——后来的许多年里,《绝色》都一再被各个商业、业余剧社演绎。尤其是在学校,如果有人学生时代参加话剧社没排过《绝色》,学生生涯简直就不完整。

也是这出戏,以成熟的体系让京城戏剧界感受到,其实新剧和旧剧在艺术上并不是完全对立的,不用担心对方会吞噬、同化自己,又有可以学习对方的地方。并且,它们扎根在同样的土壤。

毫无疑问,纪霜雨的薪水有着落了。就这个薪水,春雷剧社付得是心甘情愿,再爽快没有了。

而纪霜雨这样奇迹般地先后刷新旧剧、新剧的票房纪录,令戏曲首次出现导演一职,称得上神通广大,对他本人感兴趣的人也就越来越多了。

上演几周后,后台便出现了"霜迷会"送来的礼物和信,上头还贴了纪霜雨的照片,一看就是从报纸上剪下来的,并有"霜迷"们写的诗集。没错,多得都攒成集了。

满戏园的人都起哄了。不愧是开天辟地头一位导演,这是什么堪比名角的待遇啊!

应笑侬擦了擦眼角,欣慰地道:"早就该这样了。"

纪霜雨:"……"嗯……其实在另一个时空纪霜雨也是有粉丝的,喜欢他的作品风格嘛。只是没想到,他这个戏曲导演也能有粉丝,就显得比较突出了。而且这里头估计有大部分是和应笑侬一样的颜粉……证据就是纪霜雨打开粉丝信件,多少都夸到一点了!

……

春雷剧社的全体社员也算是大出风头了,一如当初的金雀,在京城一夜成名。

他们参加的这个社团活动，以往只是一项普通课外活动，因为真没啥人看。这回可好了，变成京城爆款，连家里的家长都觉得脸上沾光。

家长们走到外头，别人都要问一句，记得您家里孩子在学校是剧社的？可参演了《绝色》？什么，不但参演了，还扮演了角色？这可真是了不得啊！

林寻芳作为女主演，名声最响亮，校长都开口夸奖，表示这是以行动传播思想，对她寄予厚望。林寻芳家里人原本有些微词，可校长一旦开口，从来以学校为准的家长喜出望外，走哪儿都要说一下，我女儿就是《绝色》的主演。参演不但能实现理想，还能获得鲜花、掌声，简直是梦想成真。他们这个学生社团，从来都是把经费花出去，很难有回报的。

这一次，不但把成本收回来，还大赚了一笔！

京城学生新剧的成功通过各种渠道传到了沪上，沪上一些高校，甚至是专业的剧社，都发函来打听这样的新改进，十分感兴趣。这写实方面，果然还能更进一步？

于见青拿着信去找纪霜雨，有些激动地说道："我与一位在沪上的师兄通了几次信，他所在的学校剧社邀请了欧西大学戏剧专家赴沪指点，不日便会抵达。

"师兄看了我的信，也看了京城的报道，对里头所形容的舞台空间、道具物性十分感兴趣，希望邀请春雷剧社下个月去沪上演出，还可以和那位专家一同交流，不知道您能不能一同前去？"

纪霜雨愣了一下。

沪上。华夏机关布景戏的发祥地，也是新剧的中心，无数人梦寐以求的地方。

于见青是很兴奋的，以己度人，他觉得纪导演也感到惊喜交加了。这不但是受邀去演出，还有机会向西洋戏剧专家求教啊。

果然，纪霜雨激动地捂住了脸。半晌后吞吞吐吐问道："……就是，有出场费吗？"

于见青:"……"

于见青:"我,我没问……"他哪里是在意这些钱的人,能够被特意邀请过去演出,在他心中已经感到十分满足,这是对他的肯定了。但是想起纪导是爱钱的,赶紧说道:"但是!肯定是有的!我师兄也很有钱!"

纪霜雨这才放心了:"我就是问问,哈哈,多大的荣耀啊。"

于见青:说是这么说,但我怀疑没钱你肯定不去接受这份荣耀吧……

"就是这个时间嘛,我还要去和东家商量一下,看看如何安排下个月的演出。"纪霜雨道,京城这边上戏比沪上那边密集,所以他还真不好离开太久。而且他家里几个小孩,现在纪霏霏和纪雷宗去上学,剩下两个小孩他是花点钱在邻居处托管的,要去沪上,大的可以住校,小的怎么办?留给徐老板带,还是带着出差呢?他可得好好想一下。

"另外,若是真去沪上,你不得给他们点特色的东西?"纪霜雨道。

于见青没反应过来:"什么?"

纪霜雨拿了人家每月一千块,那是非常敬业的,说道:"《绝色》我们是以京城为背景的,京城人看了更有代入感。沪上则不然,你要在那边演出效果达到最好,不如再排个以沪上为背景的小戏,震撼一下观众。"小戏也叫独幕戏,全剧情节在一幕内完成,多数不分场也不换布景,放在"正菜"开始前上演,以前是为了照顾迟到的观众。

于见青听得连连点头:"那是最好的,独幕剧咱们倒也来得及排一下!"

……

纪霜雨去长乐戏园和徐新月商议此事时,徐新月听了就挠头:"这事儿闹的,你等等。"

他去把含熹班的人给叫来了,包括金雀和应笑侬。

"啊呀,我这里有一个在沪上的同族亲戚,想邀请仙儿和应老板带班去沪上淘金。这里正犹豫着,不知要不要去。"徐新月说道。咦,那确实是巧。

但仔细一想,《灵官庙》《感应随喜记》和《绝色》都很红火,但戏曲界因为崇尚写实布景,所以对于写意的引进,可能有些犹豫,所以慢了一拍,现在差不多同时来邀请,倒也不出奇。

纪霜雨笑对金雀和应笑侬道:"金雀也就罢了,应老板总不至于怯场吧?"

"你小孩子,知道那么多?"应笑侬说道,"沪上又不是人人跑得的,南派观众口味杂,但有一条是不变的,爱美呀,喜欢身段好、容貌好的演员,不像咱京城,需要唱功,只这一点,不少名角也在沪上折戟沉沙。当然,咱们金仙的容貌、身段肯定没得说,只是前两次跑外埠,基本是赚不到钱的,约角的剧场没把握。差不多得跑到第三次,才开始赚。金雀怕也是被鸡……徐东家感染了,说第一次指不定还要自己赔钱打行头,舍不得,要么就晚点再去闯荡了。至于我,沪上嘛,我早年便去过四五次了,懒得去凑热闹。再者说,我现在有事,歌林公司,要邀请我灌录几张唱片!"

现在成名的演员,都以被唱片公司邀请灌录唱片为荣。应笑侬是征服过沪上的人,自然以录唱片优先。

"恭喜应老板啊!那以后街头巷尾,都能听到应老板的声音了。"纪霜雨道了声喜,然后对金雀道,"我这里呢,可能要陪春雷剧社跑一趟沪上,要我说,索性一起去得了。东家那个朋友,我来跟他聊聊分成问题,咱争取第一次就把钱赚回来呗。"

"能行吗?"金雀睁大眼睛,"这沪上的老板,能相信我?"那多少前辈名角,第一次去沪上也是赔钱赚吆喝,更有去一两次灰头土脸回来,再不去的。

"试试,我和这种老板聊天有点经验。"纪霜雨活动了一下手腕,"不信你问东家,我怎么赚他钱的。"

徐新月:"……"差点一句脏话骂出来……

本来就比以前有自信了，再有纪霜雨坐镇，金雀只觉得信心百倍。

于是，大家几方联络了一下，敲定好时间，一个月后，纪霜雨决定率春雷剧社与含熏班，一同赴沪上演出。

十八学士胡同。

这就是纪霜雨买的四合院所在了，因为曾经住过一位养茶花的富商而得名。

赶着去沪上之前，纪霜雨在这里盯盯装修，他这不刚拿了高薪，可以买好些的装修材料。此时天色已晚，工人收完今天的尾就行了。

书妄言和周斯音也在，原来纪霜雨和现在的邻居兼新朋友书妄言聊天时，提了一下自己买了新房子，书妄言打听在哪里，然后就非要来参观。

周斯音当时也在，不就一起来了。

书妄言背着手站在院子里："哈哈哈，这里真的很不错，而且隔壁胡同就有京城四大凶宅之一！"

周斯音："……"

纪霜雨差点没笑出声来，难怪周斯音当时脸色那么难看。怎么，隔了一条街也不开心？

"哈哈哈，又是什么凶宅？"纪霜雨问道。他都住过小鼓胡同了，还能怕什么一条胡同之外的凶宅。京城很多地方都有这样的传闻，而且能成为四大凶宅的，首先人家得大，地段要好，隔壁胡同那个凶宅再往前可是郡王府。

书妄言当时就绘声绘色地讲那里以前闹过狐仙的传闻，当然了，现在已经搬进去了新住户，人家镇得住。院子里做工的匠人听了，直把书妄言当成说书先生，搭起话来，双方倒也聊得火热。

周斯音闭上眼，放空自己。不是怕，是懒得理他们……

"周宝铎，你来看看这里！"纪霜雨看书妄言还在讲故事，拉了一把周斯音，带他进了其中一间屋子，打开灯，"这里就是你以后住的地方啦！"

周斯音："……"周斯音被吓到了，惊讶地看着纪霜雨。

"你干什么这个表情？"纪霜雨也觉得挺莫名其妙的，"这里是我预备的客房，以后要是有客人来，就住在这里。"

周斯音的脸色这才缓和下来，不知为什么自己的反应那么大："我是受到了惊吓，我怎么能住这么小的地方……"

"有地方给你住就不错啦。"纪霜雨也只当他开玩笑，正想着出去，整个院子的灯忽然一下子全灭了，天黑得本就早，这窗子又还没换成玻璃的，这下可是一片黑暗了。

周斯音乍然陷入黑暗，心猛地一跳，整个人都呆住了。他下意识地往后退了两步靠在墙边，把暖瓶给踢倒了。

外头大约听见动静，响起问话声："东家，您没事吧？是我这里，不小心把线弄断了。"说罢，脚步声就往这里来，还有烛火的光亮。

周斯音不知道自己现在脸上什么表情，想要控制一下，但此时纪霜雨已经扬声道："没什么，是我不小心踢了下暖瓶，你先接线吧。"

工匠便停住了，随后转身应道："好嘞。"脚步声再远去了。

纪霜雨在黑暗中握住了周斯音的手腕，安慰一般地拍了拍。

周斯音也就放松了下来……精神放松后，便感觉到了纪霜雨手指的凉意，虽在黑暗中，但他眼前即刻便能浮起那几根手指的模样。是凉的，却也是软的。虽然纪霜雨把他吓晕过，亦十分促狭，但不经意间，能察觉到他的关照。

周斯音不自觉地扯了扯领口，撇开头有些难堪地道："我并非，连停电也畏惧……"

"放心吧，只有我知道你这个小秘密。"纪霜雨接上话，语带安慰之意，笑了笑。眼睛适应黑暗后，纪霜雨能看到周斯音的身形轮廓，可是在说完这句话后，纪霜雨的心中忽然涌起莫大的孤独与失落。

片刻，纪霜雨才喃喃地道："其实你挺好了，至少有我知道你的秘密……"而自己呢，来自平行宇宙的自己，每天忙碌在工作中，在京城最热闹的戏园,把自己的作品展示给每个观众看——却无法向任何一个人透露自己的真实故事。

纪霜雨在大家眼中是"纪霜雨",但没有人知道,他也不是那个"纪霜雨"。即便这是平行世界的他,他对这里的亲人也有亲近之意,可是,他们终究有着不一样的经历,人格并非完全相同。

周斯音听罢,瞳孔缩了缩,他也看不到纪霜雨的表情,但纪霜雨的声音中透着一些可怜的意味。心情好像被卷入了旋涡,几度浮沉。

半晌,黑暗中,周斯音不受控制般地开口:"其实,我也知道你的秘密。"

纪霜雨尚未回神,偏头道:"我的秘密?"

周斯音反手回抓着纪霜雨的手腕,笃定地道:"你不是原来的纪霜雨,对不对?"

纪霜雨的呼吸都屏住了!他震惊地看着周斯音,却没有反驳……不是惊讶过度,而是未能做出反应。他一直向人隐瞒自己的真实来历,但内心深处,他何尝不希望有人看透自己的秘密。至少那样,不会有这样的空洞、失落了。

这是他无意识的期盼,而周斯音果真说了出来。周斯音看出来了,我并非原来的纪霜雨。纪霜雨只觉得心脏狂跳,原来真的有人看出了他的来历。

纪霜雨很难再去掩饰自己,他压抑地轻声问道:"为什么这样说呢?"

周斯音将自己观察到的一切疑点说了出来,从纪霜雨对家中的不熟悉,到对海外的了解,纵然演戏也掩饰不住的细节……有些的确连纪霜雨本人也没注意到。虽然平时因为弱点受制于纪霜雨,但周斯音以少年之身夺回昆仑书局,又岂是好糊弄的。

周斯音倾近了身体:"虽然竭力隐瞒,但是,你,纪鹤年……"

这一次,纪霜雨听到这名字被念出来,心头好似翻滚着潮水,比之初次听到心境更为复杂。

周斯音低声道:"你是纪鹤年,却绝不是原来的纪霜雨。天下谁人不识君?天下谁人能识君?"京城谁人不认识纪霜雨,可是,谁又知道他究竟是谁?

周斯音为他拟字,正是觉察到这一点,要将他区别开。

在纪霜雨发颤的呼吸声中,周斯音肯定地道:"你,是一个附身在纪霜雨身上的胡门,胡门借他人供奉修行,获取凡人的信仰——对戏剧的喜爱,原来也能成为信仰。现在,你也的确已经拥有戏迷组织了。"

胡门即华北地区常供奉的动物仙家,"胡"同"狐",狐狸貌美而机敏。观其发色,还极可能是稀少的白化之狐,鉴于此时大家还只在极地纪录片中见过北极狐。起初发色为白,许是尚未融合好。

纪霜雨:"……"他满心澎湃的感动僵在了脸上。此即,光明大放,线路已经被接上了。

"?"周斯音看清楚了纪霜雨无语的表情,不像是装出来的。虽然周斯音是头脑发热,脱口而出,但在多日相处中,周斯音已经算是了解纪霜雨,也确定,即便纪霜雨非人,也不会害自己。看样子有些偏差,但周斯音已经做过多种推断,周斯音冷静地在脑海中迅速搜索,又纠正道:"不对?我知道了,那只能是走无常了!相传地府人手短缺,会调遣活人帮忙,是为'走无常'。他们魂出体外勾魂,甚至要至海外,将客死异国的魂魄带回来,《洞灵小志》上曾有记载,一从未去过柏林之人,却讲述离魂后在柏林勾魂之事,异国风情宛然如见。因此,你手指易发凉,阴气较重,虽然未出过京城,却知道那么多,包括西洋之事。但是,你又不想被人知道你走无常的身份,在外人面前,便总是装作不信世上有鬼神的样子。"

纪霜雨:"……"

院子内。

纪霜雨和周斯音走出了房门,不知道是不是书妄言的错觉,这俩人脚步不大轻松。

"你们怎么在里头待那么久,方才断电了都不出来?"书妄言有些小心地道,"而且我好像,听到了谁在骂人的声音,宝铎兄果然还是不能对你保持礼貌吗……"说是小心,仔细看,可以从书妄言眉眼间看到一丝丝的幸灾乐祸,仿佛在庆幸这个人终于也来陪自己了,怎么可以只有我挨骂。

纪霜雨微微一笑:"没有,是我在骂人呢。"毕竟,莫名其妙就(又)不是人了。

书妄言:"……我不信。"

周斯音:"……"

周斯音靠近了些纪霜雨,皱眉低声道:"到底是什么?难道我还没有猜中?不是胡仙,不是走无常,也不是养了耳报神……总不能是白仙吧?你这么活泼。"白仙即刺猬,喜静。

纪霜雨:"……"这人是不是还觉得自己挺有逻辑?

纪霜雨无语地道:"朋友,我就是正常人,纪霜雨本人,一点灵异现象都没有,你别瞎猜了。"

周宝铎的想象力真是太丰富了!纪霜雨的眼泪都快掉下来,周斯音一开口,愣是都憋回去了。紧接着周斯音发觉自己猜了两次都不中,大大地丢脸,还急了……他开始一一列出来排除,纪霜雨这才怒而骂人。

周斯音看纪霜雨的反应就知道猜测的方向大致正确,就是自己没猜对真身,纪霜雨才生气——事实也的确如此。但他实在是想不到了,看来自己还是不够博学,今日开口冲动了。

"好吧。"周斯音道,一副接受不了的样子,"我回去再查查古籍。"

纪霜雨:"……"不行了,他最后那一点点什么孤独和忧郁……也要全被周斯音破坏了!真是觉得又是好笑又是无奈。

纪霜雨气笑道:"你啊,去昆仑图书馆,也别光看志怪,有空你多看点物理。"

周斯音："？"周斯音的确是心有疑问的样子，完全不觉得自己哪里有漏洞，在自个儿的世界观里简直无懈可击。

纪霜雨："……算了，你开心就好。"

周斯音一时也不知如何接话了，什么叫他开心就好，这话好古怪……

此时也不早了，工人做完收尾工作，拿了工钱也就回去了，这是一天一结的活儿。待下月纪霜雨离开，他就托了著名的热心人江三津来监工。

"话说，鹤年兄下月就出征沪上了啊，"书妄言感慨地道，"我虽然人不能至沪上，但必然投稿至沪上报纸，为君摇旗呐喊。你可要代表京派，好好杀杀沪派机关的威风。"

"那就多谢啦。"纪霜雨心里已经平静很多了，"可惜你们不能亲到沪上，看我怎么征服观众。"他的措辞没有书妄言那么激烈，毕竟他是冲着观众去的，又不是冲着那边的"蒋四海们"去的。

但这句话，还是让书妄言觉得心里痒痒的。他本来就是全职作家，家底又丰厚，不必在哪里坐班，不缺钱。

"你这样一说，我还真想走一趟沪上了……"

纪霜雨高兴地道："真的吗？要是你去，肯定能帮我们宣传，妄言兄，你可太好了！"

"对啊，对啊！我号召读者一起去看！"书妄言搭住了纪霜雨的臂膀，也很兴奋的样子，两人真是一对快乐的好朋友。

周斯音在旁冷冷地道："顺便死遁？"

书妄言："……"他默默地收回手，"你又知道了。"他还真是有这个打算，一旦他到了沪上，立刻发回讣告，不"死"三个月绝不现身。

纪霜雨也很无语，失望地道："你怎么欺骗我的感情啊！"

书妄言莫名其妙地道："哪有，我是真情实感地要拖稿的。"

纪霜雨："……"

"倒也有办法去沪上。"周斯音忽然悠悠地道，"甚至书局可以出资,带你去沪上,交通食宿全包。"

书妄言惊恐地看着周斯音:"然后呢?用十万字来换吗?"

周斯音轻蔑地道:"你写得出来吗?"

书妄言:"……"

周斯音:"我指的是,你在沪上的分局办一场读者见面交流会。"这样一来,昆仑书局何止应该帮他支付交通食宿……根本赚翻了!虽然这会儿没有签售会一说,但是读者去见面,也难免买些书支持,而且更重要的是带来的影响。

书妄言还没参加过类似的活动,与沪上文坛往来也不多。他怕被认出来影响死遁都来不及,照片都只流出去一两张,但当今华夏,他又是数一数二的畅销书作家,很多作者、读者都向往和他交流的。

听到周斯音这么说,书妄言都傻了:"你真能想啊,让我去开见面会?你给我打杂做主持,我就去!"要我抛头露面,那你也得一起,去沪上给我打杂你好意思嘛!

谁知周斯音连停顿也没有,说道:"好啊。"

书妄言:"?"书妄言震惊地看着周斯音,喃喃地道,"我的面子也太大了吧……"那必须去了!

纪霜雨把徒弟分成了两批,一批按照他的交代,守在长乐戏园,掌管舞台事务,顺便也替他管一下纪霏霏和纪雷宗,这俩孩子平日里住校,放假管一管就得了。另一批,就随他一起去沪上打杂。

露露和雹子年纪着实小,本来说搁徒弟家或是徐新月家,但俩小孩不肯和纪霜雨分开太久,非要跟着,只得带上他们一起出差了。

纪霜雨他们要去沪上的消息也是启程前几日,才公布出来的,得通知观众这些日子金雀不会在京城,以及《绝色》暂时停演——虽然春雷剧社不演了,但其他剧社倒已经有排演差不多的了,所以剧目的影响真的持续了很长时间。

京城的男女老幼一干观众,虽然十分不舍金雀离京,但他们更兴奋，纪霜雨要带着两个班底去沪上演出了。从来天下布景学沪上，可此番，万一，也许，说不定，沪上也会学起京派布景呢？光是想想，就让人心动啊！

——京派这俩字已经是传得很广了，从前说京派，指的只是京城演员、京城观众，等等，毕竟他们的布景也就是老一套守旧。

如今在京城说京派，多说京派布景，所指有二。一者是旧剧舞台上新崛起的写意风，二者是白话剧舞台上突破巅峰的新写实风。这二者，皆以纪霜雨为主导，因此混在一块儿说也无不可。甚至好像因为他们要走这一遭，原来意见不同，甚至攻击过纪霜雨的戏曲界人士，也都统一看法了，自豪地表示：这次轮到沪上班社，重新认识一下我们京派舞台了！

纪霜雨他们离开的那天，甚至还有戏迷自发到门口来送行，祝他们票房大卖，马到成功。要不是金雀婉拒了，戏迷们估计还要设宴钱行。

此时的莺歌舞台内。瘫坐在马扎上蒋四海双手颤抖，一脸茫然的表情。都这么久了，他还是无法接受，看着《绝色》口碑爆了，看着《绝色》排长队，被奉为写实风又一突破之作……

蒋四海一直觉得自己的运气不好，想了很多理由，比如写意刚刚发明出来，比如大家越来越有民族自信，比如京城人就是守旧。也一直憋着一口气，要把场子找回来，毕竟写实风已经在华夏叱咤风云多年了。

现在，《绝色》的上演把他的逻辑支点都打破了。因为，纪霜雨在写实风上的造诣，也堪称出神入化了！纪霜雨以前到底是做什么的？真的只是在戏园里打杂吗？若是一开始，纪霜雨就打造这样的风格，长乐戏园也能起死回生，并且，压根没有他蒋四海或任何一个沪上布景师吃饭的地方！

"他为什么要这样？"蒋四海对一直以来坚信的吃饭技术产生了怀疑，"难道说，我们的方向……真的错了吗？"蒋四海甚至产生了想去对面看看纪霜雨排的戏的冲动，新剧蒋四海偷看过，这次他说的是旧剧。从前蒋四海都只听旁人转述而已，现在却有些想去看。那到底是怎样的一种美，能令纪霜雨视这些写实布景为常物。

街道外的嘈杂声，不用偷看也知道，是对面的售票处又在排长队了吧。这声音无限扩大，蒋四海想起自己发过誓，不超过纪霜雨的票房就不回去，现在这个希望似乎变得渺茫了。

蒋四海痛苦地捂住脸："……我真的吃不下京城菜了，我想回家！"

此时杂役从外头进来，神色闪躲。

蒋四海心里一跳，叫住他："外面是喧闹什么？对面买票的打架出事了？"

杂役："……"杂役嘴巴动几下，不敢说。

蒋四海怒道："你快说！"

杂役这才小声道："对面在说，下月纪霜雨要携演员赴沪上演出……人皆拍手，大呼是京派布景将风行沪上的征兆……"

蒋四海："……"蒋四海淌下两行清泪，这叫什么事，我回不去沪上，他却离京去打我老家了！

……

现在火车买票是没有预售的，只能发车前去车站买，买完还不能退票的。

春雷剧社还能购买团体票，纪霜雨现在月薪也高了，买了和周斯音、书妄言一样的头等车厢，这里的椅子都是鹅绒铺的，还带洗手间，离着车头最远，最安静。

进了车厢后，书妄言就热情地招呼道："没坐过火车吧，来，坐窗边。"

纪霜雨："我俩小孩呢，吹什么风呀。"说着就往周斯音旁边一坐，顺便把睡着的露露和鼋子给搁床上了。

书妄言一脸不知该说什么的表情，这……这头一次坐火车的，不都喜欢坐窗边吗？他是一片好心呀。

周斯音心道果然,他早料到了,这位看似第一次坐火车,实际上可不一定……

书妄言也没郁闷多久,周斯音给了他纸笔,让他在车上写一章出来,车厢内一时便只有书妄言唰唰写字与不时啜泣的声音。

这过了两个小时,露露和苞子都醒了,纪霜雨一看,就想着别打扰书妄言赶稿,他也坐累了,站起来伸个懒腰:"我带他们散散步,顺便去餐车找其他人打牌。"

书妄言痛苦地抬起头来:"其实我也会打牌。"

周斯音理了理手里的报纸,头也不抬:"写完这章再打牌,我陪你打。"

书妄言:"……"谁要跟你打牌,就没赢过……书妄言用钢笔蹭了蹭自己的脸,继续埋头写稿。

纪霜雨一手抱一个娃,溜去餐车和小伙伴们一起打牌,让徒弟帮自己领着娃。纪霜雨带来的三个徒弟分别是六两、陈衷想,还有个徒弟叫罗仙甫。好家伙,他们有的白头发都有了,还比露露、苞子小一辈,恭恭敬敬地抱着俩还没一米高的叔叔、阿姨。

餐车内很快有乘客发觉自己竟然和名角相遇,不知多热情,逐一同他们握手。

大家聊得兴起,到最后,金雀还即兴来了一段,车厢内的气氛立时到了高潮,她声音清亮高亢,一直传到了三等座的车厢。

现在火车票价太贵了,许多工资收入还不错的人,也只坐得起三等座——毕竟真正没钱的人,是连火车也坐不起的。三等座没有餐车、卧铺,也没有座号,全靠自己抢座位,环境和高等车厢没得比。但听到这清亮优美的嗓音,原本喧闹的车厢竟然渐渐安静下来,连小孩儿的哭闹声也渐渐随着周围安静下来而停止了。

车上多是京城人,京城戏迷最能欣赏唱功的,便是看不到金雀容颜,单听声儿也美了,有人小声说:"听说今日金仙去沪上,这怕不就是金仙在唱。"

还有的人大着胆子，从车窗探出去半身，大声叫好："祝仙子名扬外埠！"

金雀也听到了，不禁露出笑容，竟也探出身子唱，声音便传得更清晰了，似乎整列火车都被这美妙的声音萦绕了。

纪霜雨扶住了探身的金雀，所见的每张脸上都是欣赏的表情，将这当作旅途中最美妙的奇遇。纪霜雨还是头一次亲身看到这样的场景，因为一曲唱段，整个车厢都沉醉了，所有人都能够欣赏金雀宛转的唱腔，不会嫌这节奏太慢。

……

纪霜雨一直待到晚上，金雀他们都去卧铺睡觉了，头等座、二等座附带的卧铺是要另外花钱的，纪霜雨把女孩送到了车厢，自己也回去。

露露和雹子都已经在他臂弯中睡着了，小孩子觉本来就多，他只觉得自己带娃这段时间，两条胳膊是越来越有力了。

纪霜雨进去时，灯已经黑了，周斯音恐怕已经睡着，他便没开寝灯，把小孩先放好，然后摸黑轻手轻脚地换睡衣。

纪霜雨换好睡衣，坐下来换睡裤，怕是碰着周斯音了，周斯音翻了个身，呼吸稍微一顿，便迅速伸手把寝灯打开了。不愧是你啊！

纪霜雨本来要出声，忽然想起周斯音那荒谬的推断，便俯身下去，对着还有些迷糊的周斯音，装模作样地冷笑一声，抬起两只手："是本无常来索命啦。"

周斯音："……"

离得这样近，纪霜雨都能看到周斯音的瞳孔剧烈收缩了一下。那一头睡得有些凌乱的头发，茫茫然之后紧张的神情，叫人更失却平日的气势，纪霜雨越发觉得好笑了。接着纪霜雨看到周斯音的目光聚焦，停留在了自己身上，似乎还没回神一般，眼神直勾勾的。

虽然周斯音猜得不太靠谱，但无可否认，世上唯独周斯音觉察出了"纪霜雨"的异样……只是时代所限，与自身世界观所限，给出一个叫人哭笑不得的结论。

周斯音看到纪霜雨穿着厚厚的法兰绒睡衣,裤子换到中途,半遮半掩下露出一截腿,笔直修长,腿上的皮肤同他面上肌肤一般,光洁如玉,在寝灯淡淡的光芒下,仿佛笼着烟云。而纪霜雨近在咫尺,扮鬼似的抬起两只手,袖子里露出垂下来的指尖,两点琉璃般的眼睛映着莹亮的光——

车轮辘辘转动,微微的颠簸让这个夜晚显得极不平静。

露露哼唧一声,在被子里翻了个身。

纪霜雨回过神,迅速起身,笑了笑小声道:"这是睡蒙了?还是吓蒙了?"

周斯音却是怔怔地……怎会如此?周斯音倏然动念,那些心跳难道并非被惊吓得来?这念头才一闪而过,他心底顷刻激起了更大的波澜。

第十六章　京派双星

列车抵达沪上，站台上人头攒动，众人会合后一同出站。

纪霜雨探头寻找来接他们的人，按说应该有三拨人。昆仑书局在沪上的分局应来接周斯音和书妄言，于见青的师兄会来接春雷剧社，再有就是邀约金雀的老板，即徐新月的同族亲戚。大家都盯着出站口人群中的牌子，找关键名字。

"哎，是那个吧？欢迎纪霜雨老师来沪。"大徒弟六两眼尖，指着一处说道。足有十来人，有男有女，手里举着接人的牌子。

纪霜雨："应该是吧，怎么派那么多人接应，怕我们道具带得多吗？"一些比较便携的道具、行头，自然都是要带上的。

六两把露露阿姨交给陈衷想抱着，自己走到那群人面前去沟通，因为里头好像都是年轻人，便问道："咳咳，你们是魏老师的学生吗？"魏老师就是于见青那位师兄魏可声了，也在高校做教师，主理学生剧社。

这几人对视一眼，露出一脸疑惑的表情：

"我们中有姓魏的老师吗？"

"没有吧。"

"学校是有，但不教我们呀……"

六两问道："你们不是来接我师父——纪霜雨老师，还有春雷剧社的同学吗？"

"哈？不是呢！不对不对，我们是来接纪老师的，"这些学生赶紧道，"但我们不是那位魏老师派来的，我们是沪上大学的书法爱好者！看报纸上说纪老师今日来沪，特意来欢迎他的。"

"您是纪老师的徒弟？他在哪儿？"原来是欢迎我的，这可有面子了，金雀在这儿都没戏迷来接。

纪霜雨也听得到，走了上前，把帽子掀开一些道："我说怎么这么多人。"

学生们眼睛明显一亮。

"纪老师！"

"终于见到您了，纪老师。"

纪霜雨笑道："谢谢大家，你们叫纪'老师'，我真以为都是接春雷剧社的。"

"那是因为咱们都临写您的字帖啊，学校人手一本，学您的字，您不就是我们未曾谋面的老师嘛！"

这可真会说话，纪霜雨笑着看到他们中还有几个不像学生样的，问道："这几位也是我的'学生'？"

那几个人面面相觑，有些羞涩地迈出一步："霜导，我们都是京城人，在沪上工作或学习，都加入了霜迷会，特地来欢迎您的，与这几位同学遇到——祝您在沪上演出成功。"

纪霜雨："……"好家伙，这个组织居然都发展到外地了……

纪霜雨只得道："那就谢谢你们了，那个，来都来了，大家伙儿中午都一起吃饭吧。"实在太淳朴了，这些学生和粉丝都不知道他们坐的哪列火车，具体什么时候到，只看报纸上说应该是今天到，就来了，肯定等了挺久。接站的人俱是欢呼，他们原以为迎接时，能和纪先生说说话传达心意就很不错了。

书妄言自己就不太喜欢和一堆人聊天，他站在稍远处感慨道："纪鹤年还善于交际啊。"说完也没人回应，转头一看周斯音在低头沉思。这又发什么呆呢？

"哎，接你们的人到了没？"纪霜雨走过来问了一句，"我这里好多人，看来得订个大酒楼了。"

"宝铎兄可能在想哪个酒楼够大吧？"书妄言打了个哈欠。

纪霜雨也好奇地戳了下周斯音："干吗呢？"

周斯音："没什么。"他从昨晚醒来，就一直没能再睡着。被自己的想法震惊了大半晚啊，睁眼到天明，下了火车还在迷糊。从前，便是再难的事，也没叫他这样辗转失眠过。真是怪异……可缘何如昨夜那般……

"哎，哎，怎么又走神了，你昨晚是不是没睡好？"纪霜雨关心地问了一句，他知道有的人认床，或者睡眠浅，在交通工具上就会睡不好。

至于纪霜雨本人？带孩子太累，便香甜地睡了一晚。

周斯音胡乱应了。

周斯音飞快看了纪霜雨一眼，不由长叹一声："唉！"

待再抬头，便见旁人包括纪霜雨，都因为他一声叹息看过来，周斯音也顾不得了，心事重重地道："也不知此次来不来得及拜访沪上的城隍庙。"这种情况，他得去烧香问问啊！

纪霜雨："……"

……当他没问。

……

纪霜雨一行和所有接站的人都会合了，前往饭店，直接包了一个厅聚餐。

于见青的师兄魏可声和纪霜雨见面后就握手道："久仰！久慕君书，也曾购入字帖。不想后来从师弟书信中，看见转述纪导演作品，真心向往之，恨不能立刻前往京城请教。好在纪导演答应了来沪上。"

纪霜雨客气了两句。

魏可声的学校剧社在沪上还有那么点观众基础，但归根结底，他们这一派也是洋派，受众多是有知识的人群。所以，魏可声的仰慕，目的很明确，就是针对纪霜雨在写实布景上的成就，当然，也对其所说的大众化、华夏化有兴趣，于是邀请他们来。

"只是不巧了，维克多先生去看京戏了，说要看看华夏的本土艺术，因是位名角的票，难买，今日怕是不得见。"魏可声惋惜地道。

维克多就是他去信时说的，从欧西大学请来的戏剧专家，前些日子就已经抵达沪上了，他们自然招待其看了些本土艺术，没想到维克多先生还挺感兴趣，又买了票去看。

"没事，咱们华夏规矩，台上见啊！"纪霜雨觉得看完作品大家再交流也好，"对了，这沪上我可没来过，也不知我们在这里行情如何，诸位可以给说说吗？"

"这个鄙人是做了功课的。"邀请金雀的那位老板叫徐旭，虽然和徐新月沾亲，但他谈起生意要爽快多了，纪霜雨和他交流过，也达成了一致，争取一次把钱赚回来。

徐旭在沪上开设的影戏院，是又演戏曲又放电影的，虽然不是头轮电影院，但据说斥资购买了昂贵的有声放映机，可见他和徐新月不一样，是积极跟上潮流赚钱的。此时，徐旭拿出了一叠报纸，笑容可掬地道："本埠新闻界多有提及诸位此次赴沪之事，我觉得极好！"

于见青也赶紧挤过来，把报纸排开一看。报纸上关于各类影戏的广告部分，足足占了四分之一版面，还不包括谈论这些作品的新闻。

"京城新星名旦金雀'金仙'者赴沪演出，本报转载美人照一张，新戏大有可观！"

"'金仙'以仙子神韵闻名京城，是世间少有之品，此番来沪，观众可一饱眼福了。"

从来报纸上广告最多的，就是各类影戏，关于他们的新闻也是最多的。因沪上看戏，第一看容貌，第二看舞台，第三才看唱功，所以提起金雀，多是谈论她的美貌。金雀的照片还是很吸引人的。但有谈及舞台的，却远不如京城报上那样鼓吹了，多数轻描淡写。现在的沟通说方便也方便，但还没有后世那样毫无障碍，大家看到多是本地报纸。

名角的名号能传到沪上，但没来这边蹚过江湖，宣扬了解的还是不如京城本地。

在京城，早就没人敢说沪上布景是天下无双了。可在沪上，还是会被质疑——

"又及，书法名家纪霜雨为导演一职，将带来所谓写意式样舞台，据闻曾在京城创下演出纪录，连演月余，或可一看。"

"纪霜雨于京城战败闽帮布景意匠蒋四海，京中一时奉为行首，此来似有雄心。可惜蒋四海并非闽帮头号人物，布景界更有数派高手，所谓写意风者，在沪上能否创下佳绩？"

"舞台据称是京派新兴风格，守旧写意，不知是否会影响金雀的演出效果。"

因为字帖的发行，学生几乎人手一本字帖，纪霜雨作为书法家倒是扬名了。可沪上新闻界，看上去对他的舞台设计，不少人还是抱着怀疑态度的。

——也有说好话的，要是仔细看，基本都和昆仑书局有关系。

戏剧是要亲眼观看，感受才最深的艺术。

沪上的记者编辑们，便是看到京城同行的吹嘘，在难以想象实景的情况下，还是没法立刻产生认可，他们自己平时也没少运用夸张手法。何况这里还是蒋四海的大本营，他们能看纪霜雨顺眼吗？

再者说，两边观众的爱好嘛，本来也不太一样。多少京城名角来了沪上还不是折戟，这个地方，不是那么好征服的！

还有少数报道提及春雷剧社的，大家的兴趣倒还多点，因为他们是这边的大学请来演出,而且据说是更加创新的写实风——这个更符合沪上惯来的审美,让人好奇还能怎么再创新。

于见青虽然是新剧人,但他早已视纪霜雨为自己人,他自己也看了,纪导演布置的京戏布景也是绝佳的,具有开创性的。

"这哪里极好了!有些个记者,没有眼见之实,便妄加揣测。守旧是守旧,写意是写意!"于见青为纪霜雨叫屈,还不满地看着徐旭。商业剧界便是这样了,无论新剧旧剧,生意是第一的,能兼具艺术性那固然好,但一定要选择,当然选赚钱喽。

"哈哈哈,于老师误会了,鄙人不是那个意思。"徐旭笑道。

纪霜雨也道:"我认同,我也觉得极好。"

在于见青不解的眼神中,徐旭说道:"我不是指他们说得极好。纵然有些误解,但是您看,这么多新闻,不管是夸是中立,但极少贬低的,都在关注金雀女士的演出,这样咱们宣传起来就省力很多了。只要人们能走进剧院,不就看咱们的本事了。"

于见青这才知道他们为什么说极好,他们看的是关注度,反正口碑在上演后自有分辨。

纪霜雨点头:"嗯,沪上戏剧由来是全华夏效仿之处,自有过人之处,我们也不能指望这里的记者,二话不说就帮咱们吹捧吧。有不了解、怀疑是肯定的,咱们在京城连演月余就很了不得,但听说沪上红火的剧,能连演上几个月。"

魏可声虽然不感兴趣,但懂人情世故,当然也要跟风说几句好话:"两部剧既然都出自纪先生之手,肯定差不了,沪上观众也向来是很具审美的。"

"哈哈哈!是极,而且咱们开篇极好,以金雀女士的本事,票房我想差不了。"徐旭看到本人后,对他们的信心是越来越足了,心里想着,这怎么着,也得连着演一个月吧?

初次来嘛,保守一点想!再则,京城名角赴沪,多要拜码头,请报界、戏剧界的人士吃饭,这样一来,他们也会尽力宣传。但金雀是没有，至少现在还没拜码头呢，这么些报纸，收集的都是她来之前的新闻。

想到这里，徐旭不由得感慨起来："说起来，这个新闻阵势，很少名角能有，别怪鄙人说话直接，若非知道金雀女士没演出时，都是闭门学习，又是我从下火车便接到饭店来……我几乎要以为您和本埠新闻界的名流何时结交了！"

纪霜雨："……"

周斯音："……"

其他人："……"

这一枪中的，今天有戏迷来接，但不是金雀，而是纪霜雨的。也的确有人和新闻界大佬结交，也不是金雀，还是纪霜雨……

聚过之后，大家入住酒店，绝大多数人都是第一次来沪上，于见青倒不是第一次来沪上，便有人央着要他带去逛逛。今日不去，明日就要开始排演几日后的演出了，怕是没时间。

于见青也邀请纪霜雨去："纪导演，我带你看看外滩的夜景啊！裘先生也去看呢。"

纪霜雨刚想拒绝，疑惑地道："裘先生是谁？"

三五步开外的书妄言道："是我啊，朋友！"

纪霜雨："……"

纪霜雨："对不起，对不起，总以为你就姓书了，你叫裘树人吗？"

"树人？"书妄言连翻白眼，"我叫裘峻生！你到底去不去呢？"

"谢谢，不看了。"纪霜雨靠在酒店大堂的柱子上道，旅途疲惫，他是不太想去看什么夜景的，又不是没看过……还不如和周铃铛在酒店聊聊天，有意思多了。

两人离开后，纪霜雨看也不看站在旁边的周斯音，说道："不准说话，不准瞎猜。"他察觉到周斯音的视线了，他觉得这位朋友开口又要有迷信的说法了！现如今是不必在周斯音面前装了，可还是感觉很无奈。

周斯音欲言又止,他方才看着纪霜雨,并非在想什么迷信的事,只不过……只不过是看看。

纪霜雨想起什么,从兜里掏出两张票:"明日排练完,我们去看电影吧,这个据说是近来票房很不错的西洋影片。"

周斯音:"……"这是什么意思,两张票,单独看影戏?纪霜雨,难道……他到底什么意思?

周斯音恍惚地抬手接过电影票,只听纪霜雨说:"我暗示徐老板送的,去他们剧院观看电影。平日都是你请我,今日我请你。"实话说,早就想去看了!他的本行就是电影导演,如今在戏曲、话剧方面都谋得职位,生活轻松不少,对电影也十分有兴趣,打算去考察一下现在的电影。不过,他特意留了个梗,竟没听到周斯音吐槽——送的票,哪能算纪霜雨请的。

周斯音哪里顾得上吐槽,他还沉浸在思索之中,回忆纪霜雨说那句话的每个细节,恨不得一字一字掰开来分析。

正想着,分局派来的司机快步走进来,小声告诉他分局有人想邀请他去玩乐,顺便畅谈一下他之前来信提及的另外一件要事。

"我不是说了,今日便散了,明日办公室见吗?"周斯音冷冷地道。

司机尴尬地一笑:"这……他……我们还以为您有兴致,而且实在,关心您说的新部门……"

"没有,没有,回去!"周斯音随便打发了人,无语地摇摇头。

纪霜雨嬉笑着道:"也不能怪他们,这就是人生三大错觉之一:领导很欣赏我。"这个纪鹤年,真是促狭!

周斯音也不觉回过神来,重新打起精神:"又是这人生三大错觉?说来在京城时,你也说过一条:别人的工具比较好用。那这三大错觉,我倒是听了两条了,还有一条是什么?"

纪霜雨:"还有一个最好笑,他(她)肯定喜欢我,哈哈哈!哈哈哈!"

周斯音:"……"

次日,天宫剧院。

这个剧院就是徐旭的产业了,仿哥特式建筑,里头座位总有一千个左右,兼具放电影和戏曲演出两种功能。它还不是沪上最豪华一等的影院,是个二轮影片播放的影院。

现在的放映方式很多种,其中按轮次放,是效仿的国外。影片先在头轮影院放完,再去二轮影院,然后三轮影院。票价也是头轮影院最贵,依次递减。花钱多,才能看到最新的影片,享受最优越的影院条件。

纪霜雨本来以为周斯音不会来了,从昨日开始,周斯音就一直是精神恍惚的样子。晚间听了他的笑话,周斯音也没笑出来,还怏怏不乐地离开了,也不知有什么心事。结果到了今日,周斯音还是准时到场了。

怎么能不来,周斯音想。反正,反正这电影票都有了,不好浪费的。

"你们见面会筹办得还好吧?我今日跑了两处剧院看舞台和设备,这里的设备真是好多了,两家有转台,虽然都是手动的,但到时候真是方便很多。灯具也好,白炽灯、真空泡都有,还有柔边聚光。"纪霜雨感叹了一下,前阵子真是简陋惯了,现在看到个手动转台都能感动。

"我这里也还好。"周斯音答道,是真的还好,他因为都在思考自己的私事,没怎么严查分局事务,也没责备他们昨日烦人的行为,只是商议了让沪上分局成立新部门的事,下属都有种松口气的感觉。

"那就进去吧,这部电……影戏票房还挺好,看样子是满座。"纪霜雨拿的票,片名是《兽国奇遇记》,西洋引进的。

"确是近来票房最高者,分局中也有几位编辑爱看,一周要看两三次这种类型的影片,这部电影都看了两次。"周斯音今日正向下属了解影戏市场,正好答得上来。

茶房引着两人落座,放映前,打在屏幕上的是医药广告,静止的图片。

广告嘛，到处都是有的，就是影片说明书上也都是大片的广告。这个广告的画面是静止不动的，还播放着广告歌曲，有观众烦躁地表示："处处皆是广告，真是烦人极了！"和他同来的人示意他小声些："现在还放着音乐，不像从前，单是烦人的医药、烟草广告。"

纪霜雨小声道："怎么没人拍点广告短片？"这活动起来的广告，怎么也比纯画面，乃至带音乐的要吸引人多了。

周斯音道："也是有的，但同样不怎么招人喜欢，也就没多少人做这费力不讨好的事了。"

纪霜雨想了想，按现在国内的拍摄水准，怕不是找人照着文案念一遍就算了——后头中场休息时他也看到了活动的广告短片，确实和他想得差不多，画面十分单调，也没人稀罕看，都等着开始播放精彩的影片。

不多时灯光已经暗下去，纪霜雨就观看起这时候的爆款影片起来。

兽片，就是这会儿很风行的一种类型片了。因为制作水平有差距，现在西洋影片的制作水平都高出国产影片一截，这种兽片国内没法效仿，市场就更火爆了。影片的主要内容，其实就是拍摄丛林、野兽的景物，或有南极北极探险，非洲部落风情，都是现在的人了解甚少，比较原始的地方。在这个基础上，再添加一些简单故事，用上刺激镜头，便成了一部影片。大家都很喜欢看稀奇，就是周斯音他们单位的编辑，也喜欢去看看，了解动物知识。

纪霜雨了解历史上有这类影片，最早的《人猿泰山》《金刚》也就是这个时期出现的了，可以说是幻想元素更重的兽片。以纪霜雨的眼光来看，这部影片实在是制作得太粗糙了。但考虑到内容和描述事物的陌生、新奇，也难怪观众看得津津有味。

纪霜雨只想大概了解一下现在的市场，热门影片拍摄都是什么水平，看了一会儿也就没兴趣了，心想，这我得加入抢钱的行列啊，去哪里找个冤大头投资我拍电影呢？

纪霜雨看电影时，周斯音就不时偷偷看他。不经意地转过头时，荧幕上恰好就是一只鳄鱼张大嘴，咬住一只喝水的动物，整个影院出现一片惊叫之声，胆小的观众还捂住了眼睛。这个画面也差点把周斯音吓到，幸好周斯音胆子够大，为人够镇定。

周斯音定定神，又去偷看纪霜雨，不想纪霜雨正偏头盯着他！

周斯音："……"这回真吓了周斯音一跳，幸好剧院里看不太清楚脸上的表情，周斯音不觉有些紧张，"……做什么？"

"哈哈哈！"纪霜雨却诡异地笑了两声，"过几天再说。"

周斯音："……"干什么？总觉得有种不太妙的感觉。

……

纪霜雨虽然带了徒弟来，但到了沪上，难免和剧院原本的工作人员合作。这里的工作人员分工比京城分工要细致多了，绘景的、置景的、设计灯光、负责音响的……

他们这些人，原本以为纪霜雨是和自己差不多的布景师。见了本人才知道，人家这个导演，还真不是单纯的布景师，要负责整部戏剧，统一风格的。所有人的活儿，这位纪导演好似都心中有数。

舞台不同，自然要重新排演，好多道具都是从京城拉来，不必重新制作，但不便携带的还是要重新制作，加上要留足宣传期，因此耗费了一些时间。

学习纪霜雨钢笔书法的那些学生，起了非常大的宣传作用。学校里基本人手一册的字帖，同学们互相聊天说是那位纪先生来演出了，大家都知道。而新剧的一大观众群体，本来就是学生，再则学生还有家人、朋友可宣传。再加上昆仑书局的员工和书妄言也不遗余力地帮忙做宣传，前三日的票，开售后便卖得一干二净。

——其中，春雷剧社第一天的首演票是不对外发售的，观众主要是受邀来和这边的高校剧社交流的学生，一共也不会演几天，第一天更是只对学生发放试看戏票。

在确定演出日的时候，纪霜雨就曾经问过，需不需要错开两边的演出，这样他可以分开坐镇。

金雀却表示无所谓，学生们比较没底，至于他们，在京城都排演多久了，叫六两哥看着舞美流程不就行了。金雀的胆子是越来越大了。

纪霜雨一想也是，六两跟在他身边最久，他问六两有没有信心，有的话，他在海报上把六两的名字也写上去，你就是副导演了。

六两一听自己还能上海报，腿都打战了，但雄心壮志也不由生起来了！

海报啊！你几时听说检场人能上海报？别说海报了，就是那些正经的布景师，都不是各个能上海报。最早有海报上写上"布景意匠某某"时，报纸上还当新鲜事登了呢。

纪霜雨也是在排《绝色》时，才以自己的名气，在海报上有了一席之地。

"可，可以！"六两站直了，"师父，您看好了吧，流程我都熟悉了！"

"那好，咱们这写意布景在沪上第一次亮相的现场，可就交给你把握了。"纪霜雨拍拍他的肩膀，"来，我来把徒弟名字写在海报上。"他亲自动笔，把六两的名字填了上去，写在海报《洛阳春》上。

现在已经过了春节，演应节戏《感应随喜记》就没有必要了，这里面各路神仙太多，偏热闹。但这段时间，纪霜雨还改了其他几出戏，从中选出比较突出女主角的一出，在沪上演出。

《洛阳春》又叫《一落紫》，说得是唐时洛阳女子罗锦屏遇薄情郎，你既无情我便休，还要找个小帅哥，又携手除贪官、赈灾，最后得到册封，事业、爱情双丰收的故事。

唐朝时风气开放，罗锦屏的做派也很果断，虽然是传统戏曲，但符合时下呼呼女子自立自强的流行风气，因此尤其叫女座。又有优美的唱腔，受众很广。

……

初八。

《洛阳春》于天宫剧院首演。

同日,《绝色》于重光大舞台首演。

两个剧场相距并不远,同在外滩。因首演性质,重光大舞台往来的皆是学生,天宫剧院则是男女老幼都有。

纪霜雨身在重光大舞台,开演之前,观众还未进场,于见青和魏可声就给纪霜雨引见了一下他们说的欧西大学的维克多。

纪霜雨的口语和维克多交流是毫无障碍的,两人握了握手,纪霜雨说:"听说这几日阁下都在观看华夏传统戏曲,那明日可以去看看我排的另一出京戏。"

"一定,"维克多四十来岁,褐发褐眼,戴着眼镜,笑起来脸上现出深深的法令纹,"我这几天一直沉浸在华夏戏曲中,虽然需要翻译解说剧情、动作,但我觉得,实在太奇妙了,深受启发,我非常愿意多看几出优秀的戏曲!"

"沪上的机关布景戏,就是维克多先生看了也觉得场面宏大。"于见青的师兄魏可声说道,虽然他是排新剧的,也是请维克多来指导他们的新剧,但作为华夏人,神情里还是不由多了点自豪。而今西风东渐,但欧西之人,对华夏的了解却还很少。老外没见过华夏戏曲,都觉得新奇,便是维克多这样的戏剧专家,也产生了兴趣,连看了好几出。

维克多笑道:"其实比起机关,我更惦记的,是你们特殊的戏剧观念。"

魏可声反应过来:"先生是说写意式的表达?不错,这是我们华夏戏曲独有的。"

在西洋戏剧表演方式中,有个"第四堵墙"的概念,意指角色生活在四堵墙之中,观众是通过第四堵墙观看他们的生活,角色是看不到观众的。维克多和他的同门,近年来觉得戏剧也发展到了瓶颈,一直在探索是否能推倒这第四堵墙。但是在华夏,为了指点这里的新剧而来的他,看到了另一个崭新的体系——

纪霜雨听了,随口道:"华夏戏曲,不相信第四堵墙,也不去打破第四堵墙,在戏曲舞台上,根本不存在这堵墙,甚至要对观众自报家门呢。而且,与你们的客观时空不同,在台上,戏曲演员身上是带着景的,景随人动,拥有绝对的时空自由!三五步行遍天下,一转身时光陡变。看起来固定的程式化,其实蕴含的是更多变的灵动。"

维克多觉得眼前一亮:"没错,正是这样!"他琢磨着只觉得很妙,这位年轻的先生,听起来对国外的其他表演体系有所了解,对戏曲的了解也很透彻,能以学术性的语言准确地归纳出来。这些日子他深受触动,一直在思考,但这位先生竟好似早就想通这里面的关键了。

"那就更要看看我们的戏的,我们的布景更漂亮,更有华夏写意风。"纪霜雨不遗余力地做宣传。

"现在正在首演,叫《洛阳春》,你去买明天的票还来得及,可以学习学习,对你们的戏剧理论、表现力很有帮助哦。"纪霜雨说到让他们学习,非常正常的样子,一脸我在好心提醒你——有的西方戏剧流派借东方戏剧以作变革,就是真实会发生的呀。他们发展那么多年了,也盼着有点新东西能改变。旁边跟着的学生听到这句,眼睛都快瞪出来了。

魏可声同样面带兴奋,因为他们发现维克多一脸认真的表情,是真的在赞同!

"好的,好的。"维克多想去看看纪先生所说的,更具写意风的戏,他还特别想和纪霜雨再深入聊一聊东西方戏剧体系的差别,真是令他太有启发了。可惜这时候观众已经陆续进场,维克多只能惋惜地再次和纪霜雨握手,期盼再一次交谈。

纪霜雨、于见青去后台,维克多和魏可声也入座了。

魏可声一想到方才纪霜雨和维克多说的那番话,心潮仍有些澎湃。

这位纪先生真乃能人,他们把维克多先生请来指教,倒被纪先生点拨了——还是借本土戏曲，哈哈，妙，真是太妙了！妙得他都想立刻给报纸投稿说说这个场景了！

魏可声正在偷着乐呢，就听到维克多不解地说："魏先生，这几天我一直有一点没想明白。既然你们拥有这样的艺术体系，为什么我在你们学校排的戏剧里，却看不到受影响的痕迹呢？一开始，我想这是你们的多元化，向不同方向排演。可是看着看着，截至目前，每一出都没看到。但你们身处华夏，应该很容易受到影响才是吧。"他疑惑的样子，也在显示出他内心真实的想法：怎么会有人不被那种独特的戏剧观念影响？

魏可声半晌才反应过来他的话，一时间笑容有点僵硬了。华夏新剧发展以来，在摸索的道路上，去改良戏曲，去学东洋新派剧，去照搬西洋写实剧，他们这些学校排的戏，也都是还原模仿西洋戏剧，完全的西化。唯独，没有去汲取戏曲写意的特点。就连这次邀请纪霜雨他们，也是听闻彼之舞台，拥有更写实的布景。

于见青在信里，除了写实的创新，也提及是否可以参考戏曲的写意。魏可声当时并未上心，因为完全理解成了那种改良版京戏，他是不认为那能称之为新剧的。甚至刚才听他们聊起戏剧理论，他都还没醒过神来，直到被维克多这么一问，好似一层薄膜被戳破了。如被当头棒喝，再思考这个问题，感受完全不一样了。是啊，师弟都想到了，搬演本土的故事，反响也很好。那么本土的艺术，我们又为何不能参考？只是因为它看起来陈旧的程式化？可为何外人，反而能从这程式化中看到妙处，便是纪先生，也对其感到很骄傲的样子……我们探索的道路，果真应该加入新的方向？可是，到底要如何参考这些元素呢？

——转台的声音咔咔响起，打断魏可声纷杂的思绪，已经快要开场了。

所有人都知道，在《绝色》上演之前，会加演一出特别为沪上排演的独幕短剧《黄包车》，因有转台，到时切换成《绝色》也很方便。

面幕拉开，只见舞台上竟然是一幅长长大大的"电影胶片"，显然是三合板涂装后搭建而成的。

这个特殊的道具，把舞台拟成了电影，在里头，则是立体置景，一道质感真实的石砌框架、乌漆厚木大门，并几面墙。虽然只是一道门、几面墙，但凡是在沪上生活过的人，便能看出来，这是沪上弄堂的入口。

还未等大家自己琢磨出来这些道具的质感为何这样逼真，冷色的氛围灯光、滴滴答答的雨水声、报童的吆喝声、无轨电车的叮叮声，已经把梅雨季节的沪上之风，吹到每个人的脸上。

趴活儿的男子站起来，拉着黄包车在胶片间穿梭，一个亮相，极有精神，把人物的神气给演了出来，叫不少人眼前一亮，同时感觉到隐隐的熟悉，又说不出来。

——直到他拉着车跑几步，便当是时空不断转变后，众人才意识到，那种熟悉来自戏曲。借鉴了戏曲之神，但未用夸张的程式，只是借鉴戏曲演员的精神韵味，融合步法、眼法，外化了演员的情绪！那几步转移时空，就更不必说了，但配合上转台上胶片的移动，这一幕毫无违和感。沪上影戏，本就出名，加上后头的弄堂，正是一股沪上风味。便连此剧的灯光布设，也抛却了模仿环境，而以简单的艺术性光色来展现人物。写实的布景作为支点，以空间意境、蕴含戏曲精髓的表演写出意来。

在惊艳的仿西洋艺术形式作品中，被内里蕴含的本土文化打动，开幕后，在场的学子久久不能言语。

维克多兴奋地转头对魏可声道："魏先生，看来你们在京城的学派，还是有从传统戏曲中汲取风格。难怪你们说学戏是在京城。"

魏可声也无暇纠正这一句学戏在京城，单指的是旧剧。他盯着舞台之上的布景已经痴了，他和现场的每个观众一样，眼中闪烁着热切的光芒。

几乎同一时刻的天宫剧院，同样静得连一根针掉在地上也能听清。

只因大幕方才拉开,所有人看清了台上优美的布景。

几枝梨花交错于底幕,纱幕上缝制的仿真花瓣制造出了落花随风之景。长长的旧式回廊,并一桌二椅,灯光如树影,美人立于廊下,只寥寥数景,现出洛阳之春,梨花开时,清雅的美人携酒为梨花洗妆的风俗景象。仿佛能嗅到"清香来玉树,白议泛金瓯"的花香并酒香,美得不可方物——

这个城市,开埠以来。南来北往,各国文化汇集,海纳百川足以形容其特点。

在这里,电影、跑马、跳舞厅等舶来娱乐风靡一时,亦有十数剧种戏园并存,所谓"沪上梨园之盛,甲于天下"。

沪上的观众,他们接受时髦的西洋之风,也能够欣赏华夏本土古典的传统之美,这是深植血脉中的爱好。

他们爱热闹的机关,但更爱真正的美人,若有艺术性绝佳、绝配之美人与美景,岂非完美?

是以有此夜,京派双星闪耀沪上,交相辉映!

第十七章　演剧盛况

"金仙"之名，沪上亦久闻。

闻名不如见面，见面更胜闻名，时下有小道消息称金雀素颜平平无奇，实在靠别致的妆发与纪霜雨的光影之术塑造为美人。

可赏遍美人的沪上观众见了其真容，也是大为惊艳的。便是妆容可以化出来，通身的仙气却化不出。不知道是不是错觉，金雀扮演的"罗锦屏"连一身裙服，也比旁人穿的看起来要飘逸。

——这一点，当然有赖于在做行头时，纪霜雨叫裁缝把原本七八分的褶皱改成了四五分，看上去便更有所谓的仙气了。

罗锦屏被薄情郎抛弃后，也有消沉的时候，可偏让她遇到小吏贪墨，灾民被欺害，心里憋着一口气的罗锦屏，仗剑行侠，倒醒转这才是更有意义的人生。她生得秀丽柔弱的外表，一口一个"奴家不敢""哎呀，太可怕了"，结果次次反手就把反派抽飞，押运粮草的小军官也被她调戏得面红耳赤。唐时风气开放，这样的做派，与矫健的身手，倒是更符合当下审美。

观众看到仙女一般的罗锦屏打反派、揍贪官，实在深深感受到反差的效果。

舞台美术在其中，也是出了不少力。一幕幕简洁、富有美感的写意式布景，让那些曾经脑补"应该就是老派样子"的人深深唾弃自己的想法。那云灯打造出来高山雾漫漫的诗意，更显出来这位布景师精通灯光布设，巧妙地将沪上人喜爱的先进科学装置融进去。

只要是华夏人，又怎能不懂这一草一木、一砖一瓦的精要。只要长了眼睛，又怎么能不被这样的舞美所打动。金雀同《洛阳春》，让沪上观众看到了戏曲舞美的另一种可能。以写意为神，合理借鉴西方科技，融合一体。这样的一出戏看完，也许没有热闹的机关，但是，太养眼了！这是另一种极致的享受！

沪上观众爱各种各样的美，这样的舞台，简直是教他们情不自禁地鼓掌叫好。

最后的高潮部分，罗锦屏捉拿贪官时，伴奏也别出心裁，以唐时流行的乐器琵琶为主，应用上让时下观众还觉得十分新奇的煞弦、绞弦等技巧。纪霜雨正是受到自己那个时空，非常著名的琵琶曲《十面埋伏》的启发，请乐师改编琵琶曲，使之更为激烈。结果十分成功，一支琵琶武曲，奏的是金戈声声，锋芒毕露，观众的心都勾住了。刀来剑往之间，罗锦屏裙裾翻飞，一举一动和着乐声，提剑斩头颅，直如仙人断黄龙！

此时，憋了许久的观众才爆发出喝彩声。好啊！好一台美轮美奂的布景，好一曲金戈铁马的琵琶，好一个唱念俱佳、文武不挡的金雀！惊艳与喝彩同样在另一处舞台出现——

《黄包车》虽然只有一幕，但起承转合具备，故事和多数独幕剧一样完整，是个喜感俏皮的小故事，讲述一个黄包车车夫自以为是好心帮客人，却无意中打断一场犯罪，让罪犯无形中各种吃瘪的小故事。除了戏曲身法，这位演员似乎还讨教了丑角的滑稽本领——长期在一起排演，春雷剧社的人向含熹班的演员确实是学到不少呢。

按理说，独幕剧就是个开胃菜，但今日春雷剧社带来的这出独幕剧，对台下喜好新剧的学生们来说，显然意义非凡，短短一幕，却犹如吃了珍馐美食。要不是不礼貌，好多人都想立刻长篇大论抒发自己的看法了。原来写意也可以和白话剧融合得这样好，如此剧目，非要新旧兼通，深解华夏传统文化之人才排得出吧！

幕落之后，今日的正餐是《绝色》，它又展现给在场观众另一个风格的新剧。讲述华夏土地上的故事，又把写实一点做到了极致，有着浓郁的京城风味。

转台令换场变得方便。清脆铃声放鸽天，一瞬间，从沪上的弄堂，人们来到了古都京城的胡同。

因为首演台下坐的都是对新剧多少有些了解的学生、教师，甚至还有像维克多这样的海外专家，他们看《绝色》的目光又不一样了，但是，欣赏程度绝不少于京城演出！比方才独幕剧更要细致的布景与道具，令学生们实在按捺不住了。

"这就是京城报纸上所说，能够把物性体现出来的布景吧？竟然真的能做到这个程度？"

"真是不敢相信这些都是假的……"

戏剧是无法单凭文字去表述的，在报纸上看到和想象的，与亲眼看到的都不尽相同，只有真的在台下观看，才能感受到那种真实的震撼。有的学生并未去过京城，却能从这一方舞台，感受到布景师精心提炼的元素展示出来的京城！随着表演的继续，他们再看这些来自京城的同学，那真实、自然的演技，就更是惊叹了。

如今沪上许多知名的新剧演员，依靠模仿西洋电影中的角色演出，但那终究是西洋人，他们的习惯和华夏人根本不同。那种模仿出来的演技，总让人有一丝违和感，能感觉到这是在演戏。但没办法，这时候，谁也不知道"华夏新剧"到底怎么演才最好。

而春雷剧社的学生，是被纪霜雨耳提面命，手把手指导过的，他们的演技也许还未精妙绝伦，在维克多眼里甚至还有很多破绽。可是，刻苦训练展现出来的，绝对是十分自然而适合华夏人的表演方式！

"原来可以这样演啊……"

"还可以借用道具动作，演出这样的效果？"

同行看演出和单纯观众看演出就是不一样，大家在欣赏之余，时时有种恍然大悟、学到什么的感觉，也更能注意到细节，包括道具、灯光等对剧情的烘托、暗喻。越看越觉得，不行，还得再看一遍！

维克多观看需要借助翻译，但不妨碍他理解其他部分。和前些日子观看沪上新剧的感受大不相同，果然，华夏国土太大了，你以为水平仅止沪上新剧这样？

不，原来在北方的另一个城市，他们的都城，还有人已经排出了这样的戏剧。而且是多元化发展，既有贯彻写实风，成熟不输欧西，甚至在舞美设计更胜一筹的风格。还有融入更多本土写意风的风格。

这些演员的演技，维克多隐隐察觉到了其他国外成熟表演体系的痕迹，又不是全然的，明显进行了本土化的融合。当剧情开始进入人物关系的爆发节点时，翻译开始冒汗了。这么多人物，他自己记得都有点混乱，还要翻译给维克多听，什么这俩人抱错了，那俩人本来是亲戚关系但又恋爱了，再加上东西方对亲戚的称呼不太一样……

翻译：让我死吧！

最后听得也很累的维克多同样抹了一把汗："算了算了，看完再捋。"

家庭剧受众的确是广，其剧情的纠葛是经得起时间考验的，别看学生们老用英法语言演出欧西剧目，在排演成熟的《绝色》面前，还是被折服了。看到后面，绝大多数学生其实已经顾不上去分析这里头的手法，完全被剧情吸引了。尤其是这不是纯粹的狗血剧，主角是有成长的，思想是与时代潮流契合的。

最后落幕之时，掌声足足响了五分钟。到演员出来谢幕，这掌声便又再翻起了高潮。沪上高校剧社的学生站起来高喊："好样的！这应当是我们该排的新剧！"

"写华夏之实，述社会故事！"

"开场的独幕剧，恰到好处地融入了写意特性与戏曲身法，也很值得学习——"

"同学们，咱们下个月也搬演这出戏吧？"

魏可声也是头一次看完整的演出，他和师弟交流比较多，也知道这个剧本内容,但真正看到搬演在舞台上,效果还是不同,涉及演员的演出方式和舞美等因素。

魏可声激动得完全忽略了维克多,自己就冲到台前去了,冲着台上的于见青大喊:"见青,你们一定要多留几日,容我们镜鉴啊!"

春雷剧社本来只打算演五日的,但魏可声一看就感觉到,这不行,五日完全不够的啊。

看到沪上的观众也被折服,于见青有种意料之外、情理之中的感觉,他们在京城演完之后,各个剧社也是跑去学习,然后自己照着排了,也在努力研究这种新的风格。

而且今日,他们还把融合了写意形态的独幕剧带到了沪上!这么多新鲜东西,五日可能真的不足以消化。

于见青在台上大声笑道:"好啊!师兄!我就说了吧!"

……

这一夜后,维克多还迫不及待地去天宫剧院观看了《洛阳春》。他原以为,自己在沪上看了那么多场华夏戏曲,已经是大受触发,昨晚又遇到很叫人欣赏的华夏式话剧《绝色》,情绪很难再特别高涨了。

谁知道,第二晚他还是被惊艳到了。演出结束之后,维克多仍在回味,昨天还在想,看完这出戏后,要再花几天重看《绝色》,捋清楚里面的人物关系,还要看看空间布局、灯光设计等巧妙手法。现在,他都不知道到底该怎么分配时间了,这一出《洛阳春》他也想再看几遍啊!

"惊艳的艺术品!"台上有些让维克多想起极简风格,但写意式更具有东方神韵,没有大开大合的机关,每一处只让人觉得优雅极了。这样的舞台,把诗、歌、舞一体的华夏戏曲打造得愈发美轮美奂!原来,它还可以更美。

这几日下来,维克多已经对华夏戏曲基本知识有了解,也在开演前看了剧情介绍,他沉醉在这东方艺术,只觉得一直以来困扰着的瓶颈都松动了，灵感在涌动。对于回去之后要排的戏剧，他已经有了新的想法。

初八之后，沪上报界娱乐版块已经被春雷剧社与金雀占领。

"创下最快纪录！开映不到五日，《洛阳春》票已卖至两月以后！"

"纪霜雨所导演之两部戏剧，皆为天才之作，分别展示了写意与写实之美，一切在美的基础上，只做合宜之设计！"

"美术之佳，无以复加。从一方舞台，还原古都风景故事，乃写实又一开创性突破。"

"欧西戏剧专家维克多观看《绝色》《洛阳春》后，直言大有裨益，我华夏戏曲，实令陷入发展瓶颈的欧西戏剧耳目一新，可资镜鉴！"

"《洛阳春》舞台之美，美如苏杭园林，金雀之美，美如洛神仙子，不负'金仙'之名。"

"从《绝色》与戏前独幕剧中，笔者看到新剧延续之方向。连欧西专家也赞叹华夏戏曲之美，我华夏儿女又为何不摹借学习？"

评论太多了，光是千字以上的长评，前三日就登出来上百条！

整个沪上戏剧界，就像静水砸入了巨石，激起波澜，久不能停息，所谈所看，都是围绕着这两部剧。

华夏戏曲舞台上绝对的时空自由，这一点曾在新旧剧之争中，被新剧拥趸诟病。可是现在大家看到，这不是弊病，相反，这是华夏的鲜明特点，是足以在任何艺术形式中大放异彩的！

《洛阳春》的演出成功、欧西学者的夸赞让人产生民族自信，从而对《绝色》也更有信心。而《绝色》与独幕剧借用的写意元素、本土风情，也反过来让人更想看《洛阳春》了。

在这个包容度很高的城市，观众十分高兴自己看到了新的美，剧社们也高兴，哎呀，又多了一样赚钱的艺术，我们得去学习学习啦！

——然而最让人激动的，还要数京城的父老乡亲们。他们翘首期盼沪上传来好消息，很多人一直在关注新闻，实属前所未有。待到沪上票房与口碑开出来，京城报纸第一时间大量转载沪上剧评。

"本报转沪上销量第一报纸剧评如下，金雀、春雷剧社携《洛阳春》《绝色》火爆沪上，沪上观众如获至宝！"

"京派风席卷沪上，金雀成炙手可热之名旦。"

"纪霜雨旗开得胜，沪上各界纷纷请求春雷剧社与金雀延长演出时间。欧西戏剧专家盛赞，此为任何学者看了都必会触动的艺术！"

不仔细看内容，你都要以为自己生活在沪上了，咋全是沪上报纸的内容？这也说明了纪霜雨现在真是宛如京城人民掌心里的宝……连同行也好爱他。

虽然一开始，大家有竞争，但是后来，纪霜雨打造的精品内容，刺激观众，直接将市场都扩大了。又不吝赐教，收了几个大戏班的徒弟。

新剧那边更不用说，他们本来都开始走下坡路了，学生剧社也无人问津，这一出戏他们开始赚钱了。

只要戏班、剧社愿意一起进步，从长远来看，这样的改变就是有百利而无一害的。

纵是现在，也有其他城市看到沪上那边的成功，也朝京城的班社抛出橄榄枝，邀请跟风春雷剧社和含熹班的，去他们那儿演出。

得了这样的好评，怎能让同行们忍得住，不好好夸一夸这位导演？只恨徐新月到底有什么好运气，抢到了这样的人才——他们自己试图模仿的时候就发现了，千军易得，一将难求啊。真是白瞎了，听说徐新月买个聚光灯还要心疼半天！

……

在《绝色》和《洛阳春》在沪上取得巨大成功之后，纪霜雨每天都被沪上同行拉着请教经验，其中还夹杂着若干个戏院的老板来挖人，希望他能留在沪上。

在知道纪霜雨明确不会留下后,这些人又转而看上了六两——

好家伙,六两这才发现,名字印上海报,影响比自己想象的还要大。副导演和导演,不就只差了一个字?还是纪霜雨的大徒弟,请不到本人,就高薪砸副导演吧。以沪上老板的阔气程度,都给六两开到了一个月五百元,住小洋房的待遇。梦寐以求的待遇就摆在眼前,六两眩晕了好久,最后还是一咬牙拒绝了,把陈衷想他们其他俩徒弟羡慕得要命。

纪霜雨感觉有点惊讶,毕竟这个薪水和六两现在的薪水比起来,一个天上一个地下。

六两坚定地道:"我觉得还没学透,跟在您身边继续学,以后会赚得更多!"

"哈哈哈!好!不愧是我徒弟,很好。"纪霜雨拍了拍六两的肩膀。

财帛动人心,能拒绝真是不简单。从一个只管放火彩的检场人,到打下手时主动学习,然后拜师,学其他技术,自己也担当起来做副导演。其实六两学得还浅,但纪霜雨觉得他很上进,又能在受到诱惑时踏实地留下来,有长远眼光,以后一定大有成就。

魏可声那边,组织沪上剧社的人和维克多一起跟纪霜雨研讨了好几次。仿佛来传授指导的学者不是维克多,而是纪霜雨。

维克多作为纪霜雨以外,唯一的专业人才,他和纪霜雨交流也是最深的。

"我很想把华夏戏曲这种艺术,介绍到欧洲去演出,只有真实地看到演出,才更能理解。"维克多琢磨自己一个人学习还不够呢。这可把其他人给激动坏了。

只有纪霜雨还挺放松,懒洋洋地道:"赴海外演出也不是容易事,先生打通其中关节后来联系我们的演员吧,彼时定会全力配合。"他的一句话,让人把先期工作完成了再去找他聊,不能说态度恶劣,但真谈不上热切……

于见青擦擦汗,看了一眼也在场的金雀,发现金雀女士比他们都要淡定，与纪霜雨如出一辙，就好像去海外演出根本不是什么特别值得兴奋的事。

金雀确实挺淡定，不是装出来的，毕竟在此之前，纪霜雨就说过这种思路了，她甚至已经学了英法的语言……现在把金雀独个儿丢到国外，她也完全能同人进行简单的交流，当街卖艺赚钱吃饭都没问题，要有纪导演求职的精神啊。人有了本事和自信，真的就不会慌了。

"纪先生，你真的不会执鞭沪上吗？我听说很多人都想请你留在沪上。"维克多感慨地道，"华夏有优美的艺术，也有你这样的人才，我希望下一次来，能看到更成熟的戏剧。

"我也很好奇，据说纪先生没有进行过专业系统的训练，那么，是如何将这些艺术融合起来的呢？你是否有老师？或者说，受到了哪些人的影响？"

其他人也都看向了纪霜雨，他们也很好奇，纪霜雨自称都是靠自学，但是，总应该有受到什么影响吧，到底是怎么成长起来的啊？这种独树一帜的风格，究竟源自何方？受到什么艺术的触发？

面对这个现实的问题，只见纪霜雨悠然地给了个十分华夏写意式的回答："师我者五岳三山，问道上下五千年！"众人肃然起敬，对传统文化理解深刻，又能融汇中西，这就是奇才吗？

魏可声内心再一次反省，自己何以一味推崇西学，忽视了数千年的积累。

维克多心里更多了几分"东方文化真是好玄妙"的感觉。

纪霜雨则继续微笑。

……开玩笑，难道我能告诉你，我毕业于平行世界二十年后成立的华夏戏剧大学导演系第64届？

艺术，尤其华夏的艺术，就是这样的，灵感是个很微妙的东西，指不定看到什么东西就来了。还有一句更重要的话，叫导演是教不出来的，必须自己去体悟。书本、老师能教你基础知识，但作品的创作更需要灵感,需要奇思妙想,有时候甚至需要运气。当然,在华夏如今的情况下,还是很需要有人来打基础的。

所以魏可声还是很惆怅地道:"听闻鹤年的钢笔书法也是家学渊源,加上自行领悟的……唉!只是……若非教职在身,我都想赴京学习了。"山不就我,只能我去就山了。

纪霜雨刚刚还在脑海里怀念自己的母校,听他一说,忽然生起一个念头,这个时候……好像还没有像我母校那样的戏剧类学校?他自己在京城时,都是按照传统规矩,收了六两他们做徒弟,不得不说这种传播速度还是太慢了。

"鹤年在想什么?"

纪霜雨回过神来,说道:"我就是忽然想到,其实华夏很需要一所戏剧专门学校。戏曲有科班,却也是零散的民间组织,师徒口授心传。新剧就更无专门培训地方,专业人才屈指可数,还都是自海外留学归来的。咱们华夏,完全可以像西洋那样,建立一个包含戏曲、戏剧、影戏几行,舞美、导演、演员、编剧等方面的大学,召集行内有学之士,培训专业人才。"

魏可声的眼睛一亮:"不瞒你说,此事我也思考过,可毫无章法,还想向维克多先生请教,没想到鹤年和我想到一起了。"

他先前琢磨的就是新剧教学,纪霜雨把戏剧、戏曲,甚至电影都扯进来了。他一时还没想通,这位纪先生怎么对电影也感兴趣。或者可能,是因为这些都属于戏剧类吗?

纪霜雨思考了一下,说道:"我倒是有那么一点点想法……"所谓想法,当然是亲身经历,他自己就从华夏戏剧大学毕业的,"我与教育部的邹部长相识,他也很关心戏曲艺术的传续,待回京或许可以向邹暮云部长递函,是大有可能成功的。"

"这可太好了!我在政府方面没什么关系,这件事必要官方出面、出资的。"魏可声面泛红光,十分激动,"到时可以联合几个行业的人士,组织教师归纳本土教学方法,也引进国外的体系。鹤年的知识经验，大可撰写成书，以资参考——你是一定一定要任教的！"

"这是当然。"纪霜雨想，自己这一趟也不能白来了，做点贡献也是好的。

"办学是利在千秋之事，想必有识之士都会同意。以纪先生如今的声望，振臂一呼，至少新剧、旧剧界人士都会响应。"

在场之人都赞同地点头。

京城和沪上的水纪霜雨算是都蹚平了，在京时因为收徒，与几个大班社的关系也好，要是由他牵头呼吁，在这两界找老师应该是没什么问题的。至于电影？新剧的有些演员也会跨界去拍电影，就是现在所说的影戏，但现在国内还少有专门的从业人士。说起来，这影戏的竞争，可比他们新旧剧要大多了，不只要和国内同行竞争，国外引进的影片票房历来更高。一遇到同期大片上映，大家都尽量回避。

但现在还是策划阶段，所以大家也没讨论那么远的事情。

维克多听到他们的讨论，也是很感兴趣的样子："我可以帮你们购置海外的教材！真好，如果到时候你们办学成功，需要去欧西考察，我也促成了巡演，不就可以一并进行。"

这两件事大家都是越想前途越光明，兴致勃勃地畅想起来。

魏可声美滋滋地道："我连学校名都想好了，可以叫华夏戏剧大学，哈哈哈！"

纪霜雨："……"我的天，我创办我的母校啊？纪霜雨感觉有点晕，怎么还带提前成立的，虽然他心里的确是想着，可以按照母校的格局来办学。

……

再说这春雷剧社原计划是要在沪上连演五场的，后来因魏可声的要求，又加演了五场。

这十场的票被抢购一空，可口碑越来越好，每天都有新的观众想要一睹此剧，却买不到票，这不是把人急坏了。眼看报纸上品论得那么火热，据说连洋人专家都直呼是一大创新，看过的人无不交口称颂，广大观众哪里忍得住，全都写信给剧社，恳请他们再多留几日，多演几场，就是外埠也有剧社来函，希望他们延长演出时间，这些外地剧社听闻消息了，可是要赶过来还需要时间，更不知道能不能抢到票。

可春雷剧社的成员大多都是学生，总不能长期耽搁在沪上。本土剧社就是要学习搬演此剧，也是要花不少时间的。

十日一到，春雷剧社的人还是前往火车站了，要买票回京。结果群情激动，好多市民跑火车站去挽留了，堵在售票窗口希望他们推迟几天离开。这真是从未有过之事，社员们又是感动又是无奈。就这不解决，人家真能拦火车去。

于见青直流汗，带这么多学生出来，他得负责的，想了半天，只好表示：那这样，你们看，放我们一半人走行不行。春雷剧社的成员以学生为主，也有几个是教师的，留下几个主要演员和老师，然后在沪上同行里找几个看过此剧的临时凑上，还能演。这么边带边演，剩下的人慢慢回去。

于是，沪上火车站，就像变成了菜市场。一群戏迷堵在售票窗口前讨价还价，与于见青商量可以留下哪些演员。此时于见青派人去找的纪霜雨才赶过来——他是暂时不回京城的，倒不是等金雀，而是书妄言的见面会还没办，又多了办学的提议，他不得等着嘛。

纪霜雨一锤定音，留下了一批演员，包括于见青本人，其他学生被送上回京的火车。

大家车上车下面面相觑，本来是要一起回家的，最后成了一半人送另一半人。同学隔着车窗还冲林寻芳伸手："寻芳，你好好演出，回来我们给你补习！"

"我们等你啊！林同学。"

"寻芳，别气馁，总能回去的！"

林寻芳："……"

这日的事理所当然地上了隔日的报纸，既有人批评戏迷太过激动，也有人委婉地表示，结果是好的嘛。最好笑的是，沪上有知名学者看了报纸，因家中有《绝色》戏迷，自己去看了后也颇为欣赏，便主动站出来，表示可以给留在沪上的学生们补课。反正学生们现在是晚上演出，白日学习，还不耽误事儿。这倒是意外之喜了！

一个学生剧社，来沪上交流演出一次，竟造成这样大的轰动，市民不惜拦火车也要留他们演出，还叫大师文豪也倾倒，收他们为门生。

——没错，传来传去这件事的细节也被夸张了，守在售票窗口成了拦火车，文豪本人也成了戏剧爱好者。

这个事件，又被京城的报纸大肆宣传了一番，人人皆以为是当代传奇。

再说一下沪上周家的情况。

周老太爷常年居住沪上，周斯音来了这里，自然要去给老爷子问安。周老太爷看到周斯音，就露出笑容："你倒是有本事，把书妄言都弄来办见面会。"

周斯音无所谓地道："他也是没防备。"

"我听说，你近来向手底下的人，打听影戏市场？"周老太爷问道。

周斯音点了点头。他的确过问了，现在沪上什么片子最时兴，有哪些影戏公司，甚至影戏制作流程。

"想做影戏？"周老太爷沉吟一下，问道，"你是真想做，还是，只想膈应一下你二舅？"

周斯音："……"

周老太爷一说，周斯音想起周若鹃似乎确实在忙活影戏，都没怎么冒头找骂了，他不屑地道："没那心思针对跳梁小丑。"他关注影戏市场与技术，可能比周若鹃还要早，所以当初才能在看戏时，一眼认出来纪霜雨借鉴了影戏中的蒙太奇理论。

"据报纸统计，影戏所占娱乐比例也越来越大，我看日后随着欧西技术发展，可能票房还会愈发高涨。"周斯音讲起自己的分析来，

"如今华夏影戏剧本简陋，倒是我们书局有许多精彩故事，若是成立一个影戏部，将其改为影戏上映，岂非相互促进销量。"

周老太爷嘴角浮起了微笑："那影院呢？如今影戏院，才是好生意经！"

周斯音道："影戏院自然也要入资的，我想收购一些影院，主要是头轮影院，否则许多头轮影院，竟然只播放西洋引进影片。虽然是为生意计，西洋影片更成熟，但这样只会使华夏作品更失却机会。往大了说，这是演绎华夏故事，为华夏发声，怎能坐视不理？"

"嗯，嗯，说得不错。"周老太爷欣赏地点头，他这个孙儿，赚钱，心思活泛，眼界，也很开阔。他那傻二儿子，起初去忙活影戏，他以为是眼光有长进了。后来才知道，就是气不过书局被周斯音抢走了，又听闻许多投机者去做影戏，这才掺了一脚，往里投了笔钱。而周斯音，却无和周若鹍置气的意思，而是从书局发展，与市场走向来决定，亦有自己的理念。

"好，那你放手去做，记得必要招来好导演。你看最近你那位好友，在沪上可是出尽了风头，如今人人都在说，一出戏有个好导演是再重要不过的。"周老太爷笑吟吟地道，"我想，白话剧、影戏，道理是一样的。"

周斯音琢磨着点头，不错，只是这好的影戏导演，一时半会儿又岂是那么好找到的⋯⋯

"嗯，好的，那我先去城隍庙了，拜拜看能不能找到好导演！"除了好导演还有一件紧要事，也得问问。

周斯音说罢就溜，让周老太爷那一脚踹空，在后头敲着手杖怒吼："你知道什么叫科学？知识？进步？"

⋯⋯

没几日，魏可声那边又有消息了。

——魏可声十分重视办学这件事，纪霜雨一说出来他的两条路：

门路和思路，魏可声就已经马不停蹄，悄无声息地开始联络自己认识的专业人士了。这样到时候纪霜雨上报，大家一块儿联名，把握更大。便是教育部不批，他们也可以自己筹资，弄个私立的学校。

纪霜雨的意思是，戏曲人才多在京城，而新剧、机关、电影等人才集中沪上，大可以两处分校，教师定期交换。旧剧方面他回京可以商议，魏可声也搞定了新剧同行，就是在电影方面遇到了些困难。

"影戏发展得快，我一打听，原来好几个制片公司，已经在商量联合办一家影戏学校了，没咱们新剧、旧剧的份。至于参不参与咱们的办学……也很含糊。"

魏可声苦笑一声，影戏扩张得很快，投资规模他们都没得比，所以人家都没琢磨带他们玩。要不要赏脸，也得看人家到时候忙不忙得过来了——说实话，人家不是很感兴趣。毕竟他们这边牵头的，都是新剧、旧剧界的人士。纪霜雨再知名，与他们所在的行业也没关系啊！

"这样啊……"纪霜雨沉吟，"没事，咱们先准备着，以日后市场之大，一两家学校都是不够的，必能办成功。"他记得，看校史里写，他们学校最早的时候，整个系也就一个老师，那都挺过来了，何况他是站在了巨人的肩膀上。

"行！"魏可声也不在意了，就算之后因为师资力量缺少，办不起来影戏相关专业，对他来说问题也不大，他主要关注的是新剧！

春雷剧社就剩下一半人，向广大观众请假两日，紧急培训魏可声的学生们顶上，自己人也稍微有调整，由熟悉的人顶上戏份吃重的角色。因为实在紧缺，就连纪霜雨这个导演，也不得不上场跑龙套了。

"我还只在京戏舞台上跑过龙套，而且都是没台词的。"纪霜雨插着腰道。

"导演的演技那么好，跑个龙套绰绰有余，本来每个角色您都给我们示范过。"林寻芳说着忍不住笑了起来，因为现在的问题不是跑不跑龙套，而是扮演哪个角色。

演员们互相看一眼，心里都有数："女演员稀缺，您不得先解决难题？"

纪霜雨："……"

因为女演员的少，新剧台上很多时候也是和从前的旧剧一样，以男子扮演女角。就是原来时空的一位总理，在学生期间也扮演过女角，而且据说扮相非常俊俏。而在后世嘛，男演员扮女装，也都是屡见不鲜了。

"我来就我来吧，那我来这个丫鬟莹莹。"纪霜雨很无所谓地把莹莹的戏服给翻了出来，原来的莹莹也是个男学生扮演的，所以衣服够大，"还有假发，假发呢。"他换上了莹莹的戏服和假发，虽然未化妆，但因为本就皮肤白皙，所以虽然身量是男子，但看上去没有违和感，甚至给人十分漂亮的感觉。结果原本促狭笑着的学生们一看，又沉默了。

纪霜雨摸了摸头发："怎么了，不贴合角色吗？"

所有人一起摇头。

林寻芳苦着脸道："导演，你还是别扮女角了。我们这部戏叫《绝色》，于老师说杨宛风是绝色。你演莹莹，那主角要变成莹莹了。"

纪霜雨："……"不能为了看导演反串，就把这出戏的氛围给破坏了。唉，还是给导演扮成女主角从前的狐朋狗友之一，公子哥儿一个吧。

过了两日，这换了部分演员的《绝色》再次上演，剧场当然又是爆满。

海报上未写出这次男配角之一的演员是导演本人，但纪霜雨出场时，台下观众还是注意到了——这个男演员好看！这个男演员穿着一身西装，梳着背头，与女主角演对手戏表现也十分轻佻，但是架不住脸好看，这种角色都演出了风流倜傥之感，让人难以产生厌恶的感觉。待到谢幕之时，所有演员走上台。

有人一拍脑袋："啊呀，这是纪霜雨吧！"这时候，观众们才交头接耳起来。对哦，这好像是纪霜雨。纪霜雨的名字随着两部剧已在沪上火热，流传在外的照片，则是转载自京城报纸的那两张，他和金雀上封面时所拍。那时还是脱了帽，因此所有人都看得到是白发。不但看得到白发，还听闻了京城传来的各类小道消息，什么为爱一夜白头，孝子转瞬青丝不再之类的。纪霜雨今日在台上演出，却是戴了假发的，加上照片和真人总有些许差异，到了谢幕时才有人叫破。

"没错，这个是我们纪导演。因为……大家也知道，演员不足，他只好也上台了。"于见青笑着介绍道。台下立刻响起了掌声，送给这位才华横溢的导演。

——之前听说京城人争论过，这位导演分明有极致的写实布景能力，却非要先以写意风扬名。以爱美闻名的沪上观众却想说，应该是分明有这样的样貌，却非要以导演扬名才对！

"纪导演，您那白发呢？能不能摘下假发给我们看看？"有人问出了大家期待的问题。

"可以啊，只不过……"纪霜雨把假发取了下来，然后才道，"我现在已经不是白发了，因为……"经过这么长时间，他头发早褪色成了亚麻色，与头顶上长出来的黑发差别也不是特别大，乍看上去已无异常之处。

纪霜雨还没解释完，台下已经有人惊呼起来。

"白发又转黑？难道，纪先生爱上了其他人？"

"这……这，可能是情伤已愈。"

"若非移情他人，这样深的感情，怎能愈合？"

"啊？到底是不是孝子啊？"

纪霜雨大声道："大家听我说一下，这个！是！早发性白发症！治愈啦！"

现场安静了三秒钟，随后又爆发出一阵热烈的讨论。

"纪先生是在沪上头发变黑的吧？"

"什么意思？纪先生的恋人是咱们本地人？"

"天啊,纪先生的恋人起死回生了?"

纪霜雨:"……"

第十八章　电影新人

观众怎么会有这样的反应呢？

京城的观众是这样，沪上的观众还这样，纪霜雨就站在台口解释了半天，声音愣是被他们给盖过去，当着面就脑补完了。最后还是于见青安慰道："算了算了，纪先生，咱们的观众不就好这口，你自己不是比谁都清楚吗？"还建议他排家庭剧来着。

纪霜雨："……你说得对。"后头纪霜雨每场跑的龙套也不尽相同，主要是看这些学生方便。

多处外埠学校都前来观看此剧，其中便有邻近小县的学校剧社成员，看罢后找到于见青，恳请他们能去县城演出。平日里，他们的学生剧社也会演新剧给当地村民看。只是这次没有那么好的条件，能全来沪上观看。

——说起来，正是因为身处乡野，那里的学生很早就和于见青产生了差不多的想法，演的新剧得让村民看得懂啊，所以他们一直在本土化剧本。现在看到《绝色》，希望能够把这出戏搬回去演给学生、村民们看。

于见青和对方畅谈之后，发现双方思路相似，一时引为知己。于见青找到纪霜雨，问纪霜雨的意见。

于见青本以为纪霜雨开口会问酬劳，对方实在没有什么钱，可能只能承担基础费用，不能像在沪上演出一般大赚。于见青自己是不在意,但纪霜雨是要分钱的,所以已经准备说,他来负担费用。

谁知道纪霜雨开口便道:"那你就带学生,抽两三日去演吧。"

于见青等了一会儿,没听到后续,自己问道:"您不问演出费?"

纪霜雨震惊地看着他:"你的觉悟这么低?"

于见青:"……"

纪霜雨:"你们演这出戏,不就是希望每个人听得懂。村民的文化水平,比之城市居民更不如,你们去那里演出,不只是可以演给当地学生、村民看,还能看看剧本还有哪里不够通俗,回来继续打磨。"

于见青连连点头:"正是这样。"换作时下追求利润的商业剧社,可能就置之不理了,但是春雷剧社所追求的也不全是金钱。

"就是去县城的话,许多道具可能也不方便携带。"纪霜雨沉吟道,"你等着,我带徒弟给你做几张方便携带的软景布。"

他说的也就是用时下流行的风格绘制布景片了,而且用软幕更方便携带。这种虽然没有他们原来做的立体,但更方便,也更考验故事本身与演员的演技了。

"多谢先生了。"于见青感慨自己真是一叶障目,光看着纪先生讨薪的厉害了。也是,若是纪霜雨真不见钱不撒手,又怎会先以写意风入手。

于见青他们安排好过两日出发,也要在剧院贴告示,声明停演两日。纪霜雨就趁这个时间,与徒弟们一起把几场幕布赶着绘制一下。

纪霜雨干活,露露就满场跑来跑去,嘴里还学着剧里的台词,一会儿是《洛阳春》的戏词,一会儿是杨宛风的名言。毕竟这些天都跟着泡在剧院里,耳濡目染。雹子则趴在六两的背上,睡得已经流出了口水。

——此时的周斯音,也正和书妄言一起往剧院来。他们刚敲定了见面会的具体时间。虽然已经来了沪上一段时间,可这见面会的时间却是一拖再拖,并非书妄言要反悔,只是沪上的文人们不停地宴请书妄言,都是不便推脱的。周斯音忙着会见各方人士,好不容易才告一段落。

"哎，我可听说现在许多沪上的老板，都想把鹤年兄留在沪上，而且听说他们想办学，在沪上也要开分校的。你说，他会不会真的就此不回去了？"书妄言问道。

周斯音自然知道此事，淡淡地道："他都拒绝了。"至于分校，你也知道那是分校，本部不是在京城嘛。

书妄言道："那是开的价还不够高！沪上淘金不都是戏曲界的传统了，鹤年兄有四个弟弟妹妹，又曾经家道中落，焉知他不想光耀门楣，把从前家里的庄子、宅子、铺面都买回来，再给弟弟妹妹也置办产业……这都要钱的。没看鹤年兄这么拼命地挣钱？要我说，指不定就被打动啦。"即便纪霜雨现在的薪水够高了，要完成这个目标也得很长时间。

周斯音却知道纪霜雨还有另一重身份，不一定多么看重从前的祖业，虽然这是时下的正常观念。更重要的是，他去城隍庙求的签乃是上上签！

周斯音倍有信心，说道："他家在京城，弟弟妹妹也在京城上学，不会轻易离开的。"

正说着，两人已走到了剧院门口，左手边就是剧院的售票处，正排着长队。队列中有几个学生的讨论，清晰地传入了二人的耳中。

"……啊这，所以这位纪导演可以说是咱们沪上的女婿了？"

"可不是嘛，大家都知道了。唉！真想知道是谁？那样幸运……"

"我听说，是个女中的学生，去排演时，就日久生情了。"

"是哪个女中的？那，那纪鹤年是不是会留在上海成家了？"

"……"

这真是传得有鼻子有眼啊，书妄言惊讶地道："还有这回事？宝铎兄，你看，要是鹤年在沪上成家，那……"书妄言突然看到周斯音大步走进了剧院。

"哎？"书妄言感觉有点莫名其妙，小跑着跟了上去，"你怎么突然生气了?"

周斯音突然转头,脸色阴沉地看着书妄言。

书妄言被吓得瑟缩了一下:"我,我可是,每天都在写稿子……"书妄言表面上看起来乖巧,心里在骂街:每天应酬完还要写稿,写好了随昆仑书局的渠道送到京城去。

周斯音却咬着牙道:"我没有生气。"

书妄言:"……"

周斯音再次大步向前走,书妄言在原地呆立了一会儿,自言自语地道:"那就是疯了。"

其实,他们若是再听听,除了女学生,还能听到"一夜白头后,他的恋人起死回生了""他爸妈修仙了"等版本……

……

周斯音心里很不痛快,进了剧院就四处巡视,关注每个年龄相当的女学生,只觉得这个也不像,那个也不像——没谁看起来和纪霜雨般配的。一个都没有。

"你们俩来啦?"纪霜雨也刚好画完,把软幕拉起来晾干,看到他们,拍拍手走了过来。

周斯音幽幽看了他一眼。

纪霜雨:"……"

周斯音只觉得满腹委屈,却说不出来,但他向来是藏不住事的性子,因此只憋闷了片刻,就面无表情地道:"书妄言听说你和一个沪上女学生相恋了。"

"……"书妄言,"……大家不是一起听说的吗?"

纪霜雨一脸无奈的表情:"这都传得这么细了吗?"他把帽子摘了下来,"要我说啊,还是宝铎兄靠谱,你比他们都先看到我白发复黑,却没有传出来我和京城女学生相恋的消息。"

周斯音这才反应过来是谣言,他的脸色缓缓放松了,轻蔑地道:

"我想便是如此。你在沪上忙于排演与研讨戏剧,如何有空与女学生谈情说爱。"

书妄言:"……"

"我是摆脱不了谣言了。"纪霜雨听他们说了来意,立刻表示就等着你呢,"还特意来通知,那等会儿一起吃个饭,我这里忙完就好了。我正要赶制一些布景片,给于老师带去县里演出。"

书妄言闻言,跑去找于见青聊天了。

纪霜雨也提着工具往道具间走:"过两天再去看个影戏吧,宝铎兄。"纪霜雨的空闲时间不多,但赶巧了就会去看看电影,皆是了解市场的一部分。于见青赴外埠,他也有空了。

周斯音一迟疑,跟着走了上去:"好……"

"哥哥!我也想看!"纪露露飞扑上来,抱住了纪霜雨的腿。

纪霜雨好笑地道:"这个电影不适合小孩子看。你想看影戏,我让六两带你去儿童影院吧。"现在倒是有专门给儿童开设的电影院,放映的都是动画片。

"我想和哥哥一起看。"纪露露扭了几下身子,但是听说儿童电影院还有动画片,立刻就开心了,一跳起来,脑袋撞到了道具。

"……呜。"露露呜咽一下,眼泪在眼眶里打转,"哥哥……"

纪霜雨熟练地蹲下来:"痛吧?"

露露要说好哄也好哄,每次都是这样子,仰着头:"要亲一下……"

纪霜雨在露露被撞到的地方亲了一下,柔声道:"好了啊。"

露露立刻傻乎乎地笑了一下,眼泪也憋回去了:"我好了,不痛了。"她撒腿就跑向六两,迫不及待地要让六两带阿姨去看戏。

纪霜雨接着把工具往架子上放,头也不回地问周斯音:"见面会在哪里开?书店吗?"

"嗯,书局开设的书店。"周斯音盯着纪霜雨的背影道,天气已回暖,纪霜雨身上只穿着一件朴素的蓝布长衫,像是哪个学校的教员一般。

周斯音不觉走近了一点，口中道："还有，我接到鹊姨的信，机器已经改造好了。"

——纪霜雨获得专利的笔尖，周寒鹊那边历经数月的尝试，终于成功了，可以投入量产，不久便能正式上市了。

"那太好了！"合同里是按股份算，这都是钱啊，纪霜雨开心得猛一个转身，手肘碰倒了旁边的道具灯。即便急忙捞了一下，灯头还是磕在恰好跟在他身后不远的周斯音的额角。肉眼可见的，那里立时就泛起红来。虽然是纸浆做的道具，但也是有棱有角的。

纪霜雨忙问："痛吗？"

周斯音正想说没事，这两个字忽而叠上纪霜雨之前的话，兴许是今日在剧院外听到的话让他心中泛起波澜，他盯着纪霜雨，状似玩笑地道："……要亲一下。"

纪霜雨随即反应过来，这话显然是学露露开玩笑。纪霜雨看到周斯音紧紧地盯着自己，暗道周宝铎真是胆子见长了，我一个现代人还能被捉弄？

纪霜雨笑起来道："可以，那是得亲一下。"就在周斯音也明显地愣了一下，纪霜雨捧着手里的道具，在磕到的地方亲了亲——他可没说亲人还是亲道具，道具被磕一下不疼吗？

纪霜雨促狭地看了周斯音一眼，道："好了啊。"分明亲的是灯具，再听得纪霜雨的这一句，周斯音立刻变得无语了。

书妄言觉得周斯音和纪霜雨好像有点奇怪。他以文人的敏锐发誓。那日从剧院离开，周斯音就一副三魂丢了七魄的样子，纪霜雨看着还好，但今日见面会时，他在一旁分明看到，纪霜雨去和周斯音打招呼之前，还盯着周斯音看了一会儿。说起来，这俩人当初认识得就很奇怪，真的是纪霜雨被周斯音救了？这个禽兽能有这么好？

但书妄言又探究不到真相，只能兀自猜想。

到见面会开始，书妄言也就没空细思了，在场的读者都十分热情，在交流环节也是频频发问,还有人问起为何他一直在报上为纪霜雨摇旗呐喊,对《绝色》的看法,云云。

书妄言本来就不喜欢这种场合,说得口干舌燥,他更擅长动笔,一听这话立刻道:"其实纪导演今日受我之邀,也在现场,我叫他来说说。"书妄言把坐在角落的纪霜雨给招上来了,这是个能说的啊!

周斯音今日是答应了,要给书妄言打杂的,此刻他也坐在书妄言旁边,眼也不抬,倒了杯茶推到书妄言面前。坐在书妄言另一边的纪霜雨,同样未发一言,但颇有默契地把那杯茶拿了过来,喝一口。

书妄言:"……"作为今天的主角,他有种微妙的多余感……

一位读者十分兴奋地问:"纪导演和妄言先生既是知交,那未来会不会把妄言先生的作品搬到新剧舞台上?"

新剧是流行过犯罪、侦探题材,书妄言也写过悬疑恐怖小说,这话一说,在场读者全都开始起哄了:"不错,不错。"

"我早便想看妄言先生的戏搬到舞台上了。"

纪霜雨笑了,他还真对书妄言的小说感兴趣。

还有个激动的读者,一下子站起来:"其实我更想看,妄言先生的书被改成影戏。周老板,请问你们可以和影戏公司接洽吗?"

周斯音沉吟片刻,决定透露一个消息:"其实,昆仑书局正在筹办影戏部,如能获得诸位支持,我们自然希望把书局的优秀作品都搬演到影戏院。"现场立刻更加热闹了,众人交头接耳地议论起来。

除了书妄言,昆仑书局还出版了不少脍炙人口的小说,这是坐拥宝山啊,若是能拍成影戏,拍得好,那对观众、读者来说真是一大幸事。

比现场读者更激动的就是书妄言旁边的纪霜雨。

纪霜雨侧身探头动容地道:"这么重要的事,你怎么不早告诉我?"

周斯音也侧身,一脸茫然的表情:"……"

被迫缩小的书妄言:"……"

那个,有点挤啊!

周斯音心底原本还浮想联翩了一下，觉得纪霜雨讲这个话说得好暧昧，是要他把做的事都一一告知吗？但这个念头也就是在心底转了一下，俩人隔着书妄言瞪了一会儿眼睛，周斯音就比了个手势，示意事后再说。

待到见面会开完，在场的观众都散得差不多了，才开始聊这件事。

"我计划筹办影戏部，制作影片，已经有段时间了。所以来沪上这些日子也在考察影戏，拨了钱让分局的人去购买设备，搭设拍摄场地。沪上是全国影戏中心，九成的制片、引进产业都在此处，所以影戏部应当也是设立在这里。"周斯音说罢，朝纪霜雨伸了伸手，示意该他了。

纪霜雨好委屈："你把影戏部设在沪上，那我怎么办，我可住在京城。"

众人："……"这是什么意思？

书妄言想起纪霜雨还在舞台上应用过蒙太奇手法，说道："鹤年兄啊，你不会对影戏制作，也感兴趣吧？"

纪霜雨点头："是啊！到时候我们的戏剧学校，也会设立影戏专业的。不但这样，我觉得拍你写的小说就很好！"他早盯上周斯音这个冤……投资人，也自然而然想到书妄言这个大IP了，打起了主意，谁知道周斯音早就在策划这件事，他可不急了。

书妄言："哦？"还要设立影戏专业，那看来纪霜雨是真的放了心思在上头啊。

书妄言饶有兴趣地问道："说起来，这不少拍影戏的，原来也是做新剧的。鹤年兄又有绝妙的审美，确实可以去学习一下，把这旧剧、新剧，改编成影戏。若是改我的小说，我也是欢迎的！"他多喜欢纪霜雨的审美啊！

周斯音沉吟道："我不知道你对影戏也有兴趣，还让分局的人去聘请留学回国的导演……不过，若是你要拍影戏，还要待在京城制作的话，那么沪上的影戏部也是有必要聘人才的。大不了，多买一套设备一起带回京城。"其他人全都惊呆了。关于纪霜雨求职的故事，在场有部分人是听说过的，还琢磨是不是能听纪霜雨聊一下这个问题了。而且一般人要计划做什么，的确也得和投资人先证明下能力，至少阐述一下理念吧！

刚才纪霜雨表示感兴趣，他们还在期待，纪霜雨要论述一下自己想拍什么——甚至，大家现在还不知道，纪霜雨对影戏制作到底了解多少。毕竟这影戏制作和新剧、旧剧的编排都不一样，这个太有科技含量了，不学怎么上手。没见那些个新剧导演去学拍影戏，也不是各个都能成功，更无人能比得过西洋引进影片。周斯音不该不明白这个道理，既然他也说要聘请留学的导演。

现场还有分局新成立的影戏部部长在，今日本来是来见识一下书妄言的见面会，他部门里莫名其妙地多了位导演，都惊呆了。纪霜雨说有兴趣，加起来才两句话。周斯音二话不说，都策划到买套设备带回去专门给纪霜雨了！你俩到底有没有提前交流过这事啊？

——周斯音此人本就不可以常理推测，而他本人，也没以常理推测纪霜雨。

纪霜雨不是大家想象中那个纪霜雨，周斯音知道的这个纪鹤年，并非常人（具体是什么种族、身份还有待考据），那么根据之前的经验，他既然感兴趣，那就一定有把握。周斯音甚至觉得，纪霜雨可能比自己让人聘请的留学人才都更靠谱！

纪霜雨也很感到十分惊喜，他大约想得到周斯音为什么信任自己……但是！有个这么识趣的投资人真的很棒。

"那可太好了，我还得问问，你购买的设备是什么样的，先说好，我想拍摄有声影戏！"纪霜雨说道。

那位影戏部的部长说道："这有声影片和无声影片，艺术上孰优孰劣还不好说。再者，华夏市场上，还有许多小影院不愿安装昂贵的有声放映机，无法放映有声影戏。若是拍有声的，这放映成本不就少了，刚刚开始拍摄，倒不如从无声影戏开始拍起？"

现在影戏市场，至少在华夏，无声黑白电影还是占据了半壁江山。一个后世人看起来可能有些好笑的问题，那就是有声影片、彩色影片这些堪称电影艺术的历史性革命，在刚问世的时候，都是被质疑过的。所以影戏部部长竟说二者孰优孰劣还不好说，甚至建议他从无声电影拍起，毕竟有声片只能在装备了有声放映机的影院放，无声片却在哪都能放。从市场角度这样考虑，没错。

"有声影片和无声影片，暂时还是并存，但毋庸置疑的是，有声影片才是未来的主流，不止市场，包括艺术层面。"

纪霜雨背着手道："西方一些无声片大师也担忧过，有声片将使影戏艺术退化。确实现在一些有声片，几乎无时无刻不在体现'我有声音'，充斥着满满的对白、音乐。无声时代，只存在视觉语言，而且画面时常要被对白字幕给打断，很不流畅。有声片一时声音泛滥，但它实则存在无限可能。这里，我们又要重提合宜二字，编排得当，甚至拥有美感的声音，可以赋予影戏第二套语言系统，让影戏进化为视听艺术。我想，西洋应该有电影人已经在探索声音的世界了，我们不能等潮流来到才去追逐！"

纪霜雨的高谈阔论，还几度引述西方电影人的言论（虽然大家基本没听过），把有声影片的重要性提高，由此强调：我要最新的设备！给我买最新的！

有人首次听他讲演，两眼都发直了，只觉得纪导演说话铿锵有力，伴着金石之声与点点滚雷。转折之处，又激昂宛转，节奏感十足，实在极具煽动性。听他说完，就算有听不懂之处，都要相信未来是有声片的世界了……

当然，做主的还是周斯音，大家悄然看向周斯音。周斯音则缓缓看向书妄言："……先把音乐停一下。"

"哦哦。"书妄言讪讪地把唱片机给停了，刚刚播放的交响乐也就消失了，咳，他也是受纪霜雨指使嘛。

纪霜雨已经说完了，也不在意他们把自己的背景音乐给关了，看向周斯音："怎么样？"

周斯音笑了笑："我想纪导演刚才已经身体力行，给我们展示了一下，为什么'有声'片优于'无声'片。"

众人："……"

……那还真是好理解啊！自带背景音乐就是不一样哦！

确实，听戏大家都更喜欢带伴奏多过清唱。艺术什么的，那是戏剧家、知识分子才去谈论的，普通人，就爱听个"响"嘛。但纪霜雨这番话，也算是给人留下一种"不得了，纪导演连影戏也这么懂"的印象。

影戏部部长也沉默下来了，其实他还想说，灯光等设备也没必要买最新的吧，可昂贵的有声机器周斯音都要买了，还谈什么其他设备。还有书妄言这个原作者，也如此支持纪霜雨。我们总经理真是纪先生的伯乐啊，半点都不怀疑他的能力，很好很好！

……

纪霜雨没想到这样顺利，自己都还未想好怎么游说周斯音，他就主动送上门给机会了。见面会结束后，他就心情极好地邀请周斯音和书妄言再去看一场电影，趁着离开沪上之前，多看几场。毕竟沪上的影片最全，回去不一定有这个条件了。

这次纪霜雨买的是一部喜剧的电影票，这个类型的影片在国内也是很受欢迎的。虽然说是有声影片，但对声音系统的运用再粗暴没有了，每一秒都填充着音乐。而且因为也不是什么大片，还是头轮放映，只有旁边投射出一些翻译，可这翻译吧，还不文不白，也难免让人错失一些重要情节。这都是意料之中的，纪霜雨随意看看。

灯暗之前有伙计兜售糖果，纪霜雨叫住伙计，买了几颗糖。

周斯音百无聊赖地问道："为什么没有橘子味的？橘子味的最好吃。"

纪霜雨缓缓转头："我是带回去给露露吃的。"

周斯音:"……"

纪霜雨大笑:"哈哈哈!哈哈哈!开玩笑的,老板,你刚花了那么多钱。"有声机器多贵啊!纪霜雨捡了一颗牛奶味的,剥开糖纸,迅速塞进了周斯音的嘴里。

浓郁的奶香味在口中化开,周斯音的脸上也忍不住浮起了笑容,要是让书局的下属看到,可能要做噩梦了。

坐在另一边的书妄言转过头,张开了血盆大口:"嗯,我就喜欢牛奶味的。"

周斯音:"……"

……这个年纪了还张嘴讨糖,实在面目可憎!

这时候灯已经熄了,纪霜雨直接丢了一颗糖到书妄言的怀里,看起来也不觉得书妄言是个宝宝。待遇有区别啊,书妄言感慨一声,还是我不够有钱。

看罢之后,对于电影有那么些了解的书妄言不禁长叹道:"鹤年兄,虽然你声称不能落后于潮流,可是,咱们现在的拍摄手法,还远远落后欧西。至于故事,倒是很有一些优秀的剧作家了。"这部喜剧毕竟是西洋人拍摄的,他们在技术方面更强大,电影里对镜头的运用并非此时华夏大量非科班出身的导演所能比的。

纪霜雨漠然地点头:"哦。"

"鹤年兄!但我对你很有信心,"书妄言期待地看着纪霜雨,"对了,近来华夏影片的摄制技术有了个大进步,据说有的影片,已经使用上特写镜头了,特写镜头你知道是什么吗?"

纪霜雨:"……"

纪霜雨:"我知道。"

"我想你也知道,"毕竟连蒙太奇理论也知道,书妄言用谈论高深技术的口吻说,"那你知道具体该怎么用吗?"

纪霜雨看着他,缓缓道:"特写镜头可以传达强烈的印象,如果此时周斯音骂一句你这个拖稿大王,我们便可以对准你的面部,拍一个特写镜头，体现你内心的惶恐与羞愧，细节一览无遗。"

周斯音有种跃跃欲试的感觉。

书妄言："……别骂了，别骂了。"他相信了，他相信纪鹤年真的很懂影戏技术了！

……

周斯音领导下的昆仑书局很有行动力，他说要筹备影戏部，分局的人把玻璃棚都搭建好了，也买了些设备，影戏部的员工或是新招，或是从其他部门调过去工作，人员已经到位了。总之，大致雏形其实已经有了，周斯音才能在见面会上透露出这个消息。

周斯音答应了纪霜雨要给他买一套设备带回京城拍摄的，这就把他和书妄言都带到分局去了。分局的负责人叫陈慕贤，是在昆仑书局工作了几十年的老员工了，赶紧去现场接待。陈慕贤也认得纪霜雨这张近来在沪上很有知名度的脸，纪霜雨和周斯音、书妄言的交情很多人都是知道的。但陈慕贤又未在见面会现场，只以为周斯音带人来参观。

打了个招呼后，陈慕贤就说要向周斯音汇报一下书妄言见面会后续的情况。周斯音便留纪霜雨自己转悠，同书妄言先去谈公事了。

陈慕贤在办公室向周斯音汇报完了，笑着提议道："总经理，这纪先生导演的新剧、旧剧，皆是火爆市场。咱们拍摄影片，在剧作方面，倒是可以多向他这位大戏剧家讨教呢。"眼下不但很多电影人是从新剧转行来，或有新剧基础，甚至本身还用拍新剧的手法去拍电影。

周斯音微微一笑，不无自傲地道："他已经是我们影戏部的一员，担任导演一职。"

书妄言也赶紧道："对对，到时候我的小说改编成影戏，就给他来执导！"

陈慕贤并不那么了解纪霜雨，也不由得惊呆了，招其为影戏导演，而且把书妄言的作品都交给他，不让有留洋经验的导演来了？

陈慕贤不禁道:"这样啊……纪导演真是全才呀!"

周斯音道:"不错,纪鹤年对影戏制作的理解更胜过影戏部所有人。我另外拨给你经费,去购置最新的拍摄设备,有声机器如果一时买不到,直接从其他制片公司收购。"

陈慕贤对周斯音是非常信任的:"能得总经理这般评价,那鄙人也无限期待纪导演在影戏界的大作了!"

周斯音他们去谈公事后,纪霜雨就自己参观了一下昆仑书局新成立的影戏部。设备呢,确实是买了好多。纪霜雨还看到了以前只在博物馆、课本上见过的手摇木壳摄影机,他好奇地上下打量起来。

这玩意儿现在要价也不低的,工作人员在旁看着,还给纪霜雨介绍:"纪先生,这个就是拍影戏用的摄影机。"

纪霜雨点头:"嗯嗯。"他看起来确实很像第一次看见摄影机啊。毕竟,除了摄影机,有些设备,纪霜雨还真是第一次见,在他那个年代早就更新换代不知道多少次,有的设备甚至已经被淘汰了。

所以,纪霜雨还指着一些设备问:"那这个是什么呢?"工作人员是个戏迷,也热情地给纪导演兼总经理的朋友一一解释:

"哈哈,这个是吸盘呀!"

"移动稳定器,拍摄时必备的!"

"我们还有很多炭精灯。"

纪霜雨:"嗯嗯,还有那个是什么,也没见过。"

工作人员:"哈哈哈!其实就是消防水龙头改了一下,用来拍摄下雨的场面哦!"

纪霜雨也大笑起来:"我就说眼熟,还不敢认,以为是什么呢!哈哈哈!"两人对视一眼,再次爆发出大笑声。

笑着笑着,纪霜雨不经意地转头看了一眼。身后赫然站着一脸震惊的、无语的周斯音等三人,也不知道他们听了多久。

纪霜雨:"……"

对面的三个人："……"

……这就是传说中的大忽悠吗？你跟我们谈笑风生，结果啥都没见过？

图书在版编目（CIP）数据

鹤年 / 拉棉花糖的兔子著. —— 成都：四川文艺出版社，2021.12

ISBN 978-7-5411-6165-0

Ⅰ.①鹤… Ⅱ.①拉… Ⅲ.①长篇小说—中国—当代 Ⅳ.①I247.5

中国版本图书馆CIP数据核字(2021)第213386号

HE NIAN
鹤 年

拉棉花糖的兔子 著

出 品 人	张庆宁
出版统筹	赵丽娟　杨　琴
选题策划	木本水源　众和晨晖
责任编辑	彭　炜
特约编辑	孙一民　刘丽波
责任校对	汪　平
封面设计	唐　昊
版式设计	唐　昊

出版发行	四川文艺出版社（成都市槐树街2号）
网　　址	www.scwys.com
电　　话	028-86259287（发行部）　028-86259303（编辑部）
传　　真	028-86259306
邮购地址	成都市槐树街2号四川文艺出版社邮购部　610031
印　　刷	大厂回族自治县德诚印务有限公司
成品尺寸	145mm×210mm　开　本　32开
印　　张	9.25　字　数　270千
版　　次	2021年12月第一版　印　次　2021年12月第一次印刷
书　　号	ISBN 978-7-5411-6165-0
定　　价	49.80元

版权所有·侵权必究。如有质量问题，请与出版社联系更换。028-86259301